KB254083

샤이닝 위저드

SHINING WIZARD

샤이닝위저드 4

김운영 판타지 장편 소설

초판 1쇄 찍은 날 § 2006년 11월 18일
초판 1쇄 펴낸 날 § 2006년 12월 8일

지은이 § 김운영
펴낸이 § 서경석

편집장 § 문혜영
편집책임 § 최하나
편집 § 문정흠

펴낸곳 § 도서출판 청어람
등록번호 § 제1081-1-89호
등록일자 § 1999. 5. 31
어람번호 § 제1-0765호

주소 § 경기도 부천시 원미구 심곡1동 350-1 남성B/D 3F (우) 420-011
전화 § 032-656-4452 팩스 § 032-656-4453
http://www.chungeoram.com
E-mail § eoram99@chollian.net

ⓒ 김운영, 2006

ISBN 89-251-0419-9 04810
ISBN 89-251-0209-9 (세트)

샤이닝 위저드

4

김운영 퓨전 판타지 장편 소설
Fantasy Frontier Spirit

| 그림자가 없는 빛 |

SHINING WIZARD

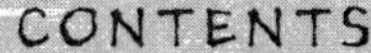

CONTENTS

Chapter 1

사투

상에서 가장 빠른 이동 수단은 드래곤이라고 알려
져 있다. 물론 드래곤이 그 말을 들으면 크게 화를
낼 것이다.

자신들을 탈것으로 취급했다고 콧김 혹은 입김을 내뿜을
지도 모른다. 인간들이 브레스라고 칭하며 두려워하는 절대
적 파괴의 입김을.

어쨌든 간에 드래곤은 너무나도 빠르게 하늘을 난다. 그리
고 쉽게 지치지도 않기에 대륙의 끝에서 끝까지 이동하는 데
일주일도 걸리지 않는다고 한다.

그 다음으로 빠른 것은 무엇일까?

단거리가 아닌 대륙이나 왕국 사이를 오가는 장거리 이동 수단 중 드래곤 다음으로 빠른 것!

그것은 바로 물의 탑이다.

클라우드는 그렇게 확신하고 있었다. 대륙의 지하에 이어져 있는 수맥을 따라 움직이는 물의 탑은 빠르고 정확하게 이동한다. 무엇보다 잠시도 쉬지 않고 이동할 수 있다.

스틸문에 라크를 들여보낸 후, 클라우드는 물의 탑을 타고 모스 왕국으로 향했다. 그리고 4일 만에 목적지에 도착할 수 있었다.

그가 이곳까지 온 가장 큰 이유는 현자의 돌을 구경하기 위해서이다. 그리고 라크라는 존재의 정보를 조금 더 얻기 위해 시르카를 만나는 것.

모스의 수도 남쪽에 있는 호수를 통해 밖으로 나온 클라우드는 즉시 마법사 길드를 찾았다.

시르카는 클라우드가 올 것을 이미 알고 있었는지 마법사 길드의 문 앞에 서 있다가 그를 맞이했다.

“어서 오세요. 저는 숲과 정령의 마법을 연구하는 시르카입니다. 고위 마법사 중 한 분이신 것 같은데 오늘 처음 뵙네요.”

“허허허, 클라우드요. 감지 결계를 수도 전체에 쳐놓은 모양이구려.”

“클라우드님이셨군요. 예. 아시는지 모르겠지만 마그나타를 경계하기 위해서입니다.”

“라크를 만나 그 일에 대해 들었소. 내가 온 이유는 그에 대해 알고 싶어서요. 또한 현자의 돌 때문이기도 하지.”

“아, 라크를 만났군요.”

시르카는 라크의 이름이 나오자마자 약간 마음이 흐트러지는 듯했다. 마법사답지 않은 일이지만 클라우드는 부드러운 미소를 지을 뿐이었다.

시르카는 이미 자신의 감정을 자연스럽게 표출하면서도 마나의 흐름에 영향을 주지 않는 경지에 이른 것 같았다. 그야말로 고위 마법사의 명칭에 어울리는 경지라 할 수 있다.

“일단 안으로 들어오세요. 말씀드릴 일이 많습니다.”

시르카는 곧 평소의 여유있는 모습이 되어 클라우드에게 안으로 들어갈 것을 권했다.

정령들이 클라우드가 선한 자임을 말해주고 있었다. 마그나타나 그의 수하들도 숨길 수 없는 정령의 눈은 지금 그녀에게 가장 큰 힘이 되어주고 있었다.

그들은 곧 안으로 들어가 라크에 대해 논의하기 시작했다. 인간이 아닌 그림자! 하지만 시르카는 라크를 인간이라고 말했고, 클라우드의 생각도 그녀와 같았다.

"그런데 라크의 말에 의하면 그대가 이미 라크의 새로운 몸을 만들었다고 하더구려. 그게 가능하오?"

인간의 완전한 육체를 만드는 것은 고위 마법사라고 해도 불가능하다. 그렇지 않다면 모든 고위 마법사들은 젊은 육체를 만들어 스스로 자신의 영혼을 이전시켰을 것이다.

다른 사람의 육체에 들어가는 것은 가능하나, 그건 몸에 맞지 않는 옷을 억지로 입은 것처럼 영혼에 큰 부담이 된다고 한다. 결국 인간에게는 단 하나의 육체만이 허락되는 운명이 주어진 것이다.

그런데 시르카가 라크의 육체를 만들었다고 한다. 그게 가능할까? 클라우드가 가장 궁금해하는 것은 바로 이 점이었다.

시르카는 조용히 고개를 끄덕였다. 긍정! 클라우드는 자신도 모르게 흥분이 되는 것을 느꼈다.

"어떻게 그게 가능하오?"

"모든 것의 열쇠는 현자의 돌에 있습니다."

"현자의 돌! 그 역시 지금까지 한 번도 나타난 적이 없지. 어떤 마법적 이론도 그 앞에서는 무시될 수밖에 없다는 뜻이지. 허허허."

클라우드는 허탈한 표정으로 웃었다. 현자의 돌이 어떤 힘을 지녔는지는 그도 전혀 아는 게 없었다.

시르카는 다시 말했다.

"현자의 돌은 살아 있는 영혼과도 같습니다. 그리고 그것은 소유자가 진심으로 원하는 것으로 변합니다."

"으음."

"현재 현자의 돌의 소유자는 길드의 마스터인 네리아님입니다만, 그녀는 현자의 돌을 소유하는 것을 원하지 않습니다."

"범인이 감당하기에는 무서운 힘이겠지."

"그렇지요. 무의식적으로 발생하는 공포에 의해 어떤 일이 일어날지 모르니까요."

의식보다는 무의식이 진심에 가깝다. 사람이 죽을 것 같다고 느끼면 무의식적으로는 오히려 죽음을 기다리게 되는 법이다.

시르카가 보기에 네리아를 그대로 놓아두면 전신이 황금으로 변해 버리고 말 것 같았다.

"그래서 전 네리아님과 힘을 합쳐 현자의 돌에게 라크의 몸이 되어줄 것을 부탁했습니다."

"부탁했다고?"

"정령의 의지를 이용하자 조금 더 직접적으로 뜻을 전할 수 있더군요. 현자의 돌은 정령의 속성까지 지니고 있었던 모양입니다."

“으음, 알 수 없는 물건이군. 정말 현실로 존재할 수 있는가? 연성법은 남아 있소?”

“안타깝게도 소실되었습니다. 연구 일지가 남아 있기는 한데 그곳에는 기본 재료만 적혀 있을 뿐, 연성법 자체는 남아 있지 않더군요.”

“이해할 수가 없군. 연구 일지에 연성법이 적혀 있지 않다니?”

“단지, 그곳에는 이렇게 쓰여 있더군요. 영혼의 무게를 알고 그걸 이용해야만 현자의 돌이 완성된다.”

“으음, 영혼의 무게라…….”

클라우드는 침음성을 발했다. 영혼의 형체나 무게는 인간으로서는 알 수가 없는 것이다. 그렇다면 현자의 돌은 인간이 만들 수 없는 물질이란 말이 된다.

“어쨌든 간에 현자의 돌은 지금 라크의 몸으로 변한 상태입니다. 영혼이 없는 육체이지만 완벽한 라크의 육체입니다.”

“대단하군!”

“하지만 클라우드님의 말씀대로라면 라크는 마그나타와 결판을 낼 터인데, 그렇다면 너무 늦는 것이 아닐까 생각되는군요.”

“그렇지. 영혼 전이의 법을 사용하기도 전에 소멸되어 버리면 의미가 없으니까.”

“마그나타를 이긴다고 해도 그 뒤에 일어날 일이 걱정됩니다.”

“으음…….”

클라우드는 시르카가 말하는 의미를 알 것 같았다. 이대로라면 라크는 거의 확실하게 소멸한다. 그런 느낌이 들었다.

한참을 생각하던 클라우드는 마침내 결심을 하고는 입을 열었다.

“좋소. 문제가 있으면 해결법도 항상 존재하지.”

“방법이 있습니까?”

“그대와 나는 상위의 마법을 다루니 우리가 힘을 합하면 어떻게든 될 것이오. 설령 마그나타와 싸울 수는 없다고 해도 라크를 구출해 내는 것은 가능할 것이오.”

“그가 스틸문으로 들어간 지 4일이 지났다고 하셨습니다. 너무 늦지 않았을까요?”

“아직 살아 있지 않소? 그렇다면 늦은 것은 아니지. 어서 갑시다. 한시도 지체할 수 없소.”

클라우드는 그렇게 말하며 자리에서 일어났다. 오는 데 4일이 걸렸으니 가는 데도 4일이 걸릴 것이다. 지하 수맥의 흐름이 복잡한 곳이라면 더 걸릴 수도 있지만 장거리라면 시간의 차이는 거의 없다.

4일, 라크가 지금까지 살아 있다는 건 시르카가 걸어놓은 영혼과 정령의 마법 인장으로 알 수 있다. 그가 이미 소멸했다면 시르카가 이렇게 있지만은 않았을 것이다.

시르카도 클라우드와 같은 생각을 했는지 가볍게 입술을 깨물며 즉시 그의 뒤를 따랐다.

얼마 후, 물의 탑은 클라우드와 시르카, 그리고 라크의 육체를 태우고 다시 움직이기 시작했다.

목적지는 바로 스틸문, 현자의 탑이었다.

*   *   *

"꺄아아아아아아!"

마그나타의 머릿속에 영혼의 하녀의 비명 소리가 들렸다. 그가 소환한 존재였기에 소멸의 순간 그것을 알게 되는 것이다.

"흠, 역시 빛의 마법사인가? 아니면 탑의 힘을 빌었나?"

아까운 일이다. 영혼의 하녀와 같은 존재는 쉽게 소환해 낼 수 없다.

평소에는 탑을 관리하고, 유사시에는 가장 믿을 만한 가디언이 되어준다. 고위 마법사를 상대로 대등하게 싸울 수 있다고 믿었는데 아무래도 상대와 장소가 안 좋았던 모양이다.

"어쩔 수 없는 일이겠지. 이 정도 손해를 예상 못했던 것은 아니니까."

마그나타는 그렇게 중얼거리며 손으로 문을 열었다. 이미 모든 함정은 해체된 상태라 더 이상 그를 방해할 것이 없었다.

이제 안으로 들어가 빛의 탑의 중추를 자신의 것으로 만들기만 하면 된다.

영혼의 하녀와 빛의 탑, 비교할 수도 없는 가치가 있지 않은가?

딸깍.

조그만 소리를 내며 문이 열렸다. 마그나타는 스스럼없이 방 안으로 들어갔다.

탑의 중추인 이곳 중앙에는 커다란 수정이 떠 있었는데, 그것은 유리로 된 천장과 팔면으로 나 있는 창문을 통해 들어오는 빛을 받아 찬란하게 빛나고 있었다.

가히 또 하나의 태양과도 같은 밝은 빛!

마그나타는 눈이 부신 듯 눈을 가늘게 뜨면서 감탄했다.

"과연 빛의 탑이로군! 태양과 달이 뜨는 동안에는 그 힘의 한계가 없다는 것인가? 하하하하!"

이제 곧 이 힘이 자신의 것이 된다. 마그나타는 기분 좋게 웃었다. 그리고는 바로 수정이 있는 쪽으로 걸어가 한 손을 내밀었다.

우우우우웅—

수정이 소리를 내며 진동하기 시작했다. 새로운 주인이 왔다는 것을 감지한 것인가? 마그나타는 그렇게 생각하며 손바닥에 자신의 마나를 집중시키기 시작했다.

강력한 마나의 힘만이 탑의 중추에 존재를 각인시킬 수 있다. 고위 마법사가 아니면 탑을 소유할 수 없는 것이 이런 이유에서였다.

스스스스스스—

마그나타의 손에서 나온 마나는 서서히 수정 속으로 빨려 들어갔다. 사람마다 가진 마나의 파장은 모두 다른데, 수정은 지금 마그나타의 마나를 받아들이며 그 파장을 기억하려 하고 있다.

얼마 지나지 않아 수정의 진동이 멈췄다. 이제는 완전히 마그나타의 힘을 받아들인 것인지 그를 주인으로 인정하고 순종하는 분위기였다.

"그래, 넌 지금부터 나의 것이다. 새로운 영혼의 탑이다!"

마그나타는 고개를 끄덕이며 중얼거렸다.

수정의 힘은 정말로 대단하다. 그리고 가장 놀라운 것은 이 힘에는 거의 속성이 없다는 점이다. 반대로 얘기하면 모든 속성을 포함하고 있다고 볼 수 있다.

마그나타는 솔직담백하게 감탄했다. 적어도 빛의 탑이 영혼의 탑보다 강력한 힘을 가지고 있다는 것은 인정할 수밖에 없었다.

그리고 그는 곧 다른 생각을 하기 시작했다.

원래 그가 소유했던 영혼의 탑은 지하에 중추가 있다. 수백의 영혼을 봉인하여 그것을 힘의 근원으로 한 탑이다.

마그나타는 그 영혼의 중추를 이곳으로 옮기면 어떨까 하고 생각했다. 탑의 최상부와 최하부에 각각 중추가 생기면 그야말로 기존의 탑과는 비교도 할 수 없는 강력한 탑이 될 것이다.

주변에 있는 다른 여섯 개의 탑을 지배할 수 있는 최강의 탑이!

"둘의 힘이 합쳐질 수만 있다면 셋이나 넷의 힘을 발휘할 수 있다. 나로서도 쉽게 짐작할 수 없는 힘을 지닌 탑이 되겠군. 흐흐흐."

마음속의 결심이 서자 이미 탑은 완성된 것이나 마찬가지란 생각이 들었다. 마그나타의 눈에는 그것이 환영처럼 보였다.

우우우우우웅—

수정이 다시 울리기 시작했다. 이번에는 수정과 함께 건물 전체가 같이 진동하는 것 같았다.

그 순간, 마그나타의 감각에 탑 내부의 모든 상황이 느껴지기 시작했다.

6층에서 서둘러 7층으로 올라오고 있는 라크의 숨소리까지 들렸다. 마치 탑 자체가 마그나타의 몸이 된 것 같았다.

이제 탑은 완전히 그의 소유가 되었다.

"하하하하하하하!"

마그나타는 웃었다. 그리고는 걸음을 옮겨 중추가 있는 방을 나섰다.

괜히 그곳에서 전투를 벌여 수정에 작은 충격이라도 가해지면 좋지 않다. 새로운 주인이 생긴 직후이기 때문에 수정은 마그나타에게 적합한 환경을 만들어내는 데 전력을 다하고 있었다.

"마그나타!"

막 7층에 도착한 라크가 마그나타를 보고는 격한 목소리로 외쳤다. 드디어 생의 대적을 만났다.

"흐흐흐, 왔는가?"

여유로운 마그나타의 웃음에 라크는 흠칫 놀랐다. 이미 늦었다! 탑의 마나가 마그나타에 동조하는 것이 느껴졌다.

이런 상황이라면 이길 가능성은 희박하다.

'하지만 지금에 와서 죄송합니다, 하고 도망칠 수는 없잖아.'

라크는 속으로 그렇게 중얼거리며 두 손을 꾸욱 쥐었다.

모든 것을 건 승부에서 가장 중요한 것 중 하나가 바로 승리에 대한 확신이다. 그것이 흔들리면 절대로 마그나타를 이길 수 없다.

라크는 두 다리에 힘을 주고 당당하게 마그나타의 앞에 섰다. 곧 그의 투지가 파도처럼 마그나타를 향해 밀려갔다.

"호오, 그래도 할 마음이 있는 건가? 탑이 나의 것이 된 이상 너에겐 더 이상의 기회가 없다는 것을 알 텐데?"

"내가 소멸되는 순간 모든 기회가 사라지지. 하지만 아직 난 소멸되지 않았다."

"피를 봐야 눈물을 흘리는 성격이었군."

"나에게는 너의 최후가 보인다!"

슈욱―!

마지막 말을 내뱉으며 라크는 몸을 날렸다. 강력한 주문을 사용하기 전에 공격을 가한다!

"어딜!"

쾅!

마그나타가 살짝 휘두른 손짓에 라크의 몸이 뒤로 튕겼다.

뭐지? 주문인가?

라크는 마그나타가 무슨 수법을 썼는지 알아차릴 수 없었다. 라크의 움직임에 반응하는 반사 신경도 특이하지만 더욱 신기한 것은 마그나타의 반탄력이다. 마스터의 오러처럼, 마그나타의 몸을 치는 순간 강력한 반탄력에 의해 튕겨난 것이다.

'신중해야지.'

반성하듯 생각했지만 몸은 정반대로 즉시 움직였다. 허공으로 살짝 떠오르는 듯하다가 오히려 아래로 몸을 굴리며 마그나타의 다리를 찼다.

카슈에게 배운 수법 중 하나로, 용병들의 체술이다.

퍽!

역시 마그나타는 전사나 검사가 아닌 마법사이다. 아무리 반사 신경이 뛰어나도 체술의 묘리에는 쉽게 넘어갔다. 라크가 떠오르려는 것을 보고 위를 막으려다 그대로 다리를 걸어 차인 것이다.

하지만 이번에도 마그나타는 상처를 입지 않았다.

"크윽!"

라크는 엄청난 반탄력에 의해 탑의 구석에까지 튕겨났다. 다리에서 통증이 느껴졌다.

"흐흐흐, 그런 식으로밖에 공격하지 못하나?"

마그나타는 라크를 비웃었다. 기대에 못 미친다는 표정.

"타핫!"

라크는 다시 몸을 날렸다. 이번에는 쓸데없는 동작을 일절 배제하고 전력을 실은 주먹으로 마그나타의 가슴 한가운데를 노렸다.

쾅!

"꺄아아아아악!"

"커헉!"

타격을 가하는 순간, 마그나타의 가슴에서 폭발이 일어나는 것 같은 느낌과 함께 라크는 다시 뒤로 튕겨났다.

이상한 비명 소리가 허공중에 울려 퍼졌지만 적어도 마그나타가 지른 것이 아님은 확실했다.

라크의 손은 폭발의 충격에 의해 흔적도 없이 사라졌다.

"이상하군. 마법을 쓰지 않고 몸으로 공격하다니? 동작으로 보아 전사 변환의 마법진이라도 몸에 새긴 것인가?"

"그대와 같은 마법사에게는 어설픈 마법보다는 빠른 움직임과 강력한 힘으로 대응하는 게 좋다고 생각했는데 말이야."

"흐흐흐, 그런 유치한 생각을 했다고?"

마그나타는 웃기지도 않는다는 듯 고개를 저었다. 하지만 라크는 조금도 수치스러워하지 않고 다시 말했다.

"특이한 방어막을 하고 있군. 보통의 마나 방어막과는 다른데?"

"알고 싶나? 나의 몸은 수십 개의 영혼으로 지켜지고 있다. 마력이 고갈되지 않는 한 어떤 공격도 나를 해할 수 없다는 뜻이지.”

“으음, 그럼 그 수십 개의 영혼을 다 죽여야 너에게 타격을 가할 수 있다는 거군.”

“아니, 불가능하지. 왜냐하면 영혼은 또 있으니까 말이야.”

마그나타가 그렇게 말하며 두 팔을 벌리자 소매 속에서 하얀 영혼과도 같은 것이 나와 마그나타의 몸을 휘감았다. 그리고는 곧 그의 로브 속으로 사라졌다.

영혼의 방어막에 두 개의 영혼이 새롭게 추가되었다. 파괴된 것은 하나인데 라크의 기를 죽이려는 듯 하나를 더 넣었다.

“대단하군. 저번에는 없었던 것 같은데 말이야.”

라크는 투덜대며 천천히 몸을 일으켰다. 그러면서도 머리로는 쉬지 않고 생각했다.

완벽한 방어라는 것이 과연 존재할까? 이치적으로는 절대 불가능하다. 하지만 안타깝게도 라크의 눈에는 마그나타의 방어막이 절대적으로 보였다.

마그나타에게 사로잡혀 있는 영혼들은 그를 대신해서 공격을 막아준다. 감당하기 어려운 경우 스스로의 몸을 소멸시키면서까지!

‘인간의 힘이 아니군. 젠장!’

라크는 속으로 다시 욕을 했다. 그러는 한편으론 신중하게 계산했다.

하루 이틀 변해본 것도 아니고, 이제는 직감적으로 밤이 되어 몸이 변하는 순간을 알 수 있다. 애초의 계획대로 마그나타와 싸우는 도중에 몸이 변하게 시간이 맞추어진 셈이다.

승부는 바로 그 순간에 날 것이라고 생각하였다.

'몇 분 후면 변할 것 같은데 말이야.'

라크는 소멸된 팔을 잡아 지혈시키면서 마그나타를 노려보았다.

"빛의 마법사여, 마법을 써라."

마그나타는 엄숙한 표정을 지으며 말했다. 다른 고위 마법사의 능력은 거의 다 파악하고 있지만 라크의 능력만큼은 아직 잘 모르고 있는 그였다. 단 한 번 싸워본 것으로 확실하게 알 수는 없다.

라크는 반억지로 웃었다.

"난 이미 마법을 사용하고 있지. 네놈의 최후를 결정지을 마법을!"

슈욱―

"또인가?"

쾅!

"끼야아아아아아아!"

영혼의 방어막을 형성하는 영혼 하나가 소멸하며 또다시 폭발이 일었다. 라크는 남은 한 팔마저 잃었다.

양팔을 잃은 마법사는 마법을 거의 사용하지 못한다. 이렇게 되자 마그나타는 오히려 의심스러운 눈으로 라크를 보았다.

"내가 환상을 보는 것인가? 네놈은 정말 빛의 마법사가 맞는가?"

"그걸 왜 나한테 묻는데?"

라크는 고통을 참으며 외쳤다. 잘됐다. 마그나타의 마음속에 의심이 생겨나면서 그의 주의가 흐트러졌다.

라크는 더 이상 무모한 돌격을 하지 않고 전력을 다해 마그나타의 주변을 돌았다.

마그나타가 마법을 사용하려는 그 순간을 노리려는 듯.

"흐음, 환영은 아닌 듯하고, 바꾼 건가? 저 기묘한 생물과?"

"뉴?"

한쪽 구석에서 조용히 구경하던 뉴가 앞발로 자신을 가리키며 짧게 울었다.

동시에 마그나타의 몸에서 반투명한 창이 나타나더니 뉴를 향해 쏘아져 나갔다.

휘익, 턱!

뉴는 아주 자연스럽게 두 앞발로 날아드는 것을 단번에 잡았다. 거리의 무사들이 보여주는 묘기와도 같았다.

"아니? 어떻게?!"

매직 미사일의 수십 배 위력을 가진 사념의 창은 피할 수는 있어도 막거나 잡을 수는 없다. 형체가 없는 에너지의 창이다. 그런데 그걸 잡다니?

"뉴우, 왜 날 공격하지? 뉴."

뉴는 기분이 나쁜 듯 고개를 한 번 갸웃하고는 두 발로 잡은 창을 또각또각 씹어 먹었다. 막대 초콜릿을 먹는 어린아이와 같은 모습이었다.

"라크, 나도 공격해도 되는 거예요? 뉴."

엄마인 라크가 피하라고 해서 일단 구경만 하고 있던 참이다. 그런데 상대가 공격해 왔으니 같이 깨물어줘도 될 것 같았다.

"그래, 저놈 주변에 있는 영혼들도 먹을 수 있니?"

라크로서는 구세주를 만난 기분이었다. 체면이고 뭐고 얼른 물었다.

"뉴뉴뉴! 그럼요. 저거 다 맛있는 거예요. 뉴."

도도도도도, 휘익!

대답을 하기가 무섭게 뉴는 마그나타를 향해 앞으로 뛰어나갔다. 곧 마그나타의 바로 앞에서 갑자기 튀어 오르며 마그나타의 머리를 깨물려 했다.

순간 영혼의 방어막이 자연스럽게 뉴를 막았다. 그러자 뉴는 이걸 기다렸다는 듯이 영혼의 방어막을 콱 깨물어 버렸다.

"끼아아아아아아아!"

폭발은 없었다. 뉴는 사로잡힌 영혼들을 사정없이 잡아먹었다. 마법으로 제어된 영혼은 마나의 집합체를 움직인다. 뉴가 보기에 이것들은 모두 마법 생명체였다. 가장 좋아하는 식품이 바로 이것이라 할 수 있었다.

"이익, 이 괴물이!"

마그나타는 당황해서 급히 손을 휘저어 마법을 시전했다. 파란 전격의 기운이 그의 손가락으로부터 흘러나와 그물처럼 뉴를 감쌌다.

그러나 뉴는 무시했다. 알고 보면 라크보다 더 마법 내성이 강한 최상급 마수가 바로 뉴이다.

파지지지직!

"끼아아아아아아!"

전격의 그물은 뉴를 사정없이 유린했다. 뉴도 영혼들을 독하게 깨물었다. 단지 뉴는 멀쩡했고, 영혼들은 비명을 지르며 소멸하는 게 달랐다.

"대단한 놈이군!"

마그나타는 감탄하며 들고 있던 지팡이로 뉴를 때리려

했다.

"뉴!"

본능적인 위기감에 급히 피한 뉴. 지팡이 속에 뭔가가 있었다.

쉭—

뱀이다. 보통의 독사가 아닌 뱀의 껍질을 뒤집어쓴 마물인 것 같았다.

몸은 가늘었지만 상당히 길어 마치 긴 고무줄처럼 계속해서 늘어났다. 그리고 입을 크게 벌리고 집요하게 뉴를 노렸다.

그사이 마그나타는 기묘한 주문을 외우기 시작했다. 마침내 그가 본격적으로 공격을 하기 시작한 것이다.

"나의 지배를 받는 모든 영혼이여, 공간을 장악하여 너희들의 대지를 만들어라. 지배자의 이름으로 모든 것을 허락한다."

사르르르르.

속이 비쳐 보이는 얇은 비단을 수백 장이나 바람에 날리면 이런 광경일까? 마그나타의 몸에서 허물이 벗겨지듯 영혼들이 일어나 사방으로 퍼져 나갔다.

그리고 그들 중 몇몇은 뉴를 잡으려 했다. 먹히는 것을 두려워할 만도 하지만 이미 이성이 없는 존재들이었기에 주인인 마그나타의 의지에 두말없이 따랐다.

"뉴우, 정말 많네! 뉴."

뉴는 먹을 것이 많아 즐거워하고 있었지만 한편으론 귀찮아하였다. 뱀과의 싸움에 방해가 되는 것이다.

"먹어라, 스카! 통째로 삼켜서 너의 힘으로 만들어라!"

마그나타가 차가운 목소리로 자신의 종속 마물인 스카를 응원했다. 영혼들이 표적을 옭아매면 틀림없이 스카는 한입에 삼킬 수 있을 것이다.

"뉴! 뉴우!"

뉴는 바빠졌다. 발톱으로 영혼을 할퀴었지만 영혼들은 굴하지 않고 스스로의 몸을 장막으로 만들어 버렸다. 그리고 그 틈 사이로 스카가 파고든다.

다수 앞에는 장사 없다고, 지금의 뉴가 딱 그랬다.

그때 라크가 움직였다. 육체를 가진 라크는 영혼들을 공격할 방법이 없었다. 그들에 둘러싸인 마그나타도 마찬가지였다. 하지만 지금은 다르다. 확실한 목표가 생겼다. 바로 마물 스카!

퍽!

시이이이이—

스카가 혀를 길게 내밀고 울었다. 라크가 입으로 스카의 몸뚱어리를 깨물고 다리로 밟았기 때문이다.

화가 난 스카는 급히 몸을 웅크리며 라크의 다리를 깨물었다. 영혼들도 이참에 아예 라크를 소멸시켜 버리겠다는 듯 라크의 주변을 둘러싸려 했다.

하지만 라크는 그대로 몸을 날려 바닥을 뒹굴었다. 폼은 엉망이지만 포위망을 빠져나가는 데에는 가장 효과적인 방법이다.

치익, 칙.

라크가 깨문 스카의 몸에서 나온 피가 라크의 몸을 태웠다. 산성이 강한 피였다. 하지만 그건 라크의 이빨이 비늘을 뚫고 들어가 스카의 몸에 상처를 입혔다는 뜻도 된다.

마법검으로도 힘든 일을 라크는 해냈다. 거인과 필적한 힘을 가진 라크는 깨무는 힘도 남달랐던 것이다.

시이이이이이―

스카는 발광을 하며 라크의 등을 깨물었다. 강력한 산성의 독액이 라크의 등을 타고 흘러들어 가 그의 척추를 녹였다.

보통 사람이라면 즉사해도 이상하지 않을 상처다. 하지만 라크는 죽지 않았다. 포기하지도 않았다. 계속해서 몸을 굴려 영혼들에게 잡히지 않도록 마그나타로부터 멀어졌다.

"네놈! 허깨비가 감히!"

마그나타는 이제 라크가 본인이 아닌 일종의 마법 생명체임이 틀림없다고 확신하는 듯했다. 그렇지 않다면 죽음을 두려워하지 않을 리가 없다.

파드드득!

다시 그의 손에서 전격의 그물이 퍼져 나갔다. 목표는 라크. 하지만 라크는 무시했다. 전격은 뉴의 경우와 마찬가지로 아무런 힘도 발휘하지 못하고 사라졌다.

"흥!"

마그나타는 코웃음을 치며 지팡이를 흔들었다. 다시 전격의 그물이 발현되었다.

그런데 이번에는 조금 달랐다. 검은색의 전격이었다. 특수한 힘이 깃들어 있다는 소리다.

'저거 맞으면 죽는다!'

라크는 이번 것은 자신의 마법 내성으로 막을 수 없는 성질의 것이라고 판단했다.

하지만 피할 수가 없다. 척추가 녹아 하반신을 움직일 수가 없는 것이다. 만신창이란 이럴 때 쓰는 말이다.

그래도 싸움은 끝나지 않았다. 라크는 지난 일 년간 수많은 전투를 통해 많은 것을 배웠다.

어떤 경우에도 싸움은 혼자 하는 것이 아니다! 1대 1의 상황이라고 해도 주변의 것들을 아군으로 삼아야 승리를 쟁취할 수 있다.

급박한 상황. 하지만 라크의 의식은 사방을 살피고 있었다. 의식의 감각에는 1초의 백분의 일도 긴 시간이었다.

뉴가 달려오는 것이 느껴졌다. 하지만 마법은 이미 발동되었으니 약간의 차이로 늦는다. 그 차이를 메울 방법은?

"타핫!"

라크는 몸을 뒤집으며 잘려진 두 팔로 바닥을 쳤다. 그리고는 가슴으로 검은 전격의 그물을 받아냈다.

콰드드등!

자살인가? 마그나타는 그렇게 생각하며 굉음을 내며 폭발하는 자신의 마법을 지켜보았다. 폭발에 휘말리면 흔적도 없이 소멸되게 되어 있다.

그런데 그 폭발을 뚫고 벽에 가서 처박힌 것이 있었다. 바로 라크였다.

"크윽!"

라크는 거의 죽을 지경이 되어 신음 소리와 함께 바닥에 쓰러졌다. 그래도 마법에 휘말리기 전과 별 차이가 없어 보였다. 단지 가슴 쪽의 로브가 타서 사라진 자리에 맨살이 그대로 드러나 있을 뿐이다.

"있을 수 없는 일이다!"

마그나타는 소리를 지르며 자신의 지팡이로부터 뻗어 나간 스카의 몸을 보았다. 그 상황에서도 라크는 입으로 물고 있는 스카를 놓지 않았다.

여기저기에 큰 상처를 입은 스카의 몸이 보였다. 아무리 스카라 해도 폭발에 휘말린 이상 무사할 수는 없었다.

마물이 그런데 사람의 몸뚱어리가 그걸 견딜 리가?

라크는 거의 죽어가는 모습이었지만 마그나타를 비웃듯 말했다.

"네 마법은 겨우 이 정도인가? 허접하군."

"이놈!"

최강의 마법사를 허접하다고 표현할 수는 없다. 하지만 라크는 이판사판이라고 생각했는지 상대의 체면을 돌보지 않았다.

사실은 아래층에서 처치한 영혼의 하녀의 몸뚱어리를 뭉친 것이 그의 품속에 있었기에 급한 상황에서 그걸로 적의 공격을 간신히 막았다.

마그나타의 영혼의 방어막과 비슷한 효과를 기대했는데 놀랍게도 맞아떨어진 것이다.

그걸 모르는 마그나타에게는 충격일 수밖에 없다. 그 위에 라크가 대놓고 막말을 해대자 순간적으로 기가 막혔다.

그사이 뉴는 번개처럼 스카의 머리를 잡고 깨물었다.

시이이이이이!

스카는 요동을 쳤다. 하지만 꼬리는 지팡이에서 벗어날 수 없고, 몸은 라크에게 물려 있는 데다가 머리에는 뉴의 이빨이

박혀 있는 상황이라 거의 힘을 쓰지 못했다.

라크는 뉴에게 외쳤다.

"조심해라! 저놈이 또 마법을 쓰기 전에 확실하게 뱀을 죽여!"

"뉴! 염려 마세요. 앤 이미 끝났어요. 뉴."

뉴는 몸을 한 바퀴 뒤틀어 스카가 더 이상 발광하지 못하게 하고는 그대로 뛰어올랐다. 마그나타가 다시 마법을 사용하려는 것을 보고는 자리를 피하는 것이다.

"못 도망간다!"

마그나타는 극도로 화가 난 듯 손에 있는 반지를 내밀며 외쳤다.

그러자 반지로부터 수십 개의 바늘이 튀어 나왔다. 드래곤의 비늘도 뚫을 수 있는 강력한 무기였다.

슈슈슈슈슉—

바늘이 허공중에 화망을 구성하듯 퍼져 나갔다. 아무리 빨라도 피할 수 없게 모든 공간을 장악했다. 마그나타의 비장의 수법 중 하나가 틀림없다.

하지만 그건 물질적인 육체를 가진 상대에게 유효한 수법이다. 뉴는 가볍게 몸의 구성을 허상으로 바꿨다. 바늘은 허무하게 뉴의 몸을 통과해 벽에 박혔다.

뉴는 보란 듯이 다시 몸을 실체로 바꾸며 바닥에 착지하곤

코를 가볍게 킁킁대며 웃어주었다.

키익, 키익!

오히려 스카의 몸에 바늘이 박혔다. 가뜩이나 죽을 것 같은 상황에서 주인의 손에 의해 더욱 심한 상태가 되었다.

"앗! 네놈에게 그런 능력이?"

마그나타는 정말로 놀랐다. 몸을 실체에서 허상으로 자유롭게 바꿀 수 있는 마물이 있다니? 그로서도 처음 들어보는 일이다.

하지만 그런 놀람은 지금 중요하지 않다. 마그나타는 일단 이 신비로운 마물을 제압하기로 했다. 완전히 전투 능력을 상실한 라크는 일단 무시하고 뉴에게 집중하려는 것이다.

"실물이든 허상이든 상관없지. 공간의 미로[Maze]!"

파파파팟!

사방에서 이상한 막이 나타나며 뉴를 에워쌌다. 그러자 뉴가 놀라서 주변을 돌아보았다. 그에게는 이상한 미로에 둘러싸인 것으로 보였다.

귀신도 헤맨다는 마법의 미로! 한 번 빠지면 벗어나기가 쉽지 않다.

"뉴유?"

뉴는 당황해서 사방으로 뛰었다. 바닥을 파고 들어가 보기도 하고, 벽도 부수어보았다. 그러나 미로를 빠져나갈 수 없었다.

뉴는 곧 방법을 바꾸어 제자리에 서서 주변 마나에 집중했다. 역시 방금 전과는 전혀 다른 마나의 흐름이 느껴졌다.

'이 미로 전체가 마법이네! 뉴.'

상황을 파악하니 해답은 바로 나왔다. 뉴는 발톱에 힘을 주어 사방을 긁어댔다.

바바바바박!

그러자 발톱에서 이상한 빛이 나며 공간 속에서 무엇인가를 긁어내었다. 반투명하고 거미줄처럼 가는 실이 발톱에 엉켰다.

뉴는 그것을 열심히 먹었다. 긁어내고 먹고, 다시 긁어내기를 반복했다.

그에 따라 주변에 있던 벽들이 점점 흐려지기 시작했다.

"뉴우! 정말 많네. 다 먹으려면 한참 걸리겠는데? 뉴."

뉴는 푸념 아닌 푸념을 하면서 열심히 먹어댔다. 그가 먹는 것은 영혼의 미로를 구성하는 마나, 그 자체였다.

스스스스.

뉴가 마법에 걸려 아공간 속으로 사라지자 스카는 살았다는 듯 급히 마그나타의 지팡이로 돌아갔다. 그리고는 주인인 마그나타에게 자신의 고통을 호소하듯 혀를 날름거렸다.

마그나타는 바닥에 쓰러진 라크를 보며 웃었다. 이제 라크는 완전히 싸울 능력을 상실한 것 같아 보였다.

하지만 라크는 진짜가 아닌 가짜다. 마그나타는 그렇게 판단했다. 진짜 라크는 오지 않은 것이다!

"호호호호, 감히 가짜를 보내다니."

순간적이나마 속았다는 생각에 그는 분노했다. 자신과 똑같은 생김새의 키메라를 제작한 것은 감탄할 만하지만, 빛의 탑을 빼앗기는 순간에도 본인이 오지 않았다는 것은 모든 것을 포기하고 도망가려는 의도라고밖에 생각되지 않았다.

그런 겁쟁이를 마음 한구석에서나마 적수라고 생각했다니…….

"이런 껍데기나 보내고!"

슈욱.

가볍게 손짓을 하자 스카가 번개처럼 날아가 라크의 몸을 물었다. 뱀의 어금니를 통해 모든 것을 녹이는 독이 라크의 몸으로 흘러들어 갔다.

모든 것이 끝난 것이다. 이제는 꿈틀거리지도 않는 라크를 보며 마그나타는 그렇게 생각했다.

완벽한 승리! 세상의 모든 마법사들이 자신의 발아래 꿇어 엎드릴 순간이 머지않았다.

그러나 그 순간, 마그나타의 확신을 단번에 뒤집어엎는 일이 벌어졌다.

우우우우웅—

탑 전체가 소리를 내며 울렸다. 동시에 벽에서는 은은한 빛이 흘러나오기 시작했다.

마그나타의 의도와는 전혀 다른 탑의 움직임! 탑의 외부에서 다섯 명의 고위 마법사가 모여 가동시킨 마법진이 이때 활성화된 것이다.

마그나타와 연결되어 그에게 끊임없이 힘을 보내던 빛의 탑의 힘이 갑자기 뒤틀어졌다!

"크윽! 이건……?"

전신을 수십 가닥의 쇠사슬로 꽁꽁 묶은 듯한 느낌에 마그나타는 몸을 제대로 가누지 못했다. 손가락 하나 움직이기도 힘든 압력이 그에게 가해졌다.

탑 전체의 마나가 마그나타 한 명을 구속하기 위해 모여진 것이다.

"어떻게 이런 일이!"

마그나타는 자신에게 어떤 일이 일어나고 있는지 판단할 수 없는 듯 당혹한 목소리로 외쳤다. 어떤 음모가 있었던 것이냐? 그는 이를 악물고 재빠르게 머리를 굴리기 시작했다.

하지만 그에게는 상황을 판단할 그 짧을 시간조차 주어지지 않았다.

소리없이 그에게 다가드는 자가 있었다. 그것은 바로 완벽하게 회복된, 허상이 된 라크였다!

콰콰콰콰콰!

"끼아아아아아악!"

날카로운 그림자의 칼날이 마그나타를 보호하는 영혼의 방어막들을 사정없이 공격했다.

십여 개의 영혼들이 비명을 지르며 폭발했다. 마그나타에게는 기습조차 통용되지 않는가? 허상인 그라고 해도 영체의 파괴되는 힘에는 충격을 받을 수밖에 없다.

그러나 라크는 그 폭발 속으로 뛰어들었다. 작지만 틈이 나타났기 때문이다. 영혼의 방어막에 가로막혀 있지 않은 마그나타의 몸이 보였다!

스팟!

"캬아아아악!"

라크의 두 손에 쥐어진 드림 블레이드가 엑스 자로 마그나타를 베었다. 마그나타는 처절한 비명을 질렀다.

두 개의 드림 블레이드로 동시에 상대를 베면 영혼이 그대로 파괴되어 버린다. 인간이라면!

"타핫!"

파파파파팍!

라크의 몸에서 다시 여덟 개의 검은 칼날이 거미의 다리처럼 튀어나와 사방에서 마그나타의 몸을 꿰뚫었다. 그리고 두 개의 검이 다시 마그나타의 몸을 베었다.

라크는 절대로 손을 멈추지 않았다! 마법사는 무조건 죽을 때까지 쳐야 한다. 마법을 쓸 기회를 주면 그 순간 승부가 뒤집힌다.

"죽어랏! 마그나타!"

파파팍!

"커억! 컥!"

라크에 의해 벽에까지 밀려간 마그나타는 계속해서 단말마의 비명을 지르며 라크의 공격에 몸을 유린당했다.

단 한숨의 여유도 주지 않고 몸 전체를 산산조각으로 만들어야 끝날 것 같은 공격이었다.

그런데 이상한 점이 있었다.

드림 블레이드에 의해 상처를 입은 이상 그는 비명을 지를 수가 없다. 이미 영혼이 파괴되어 완벽한 시체가 되어야 한다.

라크는 이를 악물고 자신의 몸속에 있는 그림자의 힘을 전력으로 끌어올렸다. 그리고 그 힘으로 마그나타의 몸을 감싸기 시작했다.

곧 라크의 몸과 마그나타의 몸은 검게 물들었다. 마치 두 개의 그림자가 서로 붙어 있는 것 같은 모습이었다.

퍽!

라크는 칼을 잡고 있는 두 손을 마그나타의 가슴속에 깊이 쑤셔 넣었다. 심장을 완전히 부숴 버렸다!

동시에 마그나타의 몸을 감싸고 있는 그림자에 힘을 주어 조이기 시작했다.

기이이이!

뼈가 일그러지는 소리. 그것이 상대의 몸 전체에서 들리기 시작했다. 눈과 코, 그리고 귀와 입으로 피를 흘리며 마그나타의 몸이 오그라들기 시작했다.

통째로 조여서 부숴 버린다! 라크는 그렇게 결심하며 더욱 힘을 주었다.

그런데 이미 죽어도 열 번은 더 죽었어야 할 마그나타의 몸에서 변화가 일어났다.

피를 흘리던 그의 눈이 차갑게 변하여 라크를 노려보았다. 비명을 지르던 입이 굳게 닫혔다. 그리고 엄청난, 그야말로 상상하기 힘들 정도의 힘이 마그나타의 전신으로부터 뿜어져 나와 그를 조이고 있던 라크의 그림자의 기운을 튕겨내었다.

콰콰콰쾅!

그것은 절대적인 힘을 가진 폭발이었다. 라크는 순간적으로 그림자의 기운을 거두며 자신의 앞에 겹겹이 방어막을 쳤다. 그 덕분에 소멸되는 것을 면했다.

하지만 허상인 그의 몸이 폭발에 휘말려 대전의 반대편까지 날아갔다. 또 그림자의 기운은 거의 사용할 수 없을 정도로 너덜너덜해졌다. 이 기운도 손상을 입을 수 있다는 것을 라크는 지금 알았다.

"이제야 알겠다. 네놈은 그놈의 그림자구나."

마그나타는 허공에 떠올라 냉엄한 시선으로 라크를 보며 말했다. 그의 몸에서 줄기줄기 뿜어져 나오는 기운은 단순한 마력의 범주를 넘어선 미지의 힘이다.

"크으, 더 강해졌군."

라크는 비틀거리며 일어났다. 소멸의 위기에서 겨우 얻은 기회가 성공으로 끝나지 못했다는 것이 그를 괴롭게 했지만 싸울 의욕을 잃지는 않았다.

마그나타의 몸은 급속도로 회복되고 있었다. 트롤이라고 해도 이렇게 빨리 뭉개진 팔과 다리, 그리고 찢어지고 구멍 뚫린 몸이 회복될 수는 없을 것이다.

그는 곧 허상으로 변해 몸이 다시 재구성되는 라크처럼 완벽한 몸으로 돌아왔다.

동시에 그의 뒤쪽으로 드리워져 있던 그림자가 점점 커지기 시작했다. 그것은 또 하나의 마그나타인 것처럼 뒤쪽의 벽면에 선명히 그 모양을 드러냈다.

인간이 아니었다.

마그나타의 그림자는 커다란 박쥐의 날개와 네 개의 긴 뿔을 가진 마족의 그것으로 변했다!

라크는 이를 갈며 말했다.

"마족과 계약한 자! 마인!"

마법사 최대의 금기인 고위 영격체와 접촉을 행한 자가 그의 눈앞에 있었다.

어떻게 규칙의 법을 피해 그럴 수 있는지는 이해할 수 없지만 마그나타는 그것을 이루어내었다. 그로 인해 인간 이상의 힘을 얻고, 그의 야망을 실현시킬 수 있게 되었다!

마그나타는 라크를 보며 오만하게 웃었다. 마법사가, 아니, 인간이 절대로 해서는 안 되는 일을 해놓고도 그게 뭐 어쨌는가 하는 표정이었다.

"그렇다. 이 영광스러운 그림자는 마족과의 계약의 증표. 이제 나의 진정한 힘으로 너를 소멸시켜 주겠다."

"내 너와 끝까지 싸울 것이다."

라크는 단호하게 응했다. 그러면서 무릎을 굽히고 자세를 낮게 취해 언제라도 마그나타에게로 달려들 수 있도록

했다.

　지금까지는 전초전이었다. 이제 정말로 승부를 결할 때가
되었다.

Chapter 2

마족의 그림자

마족의 그림자

외부의 마법진에 의해 빛의 탑 전체의 분위기가 바뀌자 한 사람이 모습을 드러냈다. 7층의 중추가 있는 방에서 그는 검게 물든 크리스털을 바라보며 웃었다.

"마그나타가 본신의 힘을 드러내기 시작했군. 확실히 무서운 힘이야."

크리스털은 주인과 연결되어 서로 힘을 주고받는다. 봉인의 마법진이 발동된 이상, 그 힘을 마그나타가 고스란히 지탱해야 하는 것이다.

지난 1년간 다른 고위 마법사들에게 빛의 탑을 공개하고,

힘을 합쳐서 마련한 함정이다. 그런데 마족의 힘을 드러낸 마그나타는 그 봉인의 압력을 당당히 받아내고 있었다.

"그래도 약화된 것은 틀림없지."

남자는 미소를 지으며 고개를 끄덕였다. 씨앗을 뿌려 싹을 틔웠으니 이제는 그 결실을 수확할 때가 되었다.

그는 조용히 밖으로 걸어나갔다. 라크와 마그나타가 싸우고 있는 곳으로.

라크는 그림자의 기운을 몸 안으로 되돌렸다. 얼마 남지 않은 그림자의 기운을 몸 안에서 다시 회복시켜야 했다.

상대는 물질계에 현신한 마왕이라고 해도 될 정도의 마력과 힘을 지녔다. 지금까지의 싸움이 그랬던 것처럼 기회는 그렇게 많지 않을 것이다.

'빈틈이 생기는 것을 기다리고 있어서는 안 된다. 어떻게든 상대의 빈틈을 만들어내지 않으면 안 돼.'

마음속으로 단단히 결심을 하고 여러 가지 생각을 해보았다. 하지만 지금 그의 눈앞에 서 있는 마그나타에게는 약점이나 빈틈은 전혀 보이지 않았다.

그때 마그나타가 물었다.

"네 주인은 어디 있지?"

대답은 하지 않았다. 하지만 속으로는 '나도 알고 싶다' 고 중얼거렸다.

"흥, 어차피 이 탑 안에 있겠지. 나의 눈을 속이고 탑 전체를 함정으로 만든 놈이!"

파아!

마그나타가 말을 끝내며 눈을 부릅뜨자 주변의 영혼 하나가 사람 키만 한 반월도로 변해 라크를 향해 쏘아져 날아갔다.

영혼으로 이루어진 칼! 그림자도 베일 것이다.

라크는 몸을 옆으로 날려 피했다. 그러면서 왼손을 내밀어 드림 블레이드를 던졌다.

"꺄아아아아!"

쾅!

비명 소리와 함께 폭발이 일어났다. 라크는 인상을 찡그리며 중얼거렸다.

"영혼의 방어막이 다시 쳐졌군."

"그렇다. 네놈에게 더 이상의 기회는 주어지지 않을 것이다."

"너무 단정적으로 말하는 것 아닌가?"

"흐흐흐, 끝까지 굴복하지 않을 셈인가? 아니지, 새도우 가디언이라면 소멸할 때까지 싸우는 게 당연하겠지."

마그나타는 라크를 비웃으며 두 팔을 양쪽으로 벌렸다. 공격해 볼 테면 공격해 보라는 몸짓이다.

하지만 라크는 상대의 도발에 넘어가지 않았다.

조금 전의 영혼의 방어막뿐만 아니라 그를 튕겨낸 힘이 마그나타를 감싸고 있다는 것을 느끼고 있었다. 그것부터 어떻게 하지 않으면 상대의 머리카락 하나 뽑기 힘들다.

'어떻게 하지?

아무리 궁리를 해도 안 되는 것은 안 된다. 그림자의 기운도, 드림 블레이드도 그걸 뚫을 수는 없다.

'뉴라면 가능할까?

라크는 문득 그런 생각을 했다. 아공간 속으로 사라진 뉴. 언제 다시 나타날지는 모르지만 뉴의 발톱과 이빨이라면 마그나타를 둘러싼 기운을 파헤칠 수 있을 것 같은 기분이 들었다.

'크크, 뉴에게 의지를 하다니. 한심하군.'

라크는 고개를 저었다. 그러나 다시 생각해 보면 마그나타란 상대는 그런 자존심을 지키면서 싸워 이길 수 있는 상대가 아니었다.

'좋아. 뉴, 어서 나와라!'

라크는 마음을 비우고 그렇게 속으로 중얼거렸다. 뉴가 나타나는 순간이 바로 마그나타를 한 방 먹일 수 있는 기회이다.

그렇다면 지금부터는 그 순간을 위해 준비해야 한다. 철저한 준비를!

일단은 시간을 끌어야 한다. 판단이 서자 즉시 행동에 옮겼다.

"그런데 마그나타, 이 탑 말이야. 아무래도 네놈에게 호의적이지 못한 것 같은데?"

"흐흐, 그렇지. 아무래도 네놈의 주인이 수를 부린 것 같군."

마그나타는 부정하지 않았다.

"상당한 압력이군. 덕분에 내 힘도 완전하지는 않다. 하지만 이 정도로는 나를 막을 수 없지. 네놈을 소멸시키고, 네 주인 놈도 찾아서 제거하면 끝나는 문제다."

"흠, 과연 그럴까?"

"뒤가 있는 척해도 소용없다. 이제 죽어랏!"

마그나타는 라크의 의미심장한 말을 무시했다. 괜히 뒤가 있는 듯한 말투에 넘어가면 할 일도 못한다는 사실을 그는 잘 알고 있었다.

스스스스―

"기분 나쁜 마법만 골라서 쓰다니!"

라크는 마그나타의 손에서 몇 가닥의 실 같은 기운이 뻗어나오자 속으로 욕을 하며 전력으로 몸을 날렸다.

칼보다는 실이 더 무섭다.

라크가 옆으로 피하자 실은 살아 있는 것처럼 라크의 뒤를 쫓았다. 그러는 동안에도 마그나타에게서 나오는 실의 수는 더욱 늘어났다.

라크는 드림 블레이드를 뒤쪽으로 휘둘러 자신을 쫓아오는 실을 베어냈다. 파파팍! 하는 소리와 함께 잘려 나가는 실들. 그 말인즉, 실이 물질적인 것이 아닌 영적인 것이라는 소리다.

"잡히면 고생 좀 하겠군."

파파파팍!

다시 실을 잘라내며 몸을 피했다. 이런 식으로 피하기만 해서는 상대를 건드려 보지도 못한다는 것을 잘 알고 있는 라크였지만 어쩔 수 없었다.

그사이 마그나타는 느긋하게 주문을 외웠다. 마족의 힘을 발현하기 시작한 그가 주문을 외우면서까지 시전해야 하는 마법이다!

"장난은 여기까지다. 진정한 상위 마법의 힘을 보여주지. 소울 프레셔!"

우우우우우웅—!

강력한 마나의 진동이 마그나타의 몸에서 사방으로 뿜어져 나갔다. 그리고 그것은 마그나타의 몸을 둘러싸고 있는 영체들마저도 함께 밀어냈다.

신기한 것은 영체들의 몸이 서로 연결되어 마치 풍선처럼 빈틈없이 부풀어 오른다는 것이다. 점점 부풀어 오르는 영혼의 방어막은 점점 방 안에 가득 차기 시작했다.

"으윽! 사람을 눌러 죽이려는 마법이군!"

라크는 기가 막혀 하며 급히 방구석으로 피했다. 영혼의 방어막에 닿으면 안 될 것 같은 기분이 강렬하게 들었다.

하지만 피할 구석은 어디에도 없었다. 이대로라면 틀림없이 영혼의 방어막에 닿아버리고 만다!

'터뜨려 버릴까?'

라크는 고민했다. 그림자의 기운으로 창을 만들어 던지면 충분히 터뜨릴 수 있을 것 같았다. 부풀어 오른 만큼 얇아졌을 것이기에.

하지만 그 순간 라크의 머릿속에 떠오른 생각, 그것은 막이 터지는 순간 안쪽의 기운이 어떻게 되는가 하는 점이었다.

터뜨린 쪽으로 모든 기운이 뿜어져 나온다!

"치사한 마법이군!"

"제한된 공간에서는 거의 무적에 가까운 위력을 발휘하지. 잘 가라!"

마그나타는 음침한 미소를 띠며 라크에게 손을 흔들어 보였다.

라크는 급히 몸속에 있는 그림자의 기운을 몸 밖으로 방출했다. 가능한 한 영혼의 방어막을 터뜨리지 않도록 둥글게 만들어 앞으로 밀어냈다.

과연 그림자의 기운은 영혼의 방어막에 닿아도 소멸되지 않았고 반대로 영혼의 방어막을 파괴하지도 않았다.

하지만 방어막 자체가 점점 부풀어 오르며 압력이 강해지자 견디기 어려울 정도가 되었다.

그그그그극!

"크으! 정말 눌러 죽이려는 거냐?"

라크는 벽의 구석에 거의 박히다시피 한 형태가 되었다. 그림자 기운의 힘이 점점 약해져 가고 있는 것이 느껴졌다.

그래도 버틴다! 라크는 입을 다물고 정신을 집중했다.

"호호호, 소용없다. 시간의 문제일 뿐, 소울 프레셔의 압력은 무한대에 가깝다."

마그나타는 방의 중앙에 있었다. 풍선 속에 있는 인형과도 같은 모습인데 좀 추악해 보였다. 어린아이가 보면 바로 울음을 터뜨릴 정도로.

'확 터뜨려 버려?'

라크는 이게 터지면 마그나타는 어떻게 될까 하고 상상해 보았다. 하지만 이런 마법이 시전자에게 해를 끼칠 리가 없다.

일단 터지면 막대한 마나의 흐름에 라크 자신의 존재만 흔적도 없이 소멸될 것이다.

'으으, 뉴가 나오면 어떻게든 될 것 같은데…….'

뉴가 사라진 아공간은 지금 풍선의 안쪽이다. 즉, 마그나타에게 공격을 가할 수 있다는 뜻이 된다.

문제는 뉴가 나올 때까지 라크 자신이 버틸 수 없을 것 같다는 점이다. 앞으로 10초도 버티기 힘들다.

그런데 그 순간 갑자기 마그나타가 고개를 돌려 안쪽 통로를 바라보며 외쳤다.

"누구냐?"

"이쯤 되면 짐작하고 있을 텐데, 마그나타?"

대답을 하며 내려와 통로에 선 자, 그는 영혼의 풍선에 밀려 찌그러지기 직전인 라크와 같은 얼굴을 하고 있었다!

라크는 그를 보자 가슴속에서 불길이 일어나는 듯한 느낌이 들었다. 그것은 바로 살의! 자신과 똑같이 생긴 존재에게 느끼는 본능적인 충동이었다.

그러나 지금은 마그나타와 싸우는 도중, 집중을 흐트러뜨릴 수는 없다. 라크는 억지로 시선을 마그나타에게 고정하여 나타난 자를 외면했다.

그래도 그의 귀는 자신도 모르는 사이 새롭게 나타난 자의 목소리를 들으려 하고 있었다.

마그나타는 웃었다.

"크흐흐흐, 나타났군. 빛의 마법사! 7층에 숨어 있었다니!"

어째서 아까 발견하지 못했을까? 마그나타는 의외라는 표정이었다.

"탑의 주인으로서 모습을 숨기는 것은 어렵지 않은 일이다. 애초에 탑의 중추가 인식하지 못하는 결계를 하나 만들어 놓았지."

"흥, 모든 것은 함정이었단 말이군!"

"그렇다. 네놈은 내가 현자의 탑을 떠나 대륙 곳곳을 돌아다녔다고 생각했겠지. 하지만 난 현자의 탑을 떠난 적이 없다!"

"흥, 그렇다면 지금까지 나를 귀찮게 한 것은 저 허깨비였단 말이군?"

마그나타는 이제야 모든 것을 알았다는 표정이다.

그림자에게 자신과 똑같은 형상을 주어 자신의 이목을 속이고, 진짜 빛의 마법사는 다른 고위 마법사들과 함께 이곳에서 함정을 꾸몄던 것이다.

"탑을 포기할 생각이었나?"

"물론이지. 이곳은 네놈의 감옥이자 무덤이다. 아무리 마

족의 힘을 받은 네놈이라고 해도 절대로 부술 수 없게 되어
있지."

"크하하하하하! 과연 대단한 각오군. 자신의 탑을 포기하
면서까지 나를 상대하려 하다니?"

"네놈을 죽일 수만 있다면 기꺼이 이 탑을 희생시킬 수 있
다. 네놈이 죽으면 영혼의 탑을 차지하면 되니까 말이야."

"흥, 과연 내가 빛의 탑을 빼앗으려 하는 것처럼 네놈도 영
혼의 탑을 원하는 것이군. 좋다! 아주 공평해. 이긴 자가 상대
의 탑을 가지는 최고의 승부로군. 하지만 말이야."

마그나타는 자신의 지팡이로 새로 나타난 라크를 가리켰
다. 그리고는 말을 이었다.

"어떻게 날 제거할 거지? 아무리 네놈이라고 해도 나를 상
처 입힐 수는 없다. 아니, 이 소울 프레셔를 뚫고 들어올 수도
없지 않겠나?"

"그럴까? 아무리 대마법사 마그나타라고 해도 그런 힘을
계속해서 발휘할 수 있으리란 생각은 들지 않는군. 내가 연구
한 바에 의하면 한 번 힘을 발휘하면 며칠간은 마족의 힘을
사용할 수 없는 것 같더군. 즉, 네놈이 이미 힘을 발현한 이
상, 난 네놈이 원래대로 돌아온 이후 천천히 상대하면 된다는
말이지."

"뭐라고!"

"하하하, 정확한가 보군."

본체인 라크는 웃었다. 예상은 했어도 단정 지을 수는 없었던 사실인데, 지금 마그나타의 반응을 보니 거의 확실한 것 같았다.

"저 그림자 가디언은 마음대로 죽여도 좋아. 네놈이 원래대로 돌아오면 새로운 가디언을 소환해서 싸워주지. 그때에는 싸워볼 만할 테니까. 정정당당하게 인간의 힘만을 이용해서 말이야."

"정정당당하게? 네놈이 감히!"

마그나타는 미칠 것 같은 기분이 들었다.

상대의 말대로 그의 힘은 무한하지 않았다. 일단 마족의 힘을 개방하면 서서히 마나가 고갈되어 버린다. 그리고 몇 시간이 지나면 인간의 상태로 돌아온다.

원래대로라면 그래도 괜찮다. 본래의 힘이라고 해도 최강이니까. 하지만 지금은 함정에 걸려 있는 상태, 탑의 마력이 그에게 강력한 구속구가 되어 있다. 평소의 반의반도 힘을 내기가 어려운 것이다.

이놈의 빛의 탑의 힘이 얼마나 강한지, 마족의 힘을 방출한 지금도 걸려 있는 마법을 무효화할 수 없었다.

하기야 다른 모든 고위 마법사들이 힘을 합쳐 만든 함정이라고 하니 쉽게 벗어날 수는 없을 것이다.

본체인 라크는 비웃듯이 말했다.

"자자, 마그나타. 어서 저 그림자를 소멸시키라고. 애써 시전한 마법이 아깝지 않나?"

그리고는 그림자 라크에게도 말했다.

"뭐 하지? 마족의 힘을 끌어낸 것이 네 능력의 끝인가? 마그나타를 제거하기 위해 널 소환했는데, 어서 힘을 내봐. 반격을 하라고. 네가 저자의 힘을 소모시키면 그만큼 일이 쉬워지니까 최후의 최후까지 싸우지 않으면 안 돼."

"그런가?"

라크는 감정이 없는 목소리로 대답했다. 하지만 눈은 여전히 마그나타를 노려보고 있었다.

마그나타는 참을 수 없는 분노로 떨리는 손으로 본체 라크를 가리켰다. 그리고는 외쳤다.

"홍, 좋다! 네놈이 날 함정에 빠뜨린 것을 인정하지. 하지만 그것도 이 자리에서 네놈을 제거하면 끝이다!"

슈욱ㅡ

말이 끝남과 동시에 마그나타의 지팡이로부터 마법의 독사인 스카가 튀어 나갔다. 바로 본체 라크가 있는 방향이다.

그리고 그것은 마그나타의 영혼의 방어막을 찔렀다. 풍선을 안쪽에서 바늘로 찌르는 형태와도 같았다.

콰콰쾅!

안에서 찌르든 밖에서 찌르든 구멍 뚫린 풍선은 터져 버린다. 안에 모여 있던 압축된 마나는 해방되어 사방으로 발산되었다. 특히 구멍이 뚫린 곳으로는 거의 폭포와도 같이 거센 흐름이 형성되어 본체 라크를 덮쳤다.

마나의 격류는 통로를 타고 안쪽까지 미쳤다.

그러나 본체 라크는 순간적으로 몸을 납작하게 만들어 바닥에 딱 달라붙었다. 마치 종이로 된 사람처럼.

그가 입고 있는 로브는 거울처럼 사방을 비추고 있었는데, 이 밀러 로브는 매끄러운 표면으로 마나를 반사하는 효능이 있었다.

정면으로 마나의 격류에 휘말렸다면 몰라도 바닥에 붙은 이상 약간의 여파는 충분히 흘려보낼 수 있다.

엄하게 피해를 본 것은 그림자 라크다. 풍선이 터지며 발산된 마나에 상당한 충격을 받았다. 그나마 대부분이 본체 라크 쪽으로 쏠려서 죽을 정도는 아니었다.

무엇보다 중요한 것은 이 순간 마그나타의 방어막이 깨어졌다는 것이다!

그림자 라크는 앞으로 튀어 나갔다. 마그나타가 뭐라고 소리를 질렀지만 무시해 버렸다.

팍!

라크가 휘두른 검을 마그나타가 지팡이로 막았다. 하지만 몸 어디에서든 내보낼 수 있는 것이 그림자의 기운이다. 라크의 어깨로부터 그림자의 창이 튀어나가 마그나타의 옆구리를 찔렀다.

"네놈 따위가!"

마그나타는 거의 고통을 느끼지 않는 듯 비명보다는 분노의 외침을 지르며 다시 몸에서 마나의 파장을 발산했다.

항거할 수 없는 압력에 라크의 몸이 튕겼다.

"대단한 힘이군!"

본체 라크가 일어나 마법을 시전하며 외쳤다. 어느새 손에는 강력한 공격 마법이 생성되어 있다.

마그나타는 인상을 찡그리며 지팡이 끝에 임시로 방어막을 형성하여 그쪽을 막았다.

확실히 만만치 않은 실력을 지닌 둘을 상대하는 것은 성가시다. 영혼의 하녀라도 있었다면 이렇게까지 귀찮은 상황은 벌어지지 않았을 것이다.

그래도 어쨌든 간에 두 라크의 공격을 막을 자신이 있는 마그나타였다. 더 중요한 건 시간이 그의 편이 아니기 때문에 막는 것만으로는 안 된다는 것이다.

마그나타는 작전을 바꿨다. 본체를 제거하면 그림자도 사라질 것이라 생각했지만, 다시 생각해 보니 그림자를 먼저 제거하는 것이 상책인 듯했다.

　지금 떠오른 건데, 새도우 가디언이 소멸된 이후 곧바로 다시 소환이 가능할 리가 없다. 본체 라크가 새빨간 거짓말로 그를 도발한 것이다.

　"가디언을 놔두고 소환자만을 제거하는 건 쉽지 않지."

　마그나타는 스스로에게 그렇게 말하면서 그림자 라크에게로 시선을 돌렸다.

　그때 라크는 다시 마그나타에게 달려들고 있었다. 맹목적인 돌진이다. 거의 이성을 잃은 것처럼 보였다.

　마그나타의 소매에서 남겨져 있던 영혼들이 튀어 나왔다. 그리고 그것들의 몸이 둘둘 꼬이더니 날카로운 창처럼 변했다. 그것도 맹렬하게 회전하는 창!

　"소울 드릴!"

　위이이잉—

　십여 개의 영혼의 드릴이 라크의 몸을 향해 쇄도했다. 허상이든 실상이든 모든 것을 용서치 않고 갈가리 찢어버릴 기세였다.

　라크는 급히 그림자의 기운을 모아 반구형으로 만들었다. 그리고 그걸 회전시켰다.

　카카카캉!

　다행히 그림자의 기운으로 만든 방어막이 영혼의 드릴을 막아 팅겨냈다. 회전에 회전으로 대응한 것이 주효했던 것이다.

하지만 영혼의 드릴은 표적을 놓치지 않는다. 마치 살아 있는 것처럼 허공에서 방향을 틀어 다시 라크를 노렸다.

라크는 필사적으로 그걸 막아냈다. 하지만 노리는 창은 10여 개인데 그가 든 그림자의 방패는 하나뿐이니 상당히 괴로웠다.

마그나타는 본체 라크를 견제하고 있었다. 일 대 일의 상황이 되면 단숨에 제거해 버릴 것이라고 생각하면서.

그때, 마그나타의 옆쪽의 공간이 열렸다. 하루 밤낮을 꼬박 유지되는 공간의 미로가 몇십 분도 지나지 않아 깨어져 버렸다!

"뉴우우우!"

방 안에 울려 퍼지는 함성 소리와 함께 뉴가 아공간으로부터 튀어 나와 그대로 마그나타의 목을 물어뜯었다.

콱!

"크아아악!"

작은 생물에 불과한 뉴였지만 일단 물려보니 장난이 아니다. 어금니로부터 이상한 파장의 마나가 흘러나와 마그나타의 몸속의 기운을 흔들리게 했다. 마족의 힘을 약화시킬 정도로 강력한 파장이었다.

"미천한 마물이!"

파앗!

마그나타는 다시 마나를 발산해서 뉴를 튕겨내려 했다. 그
러나 한번 물은 것을 놓칠 뉴가 아니다. 악착같이 매달려서
두 앞발로 마그나타의 얼굴을 긁어댔다.

그리고 그사이 그림자 라크가 달려들었다. 자신의 양손에
든 드림 블레이드의 위에 그림자의 기운을 씌워 커다란 검의
형태를 만든 채였다.

슈각!

"컥!"

파파파팍!

크게 한 번 베어 마그나타의 가슴에 긴 균열을 만들고는 곧
바로 난도질을 해댔다. 한두 번 해본 솜씨가 아니기에 망설임
은 전혀 없었다.

"라이트 웨이브!"

본체 라크가 두 손을 모아 앞으로 내밀자 주변의 빛이 모였
다가 앞으로 쏟아져 나왔다. 뉴와 그림자 라크의 안위 따위는
전혀 신경 쓰지 않고 한꺼번에 모두 보내 버리겠다는 의지였
다.

"이놈!"

마그나타가 그 와중에서도 지팡이를 흔들어 그걸 막으려
들었다. 그림자 라크와 뉴는 그걸 보고 피할 생각을 포기한

채 공격에 집중했다. 마그나타의 능력을 믿었다.

콰콰콰콰콰콰!

지팡이로부터 뿜어져 나온 마나의 힘과 빛의 파도가 부딪쳤다. 빛의 파도는 사방으로 튀어 찬란하게 빛나는 안개처럼 변했다.

마법이 결코 지닐 수 없다고 여겨졌던 신성력이 그 안에서 느껴졌다. 빛의 마법은 신성 속성마저 구현해 낼 수 있는 마법이었다.

영혼들은 비명을 지르며 어지럽게 방 안을 날아다녔다. 빛의 안개가 몸에 닿을 때마다 그들의 몸이 녹아내렸다.

"크핫!"

마그나타가 못 참겠다는 듯이 소리를 질렀다. 그러자 그의 전신으로부터 다시 한 번 강렬한 마나의 파동이 일어나 모든 것을 밀어냈다.

그림자 라크와 뉴, 그리고 빛의 안개가 모두 그 파장에 의해 밀려났다.

'으윽, 이놈의 마나 파동을 어떻게 하지 않으면!'

라크는 벽에 부딪치며 그렇게 생각했다. 아무리 빈틈을 잡아 공격해도 상대가 기합만 지르면 튕겨난다. 그리고 그사이 상대는 반격을 해오는 것이다.

강력한 재생 능력을 가진 마그나타를 죽이는 방법은 쉽지 않고 공격하여 재생의 기회를 주지 않는 것뿐인데, 이런 식이라면 절대로 이길 수 없다.

라크는 겨우 몸을 일으키며 뉴를 보았다. 다행히도 뉴는 벽을 발로 차고 허공에서 몸을 뒤틀어 바닥에 무사히 착지하고 있었다.

라크는 혹시나 하는 마음에 뉴에게 외쳤다.

"뉴, 괜찮니?"

"뉴우, 괜찮아요. 뉴."

태연하게 대답하는 뉴. 그러나 그의 털은 강적을 만난 맹수의 그것처럼 바짝 곤두서 있었고, 눈에서도 흉포한 살기가 흘렀다.

방금 전의 파동에 적지 않은 충격을 받고 마수로서의 흉성이 폭발한 모양이었다.

그러나 곧 뉴는 두 눈을 동그랗게 뜨고 마그나타를 바라보았다. 라크도 마찬가지였다.

"이놈! 무슨 짓이냐?"

마그나타는 당혹한 목소리로 외쳤다. 마나를 방출한 직후의 빈틈을 타고 본체 라크가 달려들어 마그나타의 다리를 껴안고 있었다.

마법사라면 절대로 육탄 돌격을 하지 않는다. 혹시 이놈도 가짜? 마그나타는 순간적으로 그렇게 생각했다.

그런데 본체 라크는 그런 마그나타의 심정을 이해한다는
듯 그를 보며 씨익, 웃었다. 그리고는 즐거운 목소리로 마그
나타에게 말했다.

"재미있는 것을 보여주지. 내가 원한 것이 무엇인지를!"

"크아아아아아아!"

갑자기 마그나타가 비명을 지르기 시작했다. 본체 라크는
마그나타의 발을 잡고 있는 것이 아니었다.

그가 잡고 있는 것은 바로 마그나타의 그림자였다. 그리고
지금 라크는 마그나타의 몸으로부터 그림자를 떼어내고 있었
다.

"마족과의 계약의 증표! 힘의 근원! 네놈에게서 이걸 빼앗
을 날만을 기다렸지!"

부우우우우우!

기묘한 소리와 함께 마그나타는 마족의 그림자로부터 떨
어져 나왔다.

그림자를 떼어낼 수 있다니? 이해할 수 없는 현상이었기에
마그나타뿐만 아니라 그림자 라크와 뉴는 어떻게 대응해야
할지 알 수 없었다.

그러는 사이 본체 라크는 손에 쥐고 있던 마족의 그림자를
자신의 발아래에 붙였다.

지금까지 그림자가 없던 본체 라크에게 새로운 그림자가

생겼다. 바로 마족의 그림자!

"저럴 수가!"

그림자 라크는 자신도 모르는 사이 탄성을 질렀다. 바닥에 쓰러진 채 경악한 표정을 짓고 있는 마그나타도 마찬가지였다. 그는 그림자를 잃은 충격이 대단한 듯 좀처럼 몸을 움직이지 못하고 있었다.

본체 라크의 몸이 점점 허공으로 떠올랐다. 동시에 그의 전신으로부터 강렬한 마나의 파동이 뿜어져 나왔다. 방금 전에 마그나타가 뿜어낸 것과 같았다.

파앗!

"커헉!"

쿵!

마그나타의 몸이 그 파동에 튕겨 벽에까지 날아가 처박혔다. 그는 충격을 이기지 못하고 눈과 코, 그리고 입에서 피를 흘렸다.

"좋군. 아주 강렬한 힘이야. 흐흐흐흐."

본체 라크는 만족한 표정을 지었다. 마족의 그림자를 자신의 것으로 만듦으로써 얻은 힘은 그가 상상했던 것을 넘어서고 있었다.

"으으, 어떻게 그럴 수가?"

마그나타가 현실을 받아들이지 못하겠는지 몸을 떨며 중

얼거렸다.

"왜? 신기한가? 그림자와 본체는 서로 떨어질 수 없는 것. 하지만 네놈이 마족과 계약을 하면서 자신의 것이 아닌 그림자를 달았을 때, 엄청난 힘과 함께 위험도 같이 생겨난 것이다. 그림자를 빼앗길 위험을!"

"그림자를 빼앗는 마법은 있을 수 없다!"

"마법이 아니다. 능력이지."

"뭐라고?"

"그림자에 대해 가장 잘 알고 능숙하게 다룰 수 있는 것은 바로 그림자이지. 아무리 네놈이 당대 최고의 마법사라고 해도 이런 그림자의 비밀에 대해 완벽하게 알 수는 없다. 마왕 정도는 되어야 알 수 있는 가장 은밀한 능력이거든."

"크으으, 그런!"

"그림자는 곧 힘이다. 그림자를 잃은 본체는 이윽고 소멸되어 버리지. 본체를 잃은 그림자가 존재하지 않는 것처럼 말이야. 마그나타, 네놈은 끝이다. 크하하하하하하하하!"

본체 라크는 크게 웃었다. 그리고는 몸을 돌려 탑의 중추가 있는 방으로 들어가려 했다.

마그나타는 그림자를 잃은 충격과 탑의 마력에 의한 압력 때문에 몸을 움직이기도 힘든 듯했다. 그런데 신기하게도 그의 몸이 점점 검게 물들고 있었다.

마치 그림자로 변화하는 것처럼.

동시에 그림자 라크의 마음속으로부터 무엇인가가 빠져나가기 시작했다.

그것은 마그나타를 죽여야 한다는 사명감이었다. 마그나타는 소멸하고 있는 것이다. 이미 소멸한 것과 같다고 라크의 본능이 확신하고 있었다.

그리고 사명감과 함께 사라져 가는 것, 그것은 바로 힘이었다. 라크는 자신의 몸속에 느껴지던 그림자의 기운이 더 이상 존재하지 않는다는 것을 알았다.

두 손을 들어 보니 몸이 반쯤 투명해지고 있었다. 마그나타와 같은 현상이 라크의 몸에서도 벌어지고 있는 것이다.

소멸! 본체가 새로운 그림자를 얻자 과거의 그림자인 그는 존재 가치가 사라져 버린 것이다.

라크는 급히 외쳤다.

"잠깐!"

"하하하, 궁금한 것이 있나?"

"네놈은 그림자인가?"

"확실히 그랬던 적도 있다. 하지만 지금은 아니지. 이렇게 육체도 있고, 새로운 그림자도 생겼거든."

"그랬었군."

본인의 입으로 대답을 들었다. 라크는 이를 갈며 고개를 끄덕였다.

본체 라크는 별것 아니라는 듯 한 손을 들어 손가락을 좌우로 까닥거리며 말했다.

"이제는 대충 짐작하고 있겠지. 네놈이 나를 소환했지만, 저 늙은이에게 패하고 정신을 잃은 사이에 난 자아를 가졌다. 그리고 네놈의 몸과 기억을 빼앗을 수 있었지. 하지만 나의 본능에 각인된 임무는 저 마그나타의 제거! 고민한 끝에 난 하나의 계획을 꾸몄다. 원래대로라면 완전한 그림자가 되었어야 할 너를 어느 정도의 수준에서 고정시킨 것이지."

"미끼로 이용한 것이군."

"잘 아는군."

본체 라크는 미소를 지으며 고개를 끄덕였다.

일단 완전한 그림자가 된 이후에 다시 가디언으로 소환하면 오랫동안 떨어져 있을 수는 없다. 그럴 경우 그림자가 다시 자아를 가지게 되는 것이다.

하지만 이렇게 도중에 변화를 정지시켜 놓으면 1년이든 2년이든 오랜 기간 동안 떨어져 있어도 상관없다.

단지 그림자 라크가 본체 라크의 명령을 듣지 않는다는 것과 본체 라크가 죽으면 그림자 라크가 다시 육체를 되찾을 수 있다는 위험이 있다.

하지만 마그나타를 상대하기 위해 그 정도 위험은 감수하기로 한 본체 라크였다.

그리고 결정적으로 본체 라크는 마그나타의 그림자를 원했다. 엄청난 힘을 보유한 마족의 그림자를!

음모는 꾸며졌다. 현자의 탑의 다른 고위 마법사들은 원래의 라크와 그림자가 바뀌었다는 사실은 꿈에도 몰랐기에 적극적으로 그의 계획에 동참했다.

마그나타의 야망은 그들 모두가 힘을 합쳐 막아야 하는 것이었다.

"세상의 모든 것은 승리자의 소유. 너희들은 곧 흔적도 없이 소멸될 것이다."

본체 라크는 그렇게 말하며 다시 걸음을 옮겨 방 안으로 들어갔다.

탁.

문이 닫히고 7층의 홀에는 힘을 잃고 반투명화된 두 명만이 남았다.

"크으으으… 내가, 이 내가!"

마그나타는 반쯤 얼이 빠져 중얼거리고 있었다. 육체가 사라지는 허무감을 이기지 못하는 것 같았다.

"뉴우. 라크, 죽는 거예요? 뉴."

뉴가 걱정스러운 눈으로 라크를 보며 물었다.

"죽는 것인가?"

라크는 스스로에게 물었다. 확실히 죽을 것 같았다. 본체인 라크는 그를 거들떠보지도 않고 그냥 안으로 들어갔다. 일부러 손을 써 소멸시킬 필요도 없다는 투였다.

저항하거나 살아날 가능성이 전혀 없다는 뜻이다.

확실히 마그나타나 그림자 라크는 이젠 허깨비와 같이 변해서 이대로 꺼져 버린다고 해도 이상할 것이 없다.

"아니지. 저놈이 내 그림자였고, 내 성격과 같다면 절대로 그냥 놔둘 리가 없어!"

라크는 고개를 저었다. 제거해야 할 존재를 그냥 놔둘 리가 없다. 아무리 저항할 방법이 없다고 해도 자비를 베풀지 않는다.

"그렇다면 나나 이자를 이 상태로 놔둘 필요가 있다는 뜻인데⋯⋯."

라크는 고개를 돌려 마그나타를 보았다. 그리고는 그의 어깨를 붙잡았다. 우습게도 지금 라크가 건드릴 수 있는 것은 같은 허깨비인 마그나타뿐이었다.

"이봐! 정신 차려! 혹시 저놈이 왜 우리를 바로 소멸시키지 않는지 알 수 있어?"

"크흐흐흑, 내가 패하다니⋯⋯."

"정신 차리라니까!"

거칠게 어깨를 흔들어도 마그나타는 전혀 라크의 말에 대답하지 않았다. 이미 그의 정신은 붕괴되어 가고 있는 것일까?

그런데 그때 뉴가 폴짝 뛰어오르더니 마그나타의 머리를 깨물어 버렸다.

"뉴웅, 라크 말에 대답해! 뉴."

"크흑!"

역시 뉴는 대단했다. 몸이 사라져 가는 마그나타에게도 고통을 가할 수 있었다.

마그나타는 정신이 번쩍 든 듯 고개를 휙, 뒤로 젖히면서 비명을 질렀다. 그리고는 겨우 정신이 든 눈으로 라크를 보았다.

"대답하라고! 왜 저놈이 우리를 바로 소멸시키지 않고 이대로 놔두었는지!"

"바로 소멸시키지 않고?"

"그래, 넌 그래도 최고의 마법사였잖아. 난 기억을 빼앗겨서 어떻게 된 일인지 생각할 수 없다고."

"흐, 그게 무슨 상관이지? 그는 승리했고, 우리는 패했다. 모든 것은 그의 것이다. 우리는 흔적도 없이 소멸하겠지."

"난 아직 지지 않았다. 완전히 소멸할 때까지는 패했다고 말하지 마라!"

"패하지 않았다고? 크흐흐흐."

마그나타는 웃었다. 그리고는 고개를 저으며 말했다.

"아마 내 기억을 빼앗으려는 걸 거다. 탑의 중추와 나의 영혼은 이어져 있으니까, 그걸 이용해 내가 가진 영혼의 마법과 마족의 힘의 이용법을 알아내려 하겠지."

"그게 가능한가?"

"가능하지. 가능하고말고."

"그럼 난? 난 왜 살려둔 거지?"

"마족의 그림자를 완전히 소화한다는 보장이 없겠지. 만약 실패한다면 그림자는 마계로 돌아가 버릴 텐데, 그러면 네놈이 필요하지 않겠나? 그림자로 변한 네놈을 말이야."

"젠장! 확실히 최고의 마법사답게 아는 게 많군."

"마법의 이치상 당연한 상식일 뿐이다. 그림자를 떼어서 붙일 수 있다는 것만 빼고는 난 모든 것을 알고 있다!"

"알았어. 그거 하나 몰라서 진 거잖아."

"크흐흐흐."

다시 허망한 웃음을 짓는 마그나타를 보며 라크는 방금 전까지 무적에 가까운 힘을 소유했던 자가 이렇게 망가질 수 있나 하는 생각을 했다.

그러나 가진 것이 많았던 만큼 모든 것을 잃었을 때의 충격도 컸으리라.

어쨌든 간에 알고 싶은 것은 다 알았다. 뉴를 공격하지 않은 이유도 그 여파로 마그나타나 자신이 소멸할까 봐 그랬을 것이다. 지금 그들은 불면 날아갈 것 같이 약한 상태이니까.

"이봐, 방금 전까지 싸웠던 처지지만 이렇게 됐으니 다시 한 가지만 묻자."

"아직도 궁금한 게 있나? 그냥 소멸해라."

"그거 말인데, 혹시 소멸 안 할 방법은 없어?"

"없다. 있으면 내가 이러고 있을까."

"크윽!"

"미련을 버리지 못하는 거냐?"

"소멸한 뒤에는 미련을 가지고 싶어도 못 가지니까."

"독한 놈. 네놈의 그 독함에 내가 흔들렸다. 그래서 졌다!"

"그건 알고 있어. 하지만 지금은 그게 중요한 게 아니야."

라크는 그렇게 말하며 필사적으로 머리를 굴렸다. 지금 그가 할 수 있는 일은 생각하는 것! 그것이 유일하게 그가 싸울 수 있는 수단이었다.

"혹시 이 탑은 아직도 네놈이 소유하고 있는 거냐?"

"그건 그렇지. 힘을 잃었어도 영혼은 아직 남아 있으니까. 하지만 곧 탑의 소유는 그놈에게 넘어갈 것이다. 지금도 점점 중추를 잠식당하고 있으니까.”

“그걸 느낄 정도면 가능할지도 모르겠군. 아까 그놈이 말한 걸 보면 말이야. 탑의 주인이라면 탑이 인식하지 못하는 결계를 칠 수 있다고 했는데, 그게 가능할까?”

“결계? 그건 가능하다. 명령만 하면 되니까.”

“좋아, 그럼 아래로 내려가자고. 그래서 적당한 곳에 결계를 치는 거야.”

“그게 무슨 의미가 있지?”

“있어! 넌 이미 포기했으니까 의미가 없겠지만, 나에게는 있다고!”

라크는 두 눈을 부릅뜨고 말했다. 진지한 눈, 방금 전까지 모든 것을 감수하고 죽이려 했던 상대에게 지금은 협력하라고 말하고 있었다.

마그나타는 그 눈빛을 보며 웃었다. 어떻게 보면 허탈한 웃음이었다.

“크흐흐흐흐, 대단하군. 네놈은 현자의 탑 최고의 천재 마법사라고 평가되고 있었는데, 어쩌면 천재성보다는 그 집념으로 모든 것을 이루었는지도 모르겠구나.”

“난 천재라고 말한 적 없어! 아마 과거에도 그랬을걸.”

“그랬겠지. 알겠다.”

마그나타는 고개를 끄덕였다. 이미 모든 것을 포기한 그이지만 라크의 모습에 무엇인가 느껴지는 것이 있었다.

'아직은 끝난 게 아니다! 이 젊은놈이 말하는 것처럼 나 역시 할 수 있는 일이 있지 않은가!'

확률은 지극이 낮다. 성공하기를 기대하는 것이 황당할 정도로! 그래도 제로는 아니다. 기적이란 일을 벌여야만 일어날 수 있는 것이 아닌가?

마그나타는 필사적으로 머리를 굴렸다. 라크가 원하는 것은 기적. 그리고 그 기적이 일어날 경우 마그나타 자신에게도 기회가 있을지도 모른다는 생각을 하게 되었다.

'좋다. 네놈에게 걸어보지. 나 마그나타, 아직 죽지 않았다!'

마그나타는 결심했다. 이윽고 그는 몸을 일으켜 라크와 함께 6층으로 내려가기 시작했다.

탑은 아직 그의 소유, 탑 안의 모든 움직임이 생생하게 느껴졌다. 탑의 중추에서 크리스털에 강력한 마력을 주입하고 있는 본체 라크의 모습도 느껴졌다.

앞으로 몇 분만 있으면 탑은 새로운 주인을 받아들일 것이다. 시간이 없었다.

"패자부활전인가? 가능성은 있는가? 크흐흐흐."

마그나타는 자신의 앞에서 걷고 있는 라크의 등을 보며 중얼거렸다. 이 지독한 놈이 본체와 싸우는 모습은 상상하기도 어려울 정도로 처절할 것이다.

　그는 어떻게든 소멸하지 않고 그 모습을 구경하기로 결심했다. 이제는 그걸 위해 움직일 때이다.

Chapter 3

탈출

"그러니까 현자의 탑이 일주일 전부터 문을 닫았단 말이지?"

"그렇습니다. 모처럼 먼 길을 오셨는데 죄송합니다. 만약 기다리신다면 숙식은 저희 길드에서 책임지겠습니다."

"아니, 됐네. 사실 현자의 탑에 용무가 있어서 온 것이 아니라 북쪽으로 가는 도중에 인사차 들른 거니까."

클라우드는 안내인의 호의를 부드럽게 거절하고는 마법사 길드를 나섰다. 스틸문의 외각에 있는 마법사 길드는 현자의 탑의 하부 조직으로, 일정 수준 이하의 마법사들은 이곳에서 관리하고 있었다.

클라우드는 지금 남부 길드의 한 노마법사로 신분을 위장하고 있었다. 경지는 그다지 높지 않지만 나이가 있으니만큼 인간관계는 무시할 수 없어 보이는 모습이다.

스틸문의 마법 길드에 들러 현자의 탑의 옛 친구를 찾아왔다고 말해도 전혀 의심받지 않았다.

그런데 들어갈 수가 없었다.

밤낮을 가리지 않고 지하 수로를 타고 스틸문까지 왔는데, 현자의 탑이 갑자기 문을 닫고 외부인을 받아들이지 않는다고 한다.

그전에 안에 들어갔던 외부의 마법사들도 모두 나왔다고 한다.

"뭔가 일이 일어났군."

클라우드는 혀를 끌끌 차며 숙소로 돌아갔다.

그곳에는 얼굴을 가린 시르카가 기다리고 있었다.

"어떻게 됐나요?"

시르카는 기대와 걱정으로 가득 찬 눈으로 클라우드를 보았다.

며칠 동안 같이 여행을 하면서 두 사람은 마치 할아버지와 손녀처럼 친밀해졌다. 고위 마법사가 될 정도로 머리가 좋으면서도 선천적으로 상냥한 시르카는 클라우드의 마음에 꼭 들었다.

양녀로 삼고 싶다는 생각까지 들 정도였다. 그러나 같은 고위 마법사끼리 그런 제안을 한다는 것은 크나큰 실례다. 그래서 말은 못하고 그저 행동으로 잘해줄 뿐이었다.

시르카는 그런 클라우드에게 정을 느꼈는지 정말 딸처럼 늙은 마법사를 대했다. 그렇게 두 사람은 말만 안 했을 뿐이지 거의 부녀지간과 같은 사이가 되었다.

그런데 시르카가 지금 걱정스러운 눈으로 클라우드를 보고 있다.

클라우드는 시크카에게 좋은 대답을 해줄 수 없는 것에 마음이 아팠다. 하지만 사실대로 말하는 것이 옳다. 그는 고개를 저었다.

"아무래도 라크 녀석이 일을 저지른 모양이야. 현자의 탑이 봉쇄됐다는군."

"라크는 아직 살아 있어요."

"그럼 다행이군. 그나저나 안쪽 사정을 알아야 손을 써도 써볼 텐데 말이야."

"봉쇄된 이유를 아는 사람은 없고요?"

"그거야 아직 조사해 보지 않아서 모르지."

클라우드는 대답을 하면서 손으로 수염을 몇 번 쓰다듬었다. 그의 수염은 문제가 생겼을 때 쓰다듬으면 기적적으로 해결책을 생각나게 해주는 효능이 있다. 적어도 클라우드는 그렇게 생각하고 있었다.

"일단 봉쇄될 때 밖으로 나온 놈들을 만나봐야겠군. 눈이 있으면 뭔가 보기는 봤겠지."

"아는 분이 계신가요?"

"응, 아마 시르카도 알걸? 제논이라고, 내가 제자로 점찍어 놓은 놈인데."

"아! 제논님이 클라우드님의 제자가 되었군요."

"아직은 안 됐는데, 나중에 조금 한가해지면 지하 수로 속으로 데려가서 한 10년 정도 처박아놓으려고."

"호호호, 방랑의 마법사는 정말 힘든 수련을 하네요."

클라우드의 익살스러운 말에 시르카는 잠시나마 웃을 수 있었다.

사실 방랑의 상위 마법을 익히려면 클라우드의 말대로 지하 수로 속에서 살아남아야 한다.

죽어라고 물의 압력으로부터 몸을 보호하고 수로의 흐름에 따라 대륙의 지하를 돌아다니다 보면 흐름 속에 마나의 밀도가 바뀐다는 것을 깨닫게 되는 것이다.

만약 못 깨달으면 영원히 흘러다니는 신세가 되어야 한다. 고위 마법사가 되는 것은 결코 쉽지도, 안전하지도 않다.

어쨌거나 시르카는 제논을 만난다는 말에 약간 기운이 난 듯했다. 라크의 지지자 중 한 명이었던 제논은 시르카와도 상당히 친했다.

말이 나왔으니 바로 실행에 옮기기로 했다. 그들은 마법사 길드가 지정한 외부 마법사들의 숙소로 향했다.

시간적 여유가 없다는 것은 확실하다. 지금은 라크가 살아 있다는 것을 느낄 수 있지만 그가 언제 죽을지 모르기에.

수백 명이 생활할 수 있는 넓은 숙소는 그 자체로도 하나의 작은 마을이라 할 만했다.

아무리 임시라고 해도 대륙에서 모인 마법사들이 지내는 곳이니 적당한 시설로는 크게 실례가 될 것이다.

하지만 현자의 탑과 그 하부의 마법사 길드는 과연이라고 할 만큼 훌륭한 대규모 숙박 시설을 제공했다.

원래는 가이안 제국의 행사가 있을 때 외국의 사신들을 묵게 하는 곳인데, 마법사 길드가 황실의 허락을 얻어 임대했다고 한다.

제논과 남부의 마법사들의 숙소는 쉽게 찾을 수 있었다.

클라우드는 아직 제논에게 신분을 숨겨야 하기 때문에 모습을 살짝 바꿨다. 그리고 기세를 죽이고는 시르카의 뒤에 섰다. 모르는 사람이 보면 시르카의 늙은 시종 정도로 생각할 것이다.

시르카 역시 자신의 신분을 드러내지 않기를 원했기에 챙이 넓은 마법사 모자를 쓰고, 반투명한 면사로 얼굴을 완전히 가렸다.

마법사라는 직업을 가진 사람들은 워낙 이상하게 하고 다니는 경우가 많아 이렇게 얼굴을 가려도 별로 수상하게 생각되지 않았다.

"제논님을 뵙고 싶습니다. 저의 이름은 시르. 제논님이 과거 현자의 탑 소속일 때 친분이 있었습니다."

시르카는 숙소의 관리인에게 말했다. 시르는 그녀의 애칭으로, 라크가 그렇게 부르는 것을 제논이 몇 번 들은 적이 있다. 하지만 다른 사람들은 모른다.

관리인은 그녀의 정중한 요청에 별 의심 없이 대답했다.

"아, 그럼 잠시만 기다려 주십시오."

그리고 약 5분쯤 있자 과연 제논이 나왔다. 그는 시르카의 정체를 알아차린 듯 약간 놀란 얼굴을 하였다.

그들은 주변의 눈들을 의식해서 적당히 형식에 따른 인사를 하고는 얼른 안으로 들어갔다.

제논은 이미 남부의 한 왕국의 통합 길드장으로 인정을 받은 상태였고, 화염의 탑의 마법사들도 일부 동행하고 있었기에 현자의 탑에서는 나름대로 대우를 해주고 있었다.

그래서인지 그의 숙소는 넓었고, 방의 장식은 화려했다.

“이곳은 제 임시 연구실이라 아무도 들어오지 않습니다.”

문을 닫으면서 제논이 말했다.

시르카는 조용히 모자를 벗고 다시 제논에게 정식으로 인사를 했다.

“오랜만에 뵙네요, 제논님.”

“너무나도 반가운 만남입니다, 시르카님.”

“만남의 기쁨을 말하고 있을 시간이 없는 게 안타깝군요. 알고 싶은 것이 있어서 왔습니다.”

“무엇이든지 물어봐 주십시오. 제가 알고 있는 것이라면.”

“현자의 탑에 라크가 들어간 것은 알고 계시나요?”

“예, 본 사람이 있습니다.”

“그분에 대한 일이나 현자의 탑이 왜 문을 닫았는지 알고 계시면 가르쳐 주십시오.”

“다행히도 제가 말씀드릴 것이 있군요. 사실은……”

제논은 시르카가 자신이 생각했던 것을 물어보자 바로 설명을 하기 시작했다.

라크는 현자의 탑에 도착하자마자 빛의 탑으로 들어갔다. 그리고 그쪽에서 엄청난 마나의 움직임이 있었고, 현자의 탑에서는 외부의 모든 마법사들을 밖으로 내보내고 문을 닫았다.

“라크님이 빛의 탑으로 들어가신 후, 현자의 탑에서 그곳에 무엇인가를 한 듯합니다. 그 뒤에 옛 동료들에게 들은 얘긴데, 빛의 탑이 봉인되었다고 하더군요. 탑에 계신 모든 고위 마법사가 힘을 모았다고 합니다."

"그럼 라크는 탑 안에 갇힌 건가요?"

"그런 것 같습니다."

"……."

시르카는 입을 다물고 곰곰이 생각했다. 라크가 탑 안으로 들어가자 탑을 봉인했다. 그것이 의미하는 것은 무엇일까?

"마그나타도 빛의 탑에 있겠지요?"

"그렇다고 들었습니다."

"그럼 두 사람을 싸우게 하려는 것이겠군요. 그리고 승리한 자도 나오지 못하게 하고요."

"아무래도 그렇게 생각해야겠지요."

제논도 시르카의 짐작에 동의한다는 듯 고개를 끄덕였다.

그런데 뒤에 조용히 있던 클라우드가 갑자기 손을 흔들며 말했다.

"아니지, 그것만으로는 설명이 안 돼."

"이분은 누구십니까?"

제논이 묻자 클라우드는 변신을 풀었다.

"아! 클리스님, 갑자기 사라지셔서 걱정을 했습니다만, 시르카님과 같이 계셨군요."

"클리스는 지난 10년간 사용한 이름이기는 하지. 그러나 본래 클라우드라는 이름이 있다네."

"클라우드! 그럼 자유의 탑의?"

"그렇다. 상황이 급하니 같이 가자. 보여줄 것도 있고."

갑자기 자신의 신분을 밝히고 제논에게 같이 가자고 하는 클라우드의 제안에 제논과 시르카는 놀란 눈으로 그를 바라볼 뿐이다.

하지만 자유와 방랑의 고위 마법사가 하는 말이니만큼 거절할 수도 없다. 그들은 그대로 숙소를 나와 달리기 시작했다.

그들이 향하는 곳은 바로 스틸문의 중앙 광장, 분수대가 있는 곳이다. 방랑의 탑이 있는 지하 수로로 가는 비밀 통로가 바로 분수대와 연결되어 있다.

"자자, 어서 투명 마법을 걸고 분수대로 들어가라고."

"분수대로 말입니까?"

"어허, 제논, 자네는 일단 따라오기만 하게."

"알겠습니다."

클라우드의 재촉에 그들은 결국 영문도 모른 채 방랑의 탑 안까지 들어가고야 말았다.

제논은 소문이 무성한 방랑의 탑이 물로 만들어졌다는 것에 놀라 주변을 둘러보았다.

탑은 물의 흐름에 따라 조금씩 휘었다. 그러나 안쪽은 일종의 결계가 쳐져 있기 때문에 전혀 이상함을 느낄 수 없었다.

탑에서 나는 파란빛이 컴컴한 지하 수맥의 주위를 비추어 화려한 물의 움직임을 보여주었다.

감탄에 감탄을 거듭할 수밖에 없는 광경이었다.

하지만 이 광경에 이미 익숙해진 시르카는 클라우드를 보고 말했다.

"이제 말씀해 주세요."

"그러지. 그러니까 탑에서 라크 녀석을 그냥 마그나타가 있는 빛의 탑으로 들어가게 놔뒀다면, 그가 본체가 아니라는 것을 알고 있다고 봐야 해."

"본체가 아니라고요?"

"자네는 처음 듣는 얘기겠지. 자네가 본 라크는 그림자일세. 섀도우 가디언이라고, 빛의 마법으로 소환한 가디언이라고 하더군."

"으음, 그럴 수가……!"

"받아들이기 쉽지 않겠지만, 원래 그림자는 본체와 완벽하게 똑같은 모습을 하게 되니 그런 줄 알게."

"그래서요?"

"허허, 항상 침착하게 기다리는 시르카도 오직 라크 녀석의 일이라면 재촉을 하는구나."

"별로 부인하고 싶은 생각은 없어요. 그보다도 어서 설명을 해주세요."

"그러마. 그러니까 내 생각은 본체가 이미 현자의 탑에 있을 것이라는 소리다."

"아!"

"너도 알겠지? 라크 녀석이 들어간 직후에 남은 고위 마법사들이 힘을 모아 봉인을 했다는 것은 이미 준비가 끝났다는 뜻이 된다. 그러려면 본체와 얘기가 되었다고 봐도 되겠지. 즉, 빛의 탑에는 마그나타와 라크 말고도 본체인 라크가 있다는 말이다."

"그렇군요."

"어쩌면 본체인 라크는 원래부터 현자의 탑을 떠나지 않았을지도 모르겠구나. 용의주도하게 일을 꾸민 것 같다. 마그나타와 라크도 그것에 넘어갔고."

"클라우드님의 말씀은 잘 알겠어요. 저도 클라우드님의 생각에 동의해요."

시르카도 이제는 완전히 알겠다는 듯 고개를 끄덕였다. 그리고는 다시 말했다.

"그러면 전 탑의 봉인을 풀어야겠어요. 라크를 구해야 되요."

"그게 쉽겠냐? 다섯이나 되는 고위 마법사가 펼친 봉인 마법을?"

"그렇다고 포기할 수는 없어요!"

"홍분하지 마라. 나에게 탑의 봉인을 풀 방법이 있으니."

"아! 어떻게요?"

"별것 아니다. 힘으로 깨부수면 돼."

"힘으로요? 다섯 고위 마법사가 친 봉인 마법을?"

말도 안 된다. 시르카는 속으로 그렇게 중얼거렸다. 그녀와 클라우드가 힘을 합쳐도 불가능하다. 기본적으로 봉인은 칠 때보다 풀 때에 더욱 강한 힘이 필요하다. 다섯이 힘을 모아서 쳤다면 10명이 있어야 풀 가능성이 있다. 물론 정당하게 푸는 방법, 즉 해제 언약의 단어나 아이템이 있으면 쉽지만 강제로 봉인을 해제하는 것은 정말 어려운 것이다.

그러나 클라우드는 별것 아니라는 듯 씨익, 웃었다.

"우리 방랑의 탑의 최고 무기는 바로 이 탑이지. 수로를 빛의 탑 아래까지 뚫은 후 부딪치면 아무리 봉인된 탑이라고 해도 바닥에 구멍이 뚫릴걸?"

"예? 탑을 부딪친다고요?"

"그렇지. 탑을 부술 수 있는 것은 같은 탑뿐이거든."

"그럼 탑이 사라져 버리잖아요?"

"아니, 일시적으로 물의 조각으로 돌아가는 것뿐이지. 시간이 지나면 다시 모을 수 있어."

“그렇군요!”

“그럼! 대단한 탑이지? 허허허.”

최종병기! 움직이는 탑에는 그야말로 무서운 활용법이 있었던 것이다. 득의양양하게 웃는 클라우드를 보며 시르카와 제논은 납득할 수밖에 없었다.

그때, 클라우드가 웃음을 멈추고 말했다.

“문제는 그 흩어진 물의 조각들을 누가 모으느냐 하는 점인데…….”

“예?”

“그게 바로 자네의 역할이네!”

클라우드는 갑자기 손가락으로 제논을 가리켰다. 방금 전까지와는 다르게 아주 엄숙한 표정이었다.

그러나 듣는 사람의 입장으로는 결코 경건할 수 없다.

“제가요? 어떻게 말입니까?”

“쉽다면 쉽고 어렵다면 어려운 일인데, 탑의 중추가 되는 물방울을 삼키고 이 지하 수로 안에서 떠다니다 보면 언젠가는 모든 물의 조각이 모여서 새로운 탑을 형성하게 될 걸세.”

“지하 수로 안에서 떠다니다 보면? 얼마나 말입니까?”

“한 10년 정도?”

“예에? 제, 제가 왜 그런 일을 해야…….”

제논은 당황해서 말을 더듬기 시작했다. 10년간이나 빛도 없는 물속에서 떠다니라니? 그건 죽음보다 더한 형벌이 아니겠는가?

그러나 클라우드는 다시 한 번 강하게 선언했다.

"자네는 지금부터 자유의 탑의 후계자일세!"

"허헉, 자유의 탑의 후계자!"

청천벽력이 치는 것과 같은 충격에 제논은 몸을 떨었다.

자유의 탑의 후계자!

평생 상위 마법의 근처에도 못 가보고 고위 마법사의 제자들에게 핍박받던 제논에게 있어서 이것은 꿈에서도 보기 힘든 일이라 할 수 있었다.

그런데 왜 전혀 기쁘지 않을까? 제논은 후계자 자리를 사양하고 싶은 깊은 충동을 느꼈다.

그러나 클라우드는 그런 기회를 주지 않겠다는 듯 고개를 깊이 끄덕이며 말했다.

"그렇기 때문에 자유와 방랑의 법을 깨달을 때까지 이곳에서 나갈 수 없다. 지하 수맥에서 상위 마법의 깨달음을 얻는 수련을 하는 동안 자연스럽게 탑도 재건될 걸세."

"그런!"

"흠흠, 이거야말로 일석이조라고 할 수 있지."

제논의 표정이 기괴하게 일그러졌지만 클라우드는 무시했다. 영광스러운 자유의 탑의 후계자를 정하는 순간이니만큼 그는 상당히 기뻐하고 있었다.

사실 자유의 탑을 병기로 활용하는 것은 탑의 주인이 후계자를 정하고, 탑의 소유권을 물려주는 그 한순간만 쓸 수 있는 비장의 수법이라고 할 수 있다.

다른 때에도 쓸 수는 있지만 누가 미쳤다고 지하 수맥에서 10년간 헤매겠는가? 한 번 수련을 해서 깨달음을 얻은 고위 마법사는 두 번 다시 그런 짓을 하려 하지 않았다.

"아, 아, 아, 후계자… 수맥에서 10년……."

제논은 정신이 혼란스러운 듯 말도 제대로 하지 못했다.

보다 못한 시르카는 그건 조금 심하지 않느냐고 말하려 했다. 그러나 그냥 입을 다물었다.

라크를 위해서이다. 그리고 제논이 이곳에서 수련을 하는 것은 이미 정해져 있었다. 제논이 원하지 않더라도 어쩔 수 없는 일이다.

클라우드의 말대로 이건 일석이조라 할 수 있었다.

"좋아! 결정되었으면 가자. 시르카, 물과 땅의 정령을 움직여 빛의 탑 아래쪽에 최대한 구멍을 파는 거다. 봉인의 힘이 드러날 때까지 말이야."

"알았어요. 그럼 시작해요."

어느새 두 사람은 평소와 같은 기분으로 돌아와 열심히 각자가 맡은 일을 수행하기 시작했다.

희생자, 아니, 후계자가 정해진 자유의 탑은 다시 물의 흐름에 따라 이동하기 시작했다. 화려한 충돌을 위해서.

*　　　*　　　*

탑의 중추에 있는 크리스털로부터 마그나타의 지식을 훔치고 다시 마족의 그림자를 완전히 자신의 것으로 종속시키는 데 얼마의 시간이 걸렸는지는 알 수 없다.

그렇게 탑을 다시 손에 넣었는 데도 불구하고 라크와 마그나타의 기척을 느낄 수 없었다. 아마 자신이 숨었던 것처럼 그들도 결계를 만들고 숨은 것 같았다.

하지만 지금 본체 라크에게 중요한 것은 그게 아니었다.

본체 라크는 그림자의 원래 주인인 마계의 마족과 직접 교신을 하고 있었다. 그것은 그림자의 힘을 완전히 흡수했다는 증거라 할 수 있다.

그림자의 주인은 마계의 상급 요마 중에서도 가장 강력한 존재 중 하나인 나르시크, 얼굴의 반면은 가장 아름다운 여성이지만 다른 반면은 흉악한 남성의 모습을 한 변환과 현혹의 능력자였다.

"놀랍군. 계약자 이외의 존재가 나와 대화를 할 수 있다니?"

"후후후, 그대의 그림자는 내가 손에 넣었다. 당연히 계약한 권리도 나의 것이 되었지."

"재미있군. 이전 계약자로부터 그림자를 빼앗은 것인가? 인간에게 그런 짓이 가능하리라고는 생각지 못했는데."

"인간에게 불가능은 없다."

"그럴지도. 그런데 왜 나에게 말을 걸었지? 그림자를 빼앗았다면 그냥 그 능력을 쓰면 될 텐데. 그에 따른 반대급부는 원래의 계약자로부터 받아내면 되니 거의 공짜로 힘을 얻은 거나 마찬가지인 셈이지."

"물론 그렇다. 따로 이야기할 필요는 없지. 하지만 난 다른 계약을 하고 싶다."

"다른 계약?"

"그렇다. 나의 목적을 이루려면 지금의 힘만으로는 부족하다. 더욱 강한 힘이 필요하다!"

"크크크, 무한의 힘을 원하는 자. 그게 인간인가? 좋다. 무엇을 하려는 거지?"

"세상의 모든 인간을 그림자와 바꿀 수 있는 힘이 필요하다. 마족에게는 그 비법이 있을 것이다."

"호오, 그런 짓을 하려고 하다니? 그렇다면 너도 원래는 그림자였구나?"

"그렇다. 요마의 수장만이 알고 있는 그림자 변환의 비법!

그것이 나에겐 필요하다.”

“크크크, 그것의 존재를 알고 있는 것으로 보아 틀림없이 그림자군. 하지만 그건 나의 권한을 벗어난 일이다. 기다려라. 요마왕께 직접 요청을 해볼 테니.”

“기다리지. 언제까지라도.”

대화가 끝났지만 라크는 여전히 눈을 감고 생각에 잠겼다.

그는 그림자였다. 지금은 인간이지만 그렇다고 해서 예전의 라크는 아니다. 사람들은 그걸 모른다. 하지만 만약 이 사실을 알게 되면 모두가 그를 경계하고 괴물 취급을 할 것이다. 어쩌면 무리를 지어 공격해 올지도 모른다.

‘그들 입장에서 보면 난 괴물이 맞겠지. 도플갱어와 같은 마물이란 말이야.’

본체 라크는 그것이 참을 수 없었다. 평생 비밀을 간직한 채 가슴을 조이며 사는 것은 자존심이 허락지 않는다.

이걸 벗어나는 방법, 자신이 과거에 그림자였다는 사실을 태연하게 말할 수 있는 상황이 되는 방법은 간단하다.

세상의 모든 사람이 그림자와 뒤바뀌면 된다!

이제 나르시크가 요마왕의 허락을 받기만 하면 그림자의 수법 중 가장 강력한 것을 알게 된다. 본체 라크는 조용히 그 순간을 기다렸다.

어느 순간, 나르시크로부터 다시 교신이 왔다.

"위대하신 요마왕 가벤타라께서는 그대의 계획에 흥미를 가지셨다."

"그럼 허락을 받은 것인가?"

"그렇다. 우리의 위대한 마신 아론의 이름으로 그대에게 그림자 비술 중의 비술인 그림자 변환의 마법진을 전한다. 물질계와 천상계를 통틀어 가장 강하고 신비한 마족의 마법 중 그 정점에 서는 능력! 마음속으로부터 그 위대한 힘을 찬양하라!"

본체 라크는 흥분해서 벌떡 일어나며 외쳤다.

"내 꼭 그 마법진을 물질계에서 구현해 보이겠다!"

"좋은 각오다. 이제부터 그대의 이름은 가나크, 요마왕과 나의 이름의 첫 자를 허락한다. 지식을 받으라! 힘을 받으라!"

"아아아아악!"

갑자기 그림자로부터 무서울 정도의 힘이 쏟아져 들어오자 본체 라크는 참지 못하고 비명을 질렀다.

그러나 힘은 거침없이 들어와서 본체 라크의 핏줄을 타고 전신으로 퍼졌다.

동시에 알 수 없는 언어가 그의 머릿속에 울려 퍼졌다. 마족의 언어! 물질계의 언어로는 해석이 불가능한 마법진의 주해였다.

하지만 본체 라크, 가나크가 된 그에게는 마족의 언어가 모두 이해되었다. 요마왕으로부터 정식으로 계약을 맺어 마인이 된 것이다.

붉었던 그의 피는 검게 변하고, 마족 특유의 본능적 능력과 전승 지식이 피와 함께 섞였다. 가나크는 무의식 상태로 이 모든 것을 받아들였다.

인간의 역사가 시작된 이래 마족과 계약을 맺은 자들이 있긴 했지만, 정식으로 요마왕의 마인이 된 자는 그가 유일했다. 하지만 세상은 아직 그 무서운 존재의 탄생을 모르고 있었다.

*　　　*　　　*

라크와 마그나타는 빛의 탑 1층의 방 한구석에 숨었다. 그들의 눈에만 보이는 반투명한 결계는 방의 일부를 아공간화했기 때문에 외부에서는 쉽게 찾을 수 없는 은밀한 곳이었다.

하지만 고위 마법사가 마음먹고 찾으면 못 찾을 것도 없다. 그렇기 때문에 본체인 라크가 언제라도 그들을 발견하고 공격해 올지는 알 수 없었다.

결계가 완전히 쳐지자 마그나타는 진지한 표정으로 라크에게 말했다.

"시간이 없다. 늦으면 내 영혼이 완전히 소멸해 버리고 만다. 그전에 일을 끝내자."

라크는 의외라는 듯 마그나타를 보았다.

"그대에게도 해볼 만한 일이 있소?"

"있다. 하지만 그전에 네가 꾸미려 하는 일에 대해 들어야겠다."

"별것 아니오. 단지 내가 살아서 나가면 새로운 육체를 얻을 수 있다는 것뿐."

"새로운 육체? 그런 것이 있는가?"

"있다고 했으니 있겠지."

"크흠, 나가기만 하면 일단 살아날 수 있다는 거군."

"그렇소."

"어떻게 나갈 건가? 그리고 설령 무사히 빠져나가서 새 육체를 찾아 살아남아도 그가 널 죽이지 않을 것 같은가?"

"죽이려 할 거요. 그가 그림자라는 비밀을 아는 날 가만 놔둘 리가 없지."

"크크크, 잘 아는군. 그래서?"

"너무 뒤쪽의 일까지 걱정할 필요는 없소. 지금은 빠져나가는 데에 집중할 뿐이오."

"그런가? 알겠다."

"빠져나갈 방법이 있소?"

"없다."

“으음……”

없다는 데야 할 말이 없다. 라크는 입을 다물었다. 그런데 마그나타는 오히려 웃으며 계속 말했다.

“하지만 빠져나가서 새로운 육체를 얻으면 그놈하고 싸울 수 있는 방법을 가르쳐 줄 수는 있지.”

“싸울 수 있는 방법? 그게 뭐요?”

“영혼의 탑의 주인이 되는 거다.”

지나가는 듯 가벼운 말투였다. 그러나 그 뜻은 결코 가볍지 않았다. 라크는 잠시 마그나타를 보다가 조심스럽게 물었다.

“나보고 지금 그대의 후계자가 되라고 하는 거요?”

“대충 그런 뜻이다.”

“별로 내키지 않는군.”

지금까지 증오하며 싸워온 상대다. 후계자가 된다는 것은 그의 제자로 들어간다는 뜻인데, 라크에게는 정말로 받아들이기 어려운 제안이었다.

그러나 마그나타는 계속해서 라크를 설득했다.

“잘 들어라. 내가 이대로 소멸해 버리면 영혼의 탑은 주인 없는 탑이 된다. 그럴 경우 저 새로운 라크란 놈이 영혼의 탑을 차지할 가능성이 높다. 그놈은 내 지식을 거의 모두 읽어냈을 테니까 탑 안의 장치나 함정을 쉽게 뚫고, 지하의 중추까지 들어갈 수 있을 거다. 그러면 정말 상대하기 어렵게 되지."

"으음, 그럴지도."

"크크크, 틀림없다. 그러니 네가 먼저 영혼의 탑으로 가서 탑의 주인이 되는 것이 가장 좋다."

"으음……."

"망설이지 마라. 네 상대는 빛의 마법과 영혼의 마법, 그리고 마족의 그림자까지 손에 넣었다. 자존심이나 감정 따위에 좌우되어서는 절대로 이길 수 없는 상대다."

"쳇, 그래서 어떻게 하자는 것이오?"

마그나타의 말에는 거짓이 없었다. 그것을 깨달은 라크는 혀를 차며 더 이상 주저하지 않기로 결심했다.

마그나타의 말대로 지금은 살아남기 위해서라면, 그리고 싸울 힘을 얻기 위해서라면 마그나타의 제자가 되는 것도 각오해야 할 때이다.

"호호호, 잘 생각했다. 이건 도박이다. 나도 네놈에게 걸겠다. 네가 살면 나에게도 기회가 있고, 네가 이대로 죽으면 세상은 그놈의 것이 되겠지."

마그나타는 그렇게 중얼거리고는 잠시 눈을 감고 생각을 정리했다. 그리고는 마침내 입을 열어 말했다.

"잘 들어라. 나는 지금부터 내 영혼을 씨앗으로 변화시키겠다. 너는 그것을 영혼의 탑의 지하에 있는 중추에 넣어라."

“씨앗? 그렇게 하면 그대는 다시 살아날 수 있소?”

“아니, 그건 불가능하다. 내 육체가 소멸된 이상 리치로도 살아날 수 없지. 영혼의 씨앗으로 만들 수 있는 것은 영혼의 하인이다.”

“영혼의 하인? 혹시 영혼의 하녀와 비슷한 것이오?”

“그렇다. 쉽게 말해서 난 너의 가디언이 되는 것이지. 그럼으로써 저놈과 다시 한 번 싸울 수 있지 않겠나?”

“으음… 마그나타, 그대가 지금 한 말은 별로 납득할 수 없소. 내가 생각하기에 그대는 복수를 위해 모든 것을 포기할 수 있는 성격은 아닌 것 같소.”

차라리 제자가 되라고 하면 알기 쉽다. 그런데 스스로의 영혼을 희생시켜 가디언이 되겠다니? 라크는 마그나타를 신용할 수 없었다.

마그나타는 그런 라크의 마음을 잘 알겠다는 듯 웃었다.

“호호호, 잘 아는군. 어차피 숨길 생각은 없었다. 영혼의 하인을 제작하려면 그에 관한 모든 것을 알아야 하니까. 잘 들어라.”

마그나타는 설명을 하기 시작했다.

영혼의 하인이란 가디언의 제조에는 한 인간의 영혼이 필요하다. 제물이 될 인간의 능력이 강하면 강할수록 영혼의 하인도 강해진다. 일정 이상 수준의 인간이 아니면 아예 영혼의 하인이 될 수도 없다.

　기본적인 힘만으로도 최강의 언데드 중 하나인 데스 나이트에 필적하는 것이 바로 영혼의 하인이다. 영혼의 탑에 전해 내려오는 최고의 비전 중 하나라 할 수 있다.

　문제는 그 영혼의 주인이 스스로 영혼의 하인이 되는 것을 승낙해야 한다는 것이다.

　마그나타가 소유했던 영혼의 하녀는 바로 그의 아내였다고 한다. 아내는 검에 미친 여자였는데, 거의 마스터의 경지에 다다랐지만 결국 마지막 벽을 넘지 못해 마스터가 되지 못했다.

　그게 한이 되었는지, 죽을 때가 되자 마그나타에게 젊은 몸으로 되돌릴 방법이 없는가를 물었다.

　육체가 젊어지든, 아니면 젊은 육체로 영혼을 옮기든 어느 쪽도 상관없다고 했다. 심지어는 뱀파이어가 되어도 좋다고 말했다.

　"크흐흐흐, 아내와는 별로 사이가 좋지 못했지. 남편 대접을 받아본 적이 없으니까 말이야. 하지만 그녀가 그런 요구를 했을 때 나는 솔직하게 그녀의 부탁을 들어주기로 했네."

　영혼의 하녀! 마그나타는 자신의 아내에게 그것에 대해 설명했고, 아내는 고민 끝에 자신이 영혼의 하녀가 될 것을 승낙했다.

"일단 영혼의 하녀가 되면 주인의 말에 절대 복종하지. 배신이란 있을 수 없어. 마족이 계약에 의해 인간의 영혼을 소유한 것과 마찬가지거든. 하지만 그 대가로 영혼의 하녀는 주인의 육체가 가지는 마나를 조금씩 흡수하게 되지. 그리고 그 마나로 새로운 육체를 만든다네."

"새로운 육체를?"

"그렇다. 사실 영혼의 하인을 만드는 비술은 부활이라는 궁극의 마법을 연구하는 과정에서 파생된 것. 시전자가 죽으면 영혼의 하인은 종속의 맹세에서 풀려나 자아를 되찾는다. 그리고 영혼의 탑 중추에 생성된 자신의 새로운 육체로 들어가 마침내 부활을 하게 되지."

"으음, 부활이라니……."

라크는 마그나타의 설명에 크게 놀랐다.

어떤 신관이라도 죽은 자를 다시 살릴 수는 없다. 그런데 영혼의 탑에서는 그걸 연구해 왔고, 그 결과 다시 살아날 수 있는 방법을 만들어낸 것이다.

물론 죽은 자를 살리는 것은 아니다. 하지만 육체가 소멸된 후, 영혼만이 남아 있는 자에게 다시 육체를 주어 살아나게 할 수 있다는 것은 그야말로 대단한 일이 아닐 수 없다.

"크흐흐, 알겠나? 네놈이 죽으면 난 다시 살아날 수 있다. 하지만 적어도 20년은 살아 있어야 되지. 내 새로운 육체가 완성되어야 하니까. 네놈이 저 그림자에게 죽는다면 모든 것이 끝장이라는 소리다."

"재미있는 제안인 것은 틀림없구려."

"그렇다. 어차피 네놈에게 손해는 없다. 강력하고 충직한 가디언을 얻게 되는 것이니까. 그리고 솔직히 네놈이 마음을 독하게 먹고 영혼의 하인이 된 나를 소멸시켜도 할 수 없다."

"그걸 감수하고 나에게 자신의 운명을 맡기겠다는 것이오?"

"아니, 네놈은 맹세를 해야 한다. 나를 일부러 소멸시키지 않겠다고! 그 대가로 나는 영혼의 탑을 손에 넣는 방법과 그 안에 있는 비전서와 보물들이 숨겨진 장소를 가르쳐 주겠다."

"거래로군."

"그렇다. 네놈이라면 어쩌면 끝까지 살아남아 최고의 마법사가 될지도 모르지. 인정하겠다. 하지만 네놈이 죽으면 그 다음에는 나의 시대다. 내가 젊은 육체를 가지고 되살아난다면 틀림없이 모든 마법사들의 위에 설 수 있다!"

"확실히 그럴 가능성이 높겠지."

라크는 마그나타의 의도를 알았다. 과연 그는 자신의 마음을 속이지 않고 정면으로 거래를 건 것이다.

'어떻게 한다?

확실히 구미가 당기는 일이다. 영혼의 하녀와 싸워본 라크였기에 전투에 있어서 그 정도의 가디언이 얼마나 도움이 될지는 충분히 상상이 갔다.

하지만 마그나타의 제의를 받아들을 경우, 어쩌면 마그나타는 정말로 되살아날지도 모른다. 그리고 그때에는 다시 세상을 장악하려 할 것이다.

'풋, 지금 나중을 생각할 때인가?'

라크는 곧 결론을 내렸다. 살아남을 가능성조차 거의 없는 상황이다. 마그나타의 도움이 없다면 그야말로 불가능이라고 할 수 있다.

"좋다. 그대의 모든 제안을 받아들이지."

"거래는 성립되었다. 나는 너의 영혼의 하인이 되어 충성을 할 것이고, 너는 나를 일부러 죽일 수 없다. 그럼 이제 방법을 가르쳐 주마."

마그나타는 라크의 승낙이 크게 마음에 든 듯, 즉시 영혼의 탑에 대한 이야기를 하기 시작했다. 그림자를 빼앗기고 육체가 사라진 지금, 언제 영혼이 완전히 소멸될지는 그도 예측할 수 없기 때문에 낭비할 시간이 없었다.

얼마의 시간이 흘렀을까? 라크는 영혼의 탑의 위치와 탑에 들어가기 위한 주문, 그리고 중추에 접근하여 탑을 손에 넣을 수 있는 방법 등을 모두 들을 수 있었다.

"이것으로 됐다. 자세한 것은 탑에 있는 비술서를 보면 된다. 그럼 이제부터는 네놈에게 모든 것을 맡기겠다."

마그나타는 그렇게 말을 끝맺고는 잠시 라크를 노려보았다. 그리고는 눈을 돌려 위쪽으로 향하는 층계를 보았다.

막상 스스로 씨앗이 되려 하니 망설임이 일었다. 그러나 일단 결심한 이상 실행해야 한다. 그래야 복수도 하고, 되살아날 가능성도 생기는 것이다.

"나중에 보자!"

슈우우우우―

최후의 인사와 함께 무언가 주문을 외우자 마그나타의 몸이 급격히 수축하기 시작했다. 그리고 그것은 하얀 솜과 같은 것으로 변하여 점점 작게 뭉쳐졌다.

"씨앗이라기보다는 누에고치처럼 생겼군."

라크는 피식 웃으며 땅에 떨어진 영혼의 씨앗을 주워 들었다. 마그나타의 영혼이 뭉쳐진 것인데 손에 들고 보니 거의 무게가 느껴지지 않을 정도로 가벼웠다.

"라크, 그거 굉장히 맛있어 보여요! 뉴."

옆에서 조용히 보고 있던 뉴가 두 눈을 반짝이며 말했다. 마치 사탕을 보고 있는 아이의 눈과 같았다.

"그러니? 맛있을지도 모르겠구나. 이건 농축된 엑기스와 같은 거니까."

“뉴우! 맞아요. 뉴.”

“그래도 약속한 것이 있으니 지금은 참아라. 나중에 영혼의 하인이 되면 한입 베어 먹어보던가 하고.”

“아까 그 솜사탕 같은 거 말이죠? 그거도 맛있었어요. 뉴.”

“그래, 그런데 이건 우리 편이거든.”

“그런가요? 그럼 안 먹을래요. 같은 편을 먹는 건 나쁜 짓이 잖아요. 뉴.”

“하하하, 잘 아는구나.”

둘은 태연하게 잡담을 했다. 하지만 지금이라도 본체 라크가 자신을 찾아 계단으로부터 내려올 것 같은 느낌이 들었다.

이미 탑의 지배권은 그자에게 넘어갔다고 했는데 어째서 자신들을 찾으려 하지 않는지 알 수 없었다.

마그나타나 라크야 어차피 소멸할 존재라고는 해도 뉴가 있지 않은가? 뉴를 찾기 위해서라도 본체 라크는 내려올 것이 다.

아무리 결계를 치고 숨어 있다고 해도 고위 마법사가 마음 먹고 찾으려 하면 못 찾을 리 없다.

어떻게 해야 이 탑을 무사히 빠져나갈 수 있을까? 아무리 생각해도 답은 하나이다.

그것은 바로 탑을 부수는 것!

가능한지는 모르지만 일단 본체 라크의 눈을 피해서 중추가 있는 방 안으로 들어갈 수만 있다면 어떻게든 될 것 같았다.

그렇기에 라크는 일부러 1층에 숨었다. 본체 라크를 1층에 끌어내리고 자신은 단번에 7층으로 가서 탑의 중추를 부수기 위해서이다.

"자, 그럼 시작해 볼까?"

라크는 정신을 집중하기 시작했다. 그러자 그의 손가락 끝으로부터 실처럼 가느다란 기운이 뻗어 나와 계단을 타고 위로 올라갔다.

그것은 특별한 힘이나 마법이 아닌 그의 몸의 일부였다.

그림자의 기운을 잃은 후, 라크는 완전히 허깨비처럼 변한 자신의 몸은 형태가 바뀌어도 상관이 없다는 것을 깨달았다.

그리고 생각보다 쉽게 스스로의 의지로 몸의 형태를 바꿀 수 있게 되었다.

그림자의 기운을 다루는 것과 거의 비슷한 느낌이었다. 단지 그 자신의 몸이 그림자의 기운처럼 변화했을 뿐이다. 복잡하게 바꾸는 것은 전과 마찬가지로 힘들지만 단순한 것은 얼마든지 가능했다.

라크는 손가락 끝부분을 실처럼 가늘게 뽑아내어 계속해서 위층으로 천천히, 그리고 조심스럽게 보냈다.

눈이 보이지 않는 장님이 손가락으로 바닥을 더듬어 물건을 찾듯, 라크의 몸의 일부로 만든 실은 바닥을 기어 위로 올라갔다.

그렇게 한 층 한 층 기어 올라가 결국 7층에 닿았다.

"좋아!"

1차적인 목적은 이루어졌다.

라크는 더욱 정신을 집중하여 가능한 한 실을 가늘게 만들었다.

정말로 가느다란 실은 사람의 눈에 보이지 않는다. 보여도 보이지 않는 것과 마찬가지이다. 마법사가 마력으로 찾아도 그것은 마찬가지이다.

본체 라크가 눈으로 발견할 수 없을 만큼 가늘게 만들어야 했다. 그리고 그 가느다란 실을 계속해서 유지하는 것이 라크가 하려는 일이다.

"후우웁!"

라크는 크게 심호흡을 하고 다시 정신을 집중했다. 가늘게, 더 가늘게! 그것이 지금 라크의 머릿속에 가득 찬 생각이었다.

고정된 형태의 영혼을 가진 인간이 몸의 모양을 변형시킨 채로 유지하는 것은 엄청난 정신력을 소모하는 일이다. 그리고 그 변형된 몸을 움직이는 것은 더 힘들다. 거의 불가능에 가까울 정도로.

그래도 라크는 해냈다. 그리고 버텼다.

얼마나 시간이 흘렀을까? 실보다도 더욱 가는 라크의 몸의 일부에 따끔따끔한 감각이 전해져 왔다.

무엇인가 그의 몸을 건드리는 것일까?

아니다. 이미 허깨비에 불과한 라크의 몸은 물리적인 자극을 받지 않는다.

라크는 곧 깨달을 수 있었다. 그것은 마나의 기운이었다. 강력한 마나의 발산이 바로 근처에서 일어나면 이런 느낌이 든다.

그리고 그 감각은 점점 라크의 몸과 가까운 곳에서 느껴졌다. 강력한 마나를 발산하는 존재가 층계를 걸어서 내려오고 있었다.

"오는군. 뉴, 기척을 죽이렴."

"네, 뉴."

뉴도 상대가 보통이 아니라는 것을 알고 있는지 라크의 말대로 최대한 기척을 죽였다.

스스스스스—

소름이 돋는다. 계속적으로 라크의 몸을 자극하는 그 기운은 긴장된 라크의 기분을 비웃듯 아주 느리게 움직이고 있었다.

하지만 시간이 흐르자 결국 2층에까지 내려왔다. 그리고 2층에서 잠시 머물다가 다시 층계를 걸어 1층으로 오는 것이 느껴졌다. 그리고 곧 라크의 눈에 자신과 똑같이 생긴 자가 보였다. 본체 라크이다.

본체 라크는 1층에 내려서서 주변을 둘러보고는 조용히 중얼거렸다.

"이곳에 숨어 있나? 어딘지는 모르지만 전체 공간의 면적이 조금 부족하게 느껴지는군."

그리고는 천천히 주문을 외우기 시작했다. 탑이 인식하지 못하는 결계를 찾아내는 것은 결코 쉬운 일이 아니었기에 상급의 탐색 마법을 사용해야 한다.

"진실의 시야여, 모든 숨겨진 것들을 내 앞에 밝히라!"

파앗!

마침내 주문이 끝나자 그의 몸으로부터 마력이 발산되며 순식간에 라크의 위치가 드러났다.

그토록 어렵게 몸을 숨겼건만 발각되는 것은 한순간이라 라크로서는 허탈한 순간이었다. 하지만 이것도 모두 그가 생각한 대로였다.

본체 라크는 방구석에 앉아 있는 라크와 뉴를 보며 피식 웃었다.

"거기 있었군? 아직 사라지지 않고 버티고 있는 것을 보아 삶에 미련이 많은 모양이지?"

"너라면 순순히 소멸되겠냐?"

"아니, 결국 너와 난 성격이 비슷하겠지. 나 같아도 끝까지 버틴다."

"이해해 주니 고맙군."

"천만에, 오히려 내가 이해해 달라고 말하고 싶은걸? 너도 내 입장이면 널 소멸시키는 데 조금도 주저하지 않았겠지?"

"그 대답은 네 입장이 된 다음에 생각해 보지."

"하하하, 좋아. 어쨌든 간에 이만 끝내자. 너 대신 내가 새로운 삶을 살겠다. 이것도 운명이니 너무 억울해하지는 마라."

본체 라크는 그렇게 말하며 한 손을 앞으로 내밀었다. 허깨비 상태인 라크를 완전히 소멸시켜 버리는 데에는 그다지 힘이 들지 않는 그였다.

하지만 라크의 위험을 느낀 뉴가 자세를 낮추며 네 발로 땅을 서서 으르렁거렸다.

"그르르르."

언제라도 튀어오를 기세였다.

"아, 그 녀석이 있었지? 대단한데? 몸에서 느껴지는 기운이 만만치 않아."

본체 라크는 재미있다는 표정으로 뉴를 보았다. 대충 보면 연약한 동물처럼 보이지만 몸에서 느껴지는 마력은 틀림없이 마물의 그것이다.

그것도 보통의 마물이 아닌 상급의 마물. 어쩌면 마계에서 나 볼 수 있는 상급의 마수일지도 모른다는 느낌까지 들었다.

"링그레스? 링그레스가 물질계에 있다니!"

드디어 본체 라크는 뉴의 본질을 알아보았다. 모습은 바뀌었어도 마력의 파장은 변하지 않는 것이 마수의 특성. 마족의 지식을 얻은 그였기에 드래곤도 알아볼 수 없는 뉴의 원래 종족명을 단번에 알았다.

그는 크게 놀랐다. 아직 어린 것 같지만 링그레스는 마계에서도 첫째 둘째를 다투는 흉포한 마수가 아닌가?

제대로만 자라면 드래곤에 필적하는 힘을 소유하게 되는 존재다.

본체 라크는 진지하게 말했다.

"사람의 말을 하는 것 같던데. 어때, 나와 계약을 하는 것이? 네 주인은 곧 사라져 버릴 테니까 말이야."

"라크는 사라지지 않아! 뉴."

"하하하, 정말?"

말도 안 된다는 표정이었다.

"너 같은 가짜 라크는 우리 라크에게 당해서 곧 사라질 거야! 뉴."

"가짜라니? 난 진짜야. 정확하게 말하면 가짜도 진짜도 없는 거지만 말이야. 보라고, 난 이제 라크가 아니야. 저놈을 그림자로 만들어서 붙여야 진짜 라크가 되는데, 마족의 그림자를 붙였으니 이제 완전히 다른 존재가 된 거지. 가나크라는 새로운 이름도 얻었고.”

“가나크? 뉴.”

“힘이 느껴지는 이름이지? 무려 마족 중에 최상위에 속하는 요마왕의 이름자를 얻었거든.”

“……뉴.”

“잘 생각하라고. 네가 자라면 얼마나 강해질지 몰라도 지금은 나한테 안 되지. 적어도 100년은 지나야 성체로서의 힘을 발휘할 수 있을 테니까. 그러니 순순히 나와 계약을 하자. 어때?”

“싫어! 뉴.”

“칫, 좋아. 어차피 당분간은 이곳에서 나갈 수 없을 테니까 천천히 설득해 주지. 일단 네 현재 주인부터 제거해 버리고 얘기하는 게 좋겠군.”

가나크는 그렇게 말하며 라크를 보았다.

그런데 그 순간, 라크가 자신의 옆에 있던 화분 중 하나를 발로 툭 차서 쓰러뜨렸다.

마그나타가 가지고 있던 마법의 화분을 1층까지 가지고 왔던 것이다.

[아얏! 왜 때려?]

화분의 꽃은 날카로운 목소리로 비명을 질렀다. 뉴 때문에 거의 반항도 못하고 있었는데 발로 차이기까지 하자 화를 참을 수 없는 듯했다.

그러자 잠들어 있던 다른 화분들이 여왕 꽃의 목소리에 깨어나 울기 시작했다.

[끼아아아아앙!]

"크웃! 이런 함정을 설치할 힘이 있었나?"

가나크는 급히 방어막을 치며 중얼거렸다. 고위 마법사를 상대하기 위한 마법 생물 함정. 보통 사람은 듣기만 해도 즉시 영혼과 육체가 분리된다. 적당히 웃으며 넘어갈 수준은 아닌 것이다.

"뉴, 잡아라!"

라크는 급히 손을 뻗었다. 가나크가 화분의 꽃으로 주의를 돌린 지금 이 순간 이외에는 빠져나갈 틈이 없다!

휘익.

뉴를 잡자마자 라크는 손가락에 힘을 주었다. 모습을 변형시켜 7층에까지 뻗어 올렸던 손가락이다.

그것이 급격히 수축되면서 라크는 위쪽으로 순식간에 딸려 올라갔다.

유령에 가까운 몸이기 때문에 공기의 저항도 없었다. 거의 하늘을 날다시피 했다.

"네놈이!"

가나크는 얼굴을 굳히며 바람처럼 위층으로 사라져 가는 라크를 보았다. 뉴가 조롱하듯 혀를 날름거리는 모습도 보았다.

"다크 레일!"

슈슈슈슉, 파캉!

그의 손가락이 길게 늘어나며 검게 변했다. 그것은 일찍이 라크가 가지고 있던 그림자의 기운처럼 날카로운 창으로 변했다. 그리고 가나크의 방어막을 통과하여 세 개의 화분을 깨뜨렸다.

꽃들은 더욱 크게 비명을 질렀다. 생명체가 있는 존재라면 그대로 죽어버리는 죽음의 비명! 그러나 가나크는 오히려 눈을 차갑게 빛내며 손가락을 움직여 꽃을 움켜쥐었다.

파파파팍!

[꺄아아아아아아!]

꽃들은 검은 손에 뭉개져 버렸다. 최후의 비명도 가나크를 둘러싸고 있는 방어막을 뚫을 수 없었다.

그야말로 상상을 초월할 정도의 마력!

그러나 라크는 이미 도망가 버린 후다.

가나크는 코웃음을 쳤다.

이미 결계가 깨진 이상 어디로 도망가든 탑의 주인인 가나크의 눈을 피할 수는 없다. 탑은 곧 가나크에게 라크가 이미 7층까지 올랐다는 것을 알려왔다.

"흥, 네놈이 그렇게 발악해 봐야 소용이 없을 것이다."

그는 조용히 주문을 외우기 시작했다.

슈욱―

"흐으."

늘어났던 몸이 정상으로 줄어드는 느낌은 상당히 이상했다. 그림자의 기운과는 조금 달랐다.

하지만 어쨌든 간에 7층에 걸어놓았던 손끝을 이용하여 순식간에 1층에서 7층으로 이동하는 데 성공한 라크였다.

평상시라면 각 층마다 침입자를 막는 장치가 설치되어 있겠지만 이미 마그나타에 의해 모두 파괴되었고, 다시 라크의 손에 마그나타가 쳐놓은 함정도 제거되었기에 그들의 움직임을 막는 것은 아무것도 없었다.

시간이 없다! 가나크가 올라오기 전에 중추를 파괴해야 한다.

라크는 즉시 중추가 있는 문 쪽으로 가려 했다. 문을 그대로 통과할 생각이었다. 그런데 문득 이상한 느낌이 들었다. 하도 위기를 많이 겪어서 생긴 초감각인가? 알 수 없는 위기감이 그에게 문에 접근하지 말라고 속삭이고 있었다.

"젠장!"

그렇다고 열지 않을 수도 없다.

"가자, 뉴."

"뉴우."

그들은 마음을 독하게 먹고 문을 향해 걸었다.

그러나 역시 라크의 직감대로 문을 통과하려 하자 몸이 걸렸다.

턱.

"엇!"

급히 몸을 빼려 했지만 떨어지지가 않았다. 마치 파리를 잡는 끈끈이에 붙은 것 같았다.

"으, 유령을 잡아두는 그물을 쳐놓았나?"

몸을 움직이지 못하게 된 라크는 급히 뉴를 보고 말했다.

"문을 부숴!"

"알았어요. 뉴."

유령을 잡아두는 그물이라고 해도 뉴는 언제든지 몸을 실상으로 바꿀 수 있다.

뉴는 라크의 말을 듣자 곧 그렇게 했다. 그런데 실상의 육체를 구성하자마자 방 안 전체에서 강력한 전격이 일어나는 것이 아닌가!

파지지지직!

"뉴우우우!"

뉴는 비명을 질렀다. 보통의 마력으로 작동되는 마법 함정이 아니었다. 그야말로 탑의 마력이 이 방 안으로 집중되고 있었다. 그리고 그것은 육체를 가진 존재에게 엄청난 고통을 주었다.

반면에 라크는 아무런 고통도 충격도 받지 않았다.

가나크는 뉴를 경계하여 허상과 실상, 둘 다 통과할 수 없는 강력한 함정을 파놨던 것이다.

뉴는 고통을 이기지 못하고 급히 몸을 허상으로 바꾸었다. 그러자 전격의 효력은 사라졌지만 몸이 다시 그물에 잡혀 움직일 수 없게 되었다.

전력으로 몇 번이나 버둥거려 보았지만 소용이 없었다.

"으음, 역시 뉴를 붙잡기 위한 함정을 파놓았었군."

라크는 심각한 어조로 중얼거렸다.

가나크는 뉴의 능력을 보았기에 확실하게 뉴를 사로잡을 함정을 파놓은 것이다.

"어떻게 하지요? 뉴."

"전격을 먹을 수는 없니?"

"뉴우, 저건 못 먹어요."

"으음, 그럼 어쩔 수 없구나. 영혼의 씨앗을 쓰자."

"영혼의 씨앗이요?"

"응, 그걸 폭발시키면 문을 부술 수 있지 않을까?"

"아마 가능할 거예요. 뉴."

마그나타의 영혼의 씨앗은 뉴가 가지고 있다. 엄밀하게 말하면 뉴가 삼켰다. 하지만 소화는 시키지 않고 언제든지 다시 꺼낼 수 있다고 한다.

원래대로라면 그걸 영혼의 탑으로 가져가야 영혼의 탑을 소유할 수 있지만, 지금은 그것보다 더 급한 이유가 있으니 어쩔 수 없다.

마그나타에게 꼭 가져가겠다고 맹세를 한 적도 없으니 별다른 죄책감도 느껴지지 않았다.

라크는 속으로 난 원래 그런 놈이었지 하고 자책했지만 바로 정신을 차리고 뉴에게 말했다.

"실상이 되자마자 그걸 문 앞쪽에 뱉으렴. 그럼 마법하고 반응해서 폭발할 거야. 넌 피할 수 있지?"

"그럼 라크는요? 폭발에 휘말릴 텐데요. 뉴."

"난 일단 영체니까 소멸만 안 되면 돼. 지금은 모험이라도 해야 하니까."

"알았어요. 뉴."

"셋 세면 시작하렴. 그럼 센다."

정신을 집중하면 영혼의 기운이 강해진다. 그만큼 소멸 안

될 확률이 높다. 라크는 수를 세면서 잡념을 버리고 자신의
존재감을 느끼는 데 전력을 다했다.

"하나, 둘."

셋을 세면 엄청난 폭발이 일어난다. 그 순간에 모든 것이
결정된다. 라크도 뉴도 극도로 긴장했다.

막 둘까지 세었을 때, 갑자기 굉음과 함께 탑이 요란하게
흔들리기 시작했다.

쾅!

"앗! 뭐지?"

라크는 버티지 못하고 바닥에 나뒹굴었다. 보이지 않는 그
물에서 풀려난 것이다!

"마법이 사라졌잖아?"

"그러네요. 뉴."

뉴는 어느새 실상으로 돌아와 있었다. 전격도 발생하지 않
은 것으로 보아 문제가 발생해도 단단히 발생한 모양이다.

하지만 어쨌든 간에 라크는 기회를 얻었다.

"가자!"

"뉴!"

라크는 급히 문을 통과해서 중추가 있는 방으로 들어섰다.
사실상 거의 가망성이 없는 도전이었는데 하다 보니 성공을
하게 된 셈이다.

방에 들어서자 뉴가 라크의 어깨 위로 올라와 앞발로 방의 중앙을 가리켰다.

"저기에 크리스털이 있네? 뉴."

"그래, 그런데 모습이 조금 이상하구나."

핏빛의 광채를 사방으로 내뿜으며 방 안을 온통 붉게 물들이고 있는 크리스털이 보였다.

섬뜩한 느낌의 빛, 그것은 라크뿐만 아니라 뉴에게도 적지 않은 위압감을 주는지 뉴도 선뜻 크리스털을 향해 다가서지 못했다.

라크는 침을 한 번 꿀꺽 삼켜 마음을 다잡았다. 지금 망설이면 죽도 밥도 안 된다. 곧 가나크가 올라올 것이 틀림없는 이상, 무슨 수를 써서든 저 크리스털을 파괴해야 한다.

"뉴, 먹을 수 있겠니?"

"별로 자신은 없지만요. 뉴."

뉴는 대답을 하고는 천천히 앞으로 다가갔다. 나름대로는 빨리 접근하고 싶어 하는 것 같은데, 동물적 본능이 그걸 방해하는 듯했다.

핏빛의 광채가 더욱 진해졌다. 그리고 크리스털이 가볍게 진동했다.

"젠장! 뉴야, 안 되겠다. 일단 피하자."

라크는 결국 마음을 비우고 말했다.

본능이 그에게 위험하다고 강력하게 경고하고 있었다. 목숨을 걸고 모험을 하는 것이 아니라 그냥 죽으러 가는 거라는 느낌이 들었다. 그리고 경험상 이런 느낌은 아주 잘 맞았다.

자신이 하는 것도 아니고 뉴가 하는 상황인데 그걸 강행하는 것은 옳지 않다.

그러나 뉴는 계속해서 앞으로 나아가며 말했다.

"괜찮아요. 잘은 모르지만 전 절대 죽지 않아요."

그는 스스로의 생명력을 믿었다. 이 탑이 통째로 무너져도 자신은 사는 데에 전혀 지장이 없을 것이란 확신이 있었다.

오히려 점점 희미해지는 라크의 모습이 완전히 소멸하지 않을까 걱정이 되었다. 본인은 느끼지 못하지만 뉴의 감각에는 라크의 영혼이 얼마나 약해져 있는지가 느껴졌다.

아까 문의 함정에서도 영혼의 기운이 많이 손상되었고, 지금도 붉은 광채의 힘에 의해 점점 약해지고 있었다.

'어떻게든 라크를 살리지 않으면!'

뉴는 그렇게 생각하며 몸 안의 힘을 모았다. 그리고 바늘처럼 몸속으로 파고들려 하는 붉은 광채의 힘을 튕겨내었다.

붉은 광채는 크리스털이 탑에 큰 손상이 생겼을 때 발할 수 있는 최후의 방어 장치 같은 것이다. 그런 만큼 대단히 강력하고, 주인 이외에 접근하려는 모든 것을 거부하는 성질이 있다.

이것은 빛의 탑과 뉴의 목숨을 건 싸움과도 같은 것이었다. 뉴는 한 걸음 다가갈 때마다 더욱 강력한 압력이 채찍을 내려치듯 자신의 몸을 때리는 것을 느꼈지만 결코 멈추지 않았다.

그때, 문 쪽에서 바람이 불어왔다. 실내에서는 느낄 수 없는 신선한 바람. 그것은 곧 돌개바람처럼 라크의 주변을 빙빙 돌면서 라크에게 속삭였다.

"라크, 대답하세요. 저 시르카예요."

"시르카!"

"거기 있었군요. 시간이 없어요. 바람의 정령에게 몸을 맡기세요. 지금이라면 탑 밖으로, 제가 있는 곳으로 나올 수 있어요."

"아! 탑의 봉인이 풀렸나?"

"그래요. 탑 바닥에 구멍을 뚫었어요. 정령들이 다른 라크를 막고 있는 사이에 어서 떠나야 해요. 서둘러요."

"알았어!"

라크는 아직도 힘을 쓰고 있는 뉴에게 급히 소리쳤다.

"뉴, 바닥에 구멍이 뚫렸단다. 이리 와! 나간다!"

"정말요? 뉴."

나갈 수 있으면 괜히 크리스털을 파괴하지 않아도 된다. 사실 크리스털을 파괴한다고 해도 그 충격의 여파로 라크가 소멸되지 않을까 걱정하던 뉴였다.

뉴는 잽싸게 몸을 날려 라크의 목을 감싸 안았다.

"시르카, 준비됐어!"

"그럼 이동할게요."

시리리링.

머릿속에 시르카의 대답이 울리자마자 바람이 라크를 완전히 휘어 감고 급격히 회전했다.

바람은 곧 라크와 뉴를 실고 문 밖으로 나갔다. 그야말로 바람처럼 빠르게 날아서 탑 아래도 내려가는 것이다.

바람을 탄 라크의 눈에 외부의 광경이 스쳐 지나갔다. 가나크가 주문을 외워 넷이나 되는 물의 정령들을 단숨에 물리치는 모습이 보였다.

그사이 라크는 가나크의 방해를 받지 않고 탑의 1층까지 날아갈 수 있었다.

"이놈!"

가나크의 분노에 찬 고함 소리가 들려왔다. 하지만 이미 그가 있는 곳으로부터 멀어졌기에 위협적이지는 못했다.

1층은 이미 완전히 물에 잠겨 있었는데, 아래쪽에서는 계속해서 물이 뿜어져 나왔다.

풍덩!

바람의 정령은 용감하게 물속으로 뛰어들었다. 그리고는 라크와 뉴를 놓고 다시 위로 올라갔다. 물속에 있는 물의 정령들이 라크와 뉴를 받았다. 라크는 그들의 안내에 따라 아래로, 아래로 내려갔다.

한참을 내려가자 거대한 지하 수맥이 나왔다. 그곳에는 물 속 한가운데에서 결계를 치고 있는 세 사람이 있었다.

자유와 방랑의 마법사 클라우드와 제논, 그리고 라크가 항상 마음속으로 그리던 시르카가 있었다.

"라크! 육체를 잃었군요."

시르카는 놀라 외쳤다. 유령처럼 희미해진 라크의 상태는 그다지 좋아 보이지 못했다.

"서둘러야겠군. 어서 떠나자. 위에서 날뛰고 있는 놈의 힘이 너무 강해."

클라우드는 별로 놀라지 않고 냉정하게 말했다. 사실 라크가 아직 죽지 않았다는 것만 해도 행운이라 생각하고 있는 그였다. 오히려 그는 가나크의 힘에 놀라워하고 있었다.

분명히 라크의 분신이라고 했다. 그런 만큼 라크가 원래 지니고 있던 마력 정도의 수준일 것이라고 생각했다.

아무리 천재적인 재능을 가지고 있어도 마법사는 지속적인 마나 수련을 통해 점차적으로 마력을 강화해야 하는 만큼 라크나 시르카와 같은 젊은 고위 마법사는 마력의 양 자체가 클라우드에 비해 적어야 한다.

그게 상식인데, 가나크는 달랐다.

시르카도 그걸 느끼는 듯 바로 마음을 안정시키며 고개를 끄덕였다.

"어서 가요. 제 바람의 상급 정령도 버티지 못할 것 같아요."

"괴물이군. 이동한다!"

클라우드는 혀를 끌끌 차며 자신의 결계를 이동시키는 주문을 외웠다. 곧 결계는 지하 수맥을 따라 빠르게 움직이기 시작했다.

길 자체도 복잡하고, 물의 흐름이 계속해서 바뀌었지만 클라우드에게는 익숙한 산책로와도 같았다. 그는 보란 듯이 제 논을 보며 웃었다.

"봤지? 10년 정도 이 아래에서 놀다 보면 자연스럽게 알게 되니까 열심히 해라."

그의 목소리에서 이미 위험을 벗어났다는 것이 느껴졌다. 하기는 지하 수맥에서 그를 따라잡을 수 있는 존재는 없을 것이다.

그들은 그렇게 빛의 탑으로부터 나와 대륙의 서쪽으로 향했다. 시르카의 고향인 슈앙 밀림 지대가 새로운 목적지인데, 그곳에서 숲의 힘을 빌어 라크의 육체를 복구할 것이라고 시르카가 설명했다.

라크는 그저 묵묵히 시르카의 말을 듣고만 있었다. 일단 위

기에서 벗어나고 보니 그동안에 있었던 일들이 다시 하나하
나 머릿속에 떠올랐다.

마그나타의 수하들을 피해 대륙을 떠돌았던 일, 목숨을 걸
고 마그나타와 싸운 일 등은 모두 조작된 기억이었다.

결국 가나크에게 조종을 당한 것이나 마찬가지였다는 생
각이 그를 괴롭혔다. 그리고 마침내 버려졌다.

'완전히 당했군. 또 하나의 나에게…….'

라크는 자신의 손을 보았다. 손 너머로 시르카의 얼굴이 보
였다. 투명한 손, 아무런 힘도 발휘할 수 없는 손이다. 시르카
와 클라우드, 그리고 뉴가 없었다면 꼼짝없이 그냥 버려진 채
소멸되는 운명이었을 것이다.

새로운 육체, 그걸 얻는다고 해도 기억은 이미 사라지고 마
법적인 능력도 모두 잃었다. 그나마 가지고 있던 그림자의 힘
도 이제는 쓸 수 없을 것이다.

대항할 수 있을 것인가? 오히려 가나크를 피해 숨어 사는
것이 현명한 일일지도 모른다.

라크는 피식, 웃었다. 그렇게 적당한 성격이었다면 애초에
마그나타와 싸우려 하지도 않았을 것이다.

'적어도 지금은 정신적으로 조작을 당하고 있지는 않지.
가나크와 싸우는 것은 내 의지다.'

라크는 결계 밖으로 흐르는 물들을 보며 조용히 뉴의 머리

를 쓰다듬었다.

사실 영체가 되어서도 만질 수 있는 존재가 있다는 것이 그의 영혼을 유지하는 데 크나큰 도움이 되고 있었는데, 그것을 라크는 자각하지 못했다. 그저 본능적으로 뉴를 몸에서 떼어 놓지 않을 뿐이었다.

발전하는 자들

시아 대륙의 서쪽에 있는 슈앙 밀림은 호쿠쿠 밀림에 이어 대륙에서 두 번째로 큰 밀림으로, 보통 인간의 발걸음을 거부하는 곳이다.

그 안에는 제국의 힘도 거의 미치지 못하고, 오로지 원주민들이 여러 자연적 동식물들, 그리고 마물들과 어울려 살고 있다.

원주민들은 그들만의 생활 관습을 가지는데, 그중에서도 정령의 힘을 쓸 수 있는 샤먼들은 부락의 여왕과도 같은 존재이다.

시르카 역시 샤먼의 재질을 타고 태어났는데, 전대 숲의 마법사 타라스티가 그녀를 제자로 받아들임으로써 밀림을 떠나 현자의 탑에서 유년 시절을 보냈다.

숲의 마법사는 샤먼의 재능을 타고난 원주민만이 될 수 있는 고위 마법사인 것이다.

그런 이유로 시르카는 밀림에서는 최고의 신분이라고 할 수 있다. 원주민들의 살아 있는 신으로 섬겨지고 있는 대샤먼의 의자매이기도 할 정도이니 더 말할 필요도 없다.

그녀가 돌아왔다. 각 부락에서는 정성을 다해 그녀의 귀환을 환영했고, 수많은 귀중한 보물들을 예물로 바쳤다.

"허, 정말 여왕과도 같군."

클라우드가 무척이나 부럽다는 눈으로 보며 말했다. 시르카는 그저 담담히 웃을 뿐이었다.

"그런데 조금 서둘러야 되지 않을까?"

클라우드가 다시 말했다. 들르는 부락마다 하루씩을 보내야 하니 언제 밀림의 안까지 들어갈 수 있을지 몰랐다.

그러나 시르카는 한숨을 내쉬며 대답했다.

"이곳의 규칙으로는 그게 불가능해요. 제가 만약 근처를 지나가면서 부락에 들르지 않는다면, 그 부락은 죄를 짓는 것이 됩니다. 커다란 불명예지요."

"쩝, 그래도 지금은 라크가 중요하잖아."

라크의 이야기가 나오자 시르카의 눈동자가 살짝 흔들렸
다. 라크의 영체는 지금 상태가 그다지 좋지 못했다. 빛의 탑
에서 나온 이후 그는 의식을 잃었고, 점점 몸이 흐려져 가고
있었다.

"의식은 이미 시작된 것이나 마찬가지예요. 오히려 부락의
여러 샤먼 분들의 도움을 받고 있지요."

"그런 건가?"

"예, 그래서 더욱 부락에 들러야 해요. 샤먼들이 라크의 몸
에 수많은 정령들을 감쌀 수 있도록 말이에요."

"오호, 정령들의 힘이 영혼을 유지하는 데 도움이 되는 거
였군."

새로운 사실을 알았다. 마법사로서 기쁜 일이었다. 하지만
지금까지 그걸 몰라서 라크를 걱정했기에 클라우드는 은근히
섭섭한 마음이 들었다.

"그렇다면 미리 설명을 해주지 그랬어?"

"죄송해요. 사실 저도 마음이 급해서 미리 설명을 못해드
렸네요."

"괜찮아, 괜찮아."

애인의 상태가 안 좋은데 다른 데 눈이 돌아갈 리가 없다.
클라우드는 그렇게 생각하며 털털하게 웃었다.

그렇게 한참을 밀림 안으로 들어가자 숲의 마법사를 위한

안식처가 나왔다. 자연의 결계로 둘러싸인 그곳은 어떤 부족의 사람들도 접근할 수 없는 신성한 장소였다.

넓은 공터의 중앙에는 일곱 그루의 거대한 나무가 있었다. 그리고 그 나무의 기둥에는 반쯤 튀어나온 여인의 형상이 보였다. 살아 있는 것처럼 생생한 모습. 하지만 그것은 확실히 나무의 일부였다. 마치 드라이어드가 나무로부터 나오려다 만 것과 같은 모습이었다.

시르카는 그 나무들로 가서 정중히 인사를 했다.

"제8대 숲의 마법사인 시르카 퓨어리프가 선대의 도움을 요청합니다."

그러자 나무에 나타나 있는 여인 중 한 명이 고개를 돌려 시르카를 보았다. 동시에 그녀의 몸에서 마력이 뿜어져 나와 공터를 메웠다. 나무가 살아나 한 사람의 강력한 마법사로 돌아온 것이다.

[시르카, 나의 사랑스러운 제자야.]

"스승님을 뵙습니다."

옆에서 지켜보고 있던 클라우드가 놀란 표정을 지었다. 나무 속의 여인은 틀림없이 전대 숲의 마법사인 타라스티임이 틀림없다.

"타라스티, 살아 있었군."

타라스티는 클라우드를 보며 싱긋 미소를 지었다.

몸 전체가 나무 껍질로 뒤덮여 있었지만 그녀의 미소는 아름다웠다. 오히려 젊었을 때의 모습으로 돌아간 그녀는 인간이었을 때보다 더 아름다운 것 같았다. 단지 그녀의 피부는 나무 껍질로 뒤덮여 있어 사람 같은 느낌은 들지 않았다.

[숲의 비밀을 보셨군요. 방랑의 클라우드님이라면 자격이 있습니다. 그런데 시르카야, 네가 안고 있는 그 영체는 무엇이지? 단순한 유령은 아닌 것 같구나.]

"예, 스승님도 아시는 라크의 영체입니다. 그는 그림자에게 육체와 기억을 빼앗기고 영혼만이 남았습니다."

[아, 그림자에게 육체를? 그것참, 대단하구나.]

"그래서 라크에게 새로운 육체를 만들어주려고 합니다. 여기 현자의 돌로 만들어진 육체가 있는데, 영혼과 육체의 결합을 위해서 스승님들의 힘이 필요합니다."

시르카의 설명을 들은 타라스티는 크게 웃었다. 현자의 돌로 만든 육체라는 말에 크게 관심이 생기는 듯했다. 그녀는 곧 주변의 나무들을 돌아보며 말했다.

[호호호호, 현자의 돌까지? 정말 재미있는데! 이봐요, 언니들. 어서 일어나 봐요.]

부스스.

[뭐지? 왜 우리들을 다 깨우는 거니?]

주변의 나무들에 있는 여인들도 마력을 내뿜으며 깨어났

다. 그녀들은 오랜만에 깨어나 아직 정신이 멍한 듯했지만 몸에서 뿜어지는 마력의 수준은 타라스티나 시르카와 거의 비슷하거나 오히려 더 강했다.

클라우드는 이 여인들이야말로 역대 숲의 마법사라는 것을 알아차릴 수 있었다.

그때 타라스티가 다시 다른 여성들을 재촉하듯 말했다.

[글쎄, 우리 막내가 영혼만 존재하는 사람과 현자의 돌로 만든 육체를 가져왔지 뭐예요.]

[뭐라고! 그런 희귀종을?]

선대 숲의 마법사들은 정신이 번쩍 든 듯 눈을 휘둥그레 뜨고 시르카를 보았다. 과연 시르카의 뒤에는 사람의 육체가 담겨진 관이 있었고, 그녀의 두 팔에는 의식을 잃은 라크의 영체가 있었다.

[놀랍군. 똑같아! 생김새도, 마나의 파장도. 정말 현자의 돌로 영체와 똑같은 육체를 만든 거니?]

[그런가 봐요. 이론적으로는 가능하잖아요.]

[이런 건 처음 봐. 합칠 수 있을까?]

[우리들의 마력이라면 가능할지도.]

[그런데 마력을 쓰면 수명이 급속도로 줄어들잖아.]

[어머, 애는. 그만큼 살았으면 됐지, 뭘 더 바라니? 어차피 우리가 여기서 잠들어 있는 이유는 새로운 막내에게 지식을

전해주고 만약의 경우에 힘을 보태주기 위한 거잖아.]

[맞아요. 지금이 바로 힘을 보태줄 때에요.]

그녀들은 수다를 떨기 시작했다. 짧게는 수십 년에서 길게는 수백 년을 잠만 자다 다 같이 깨어나니 상당히 즐거운 듯했다.

시르카는 조용히 그녀들의 대화가 끝나기를 기다렸다. 클라우드 역시 눈치만 봤다.

전대 숲의 마법사가 일곱 명이나 있다. 다들 고위 마법사의 마력을 지닌 상태이다. 이곳은 그야말로 세상에서 가장 무서운 곳일지도 모른다는 생각이 뇌리를 스쳤다.

그렇게 시간이 흘렀다. 결국 초대 숲의 마법사이자 가장 연장자인 카샤가 다른 자매들—과거엔 제자나 그 후손들이지만 일단 나무 속으로 들어가면 모두 자매라고 부르는 것 같았다—를 집중시켰다.

[이제 일을 시작하자. 영체의 상태가 별로 좋지 않으니 조금이라도 빠른 것이 나아.]

[그래요, 언니.]

카샤의 말에는 모두들 잘 따랐다. 그녀들의 준비가 끝나자 시르카는 라크의 육체와 영체를 나무들 한가운데에 놓고 각 나무를 잇는 마법진을 그렸다.

[다 되었어요. 이제 시작하지요.]

[좋다. 마법진의 주체는 시르카, 너다. 잘할 수 있겠니?]

"예, 준비되었어요."

시르카는 대답을 하고는 바로 주문을 외워 마법진을 활성화시켰다. 여덟 명의 고위 마법사의 힘을 하나로 모으는 마법진을 조정하는 것은 결코 쉬운 일이라 할 수 없었지만 그녀에게는 자신이 있었다. 무엇보다 라크를 구하기 위해서라면 하지 않으면 안 된다.

우우우웅.

마법진에 의한 힘의 발현, 그것은 지켜보는 클라우드를 압도시킬 만한 것이었다.

어느새 공터의 위쪽 하늘에는 수십에 달하는 바람의 정령들이 모여들었고, 땅에서도 불쑥불쑥 땅의 정령들이 고개를 내밀어 그 광경을 구경했다. 지금 이곳은 거의 정령계와 마찬가지로 정령력이 충만한 곳이 되었다.

"모든 것의 근본이 되는 정령의 힘으로, 영혼과 새로운 육체의 연성을 이룬다. 정령왕이여! 우리들 숲의 마법사의 요청에 응하여 그 힘을 나누어 주시기를."

시르카의 맑은 목소리가 숲의 공터를 메우자 바람의 정령들이 일제히 춤을 추었다. 그리고 그 춤은 곧 공터 전체를 뒤덮는 거대한 회오리바람이 되었다.

고오오오오오—

폭풍의 눈이라는 말처럼 공터 안은 잔잔했지만 사방으로 보이는 바람의 벽은 인간의 힘이라 믿을 수 없을 정도로 거대했다. 그리고 그 바람의 벽은 안쪽에 있는 대기를 정화시켰다. 자신들보다 상위의 정령의 힘이 깃들 수 있는 환경을 만들었다.

그사이 땅의 정령들이 움직였다. 나무들이 있는 곳을 통째로 부풀어 오르게 하여 임의로 하나의 언덕을 만들었다.

그렇게 정령들의 기운이 극에 달했을 때, 드디어 시르카가 원하던 힘이 그곳에 강림했다. 바로 바람의 정령왕의 기운이었다.

정식 소환이 아니기 때문에 형상은 이루어지지 않았지만, 마법진 안을 정령계와 통하게 함으로써 그의 목소리와 기운을 끌어온 것이다.

[인간의 힘으로는 나를 소환하기 어려울 터인데, 새로운 방법이로군.]

정령왕의 목소리가 울려 퍼지자 시르카는 대답했다.

"여덟 숲의 자매가 여기 있습니다. 바람의 정령왕이시여, 여기 있는 영혼과 육체의 결합을 이루게 해주십시오."

[호오, 그 또한 인간의 한계를 벗어난 일. 과연 마법은 인과율을 흔드는 마족의 수법이로군.]

"……"

[어쨌든 좋다. 그대들의 마력이 나를 소환할 수 있었으니, 나는 정당한 요청에 따르겠다. 하지만 명심해라. 정령력과 마력의 결합은 인간에게 있어서 새로운 힘이지만, 제어하기 힘든 무기는 결국 스스로를 다치게 할 수 있다는 것을.]

바람의 정령왕은 의미심장한 말을 하고는 허공중에서 춤을 추고 있는 상급의 정령 중 하나에게 명해 라크의 영체와 육체를 하나로 모았다. 라크의 영체는 육체 안으로 들어갔지만 그것은 벽을 통과하듯 영체와 육체가 겹쳐 있는 것뿐이다.

그때, 바람의 정령왕이 권능을 행사했다.

[영혼을 가두는 것은 육체의 힘! 지금 깨어나라!]

파앗!

바람이 빛으로 변해 라크의 주변을 감싸자 영혼은 육체에서 벗어나려 발버둥 쳤다. 하지만 곧 영혼 자신이 이 육체가 자신에게 딱 맞는 육체라는 것을 인식하고는 그곳에 안주하기 시작했다. 일단 영혼이 육체를 인식하자 더 이상의 힘은 필요가 없었다. 사람들은 그런 광경을 그저 지켜만 보았다.

어느 순간 라크가 눈을 떴다. 그리고 손을 들어 보고, 손가락을 조금씩 까딱여 보았다. 그는 자신이 새로운 육체를 얻었다는 것을 알았다.

[되었군. 이제 새로운 육체가 죽을 때까지 영혼은 그곳에 매여 있을 것이다.]

바람의 정령왕은 그렇게 말하고는 자신들을 부른 자들로부터 관심을 끊었다. 세상에는 바람이 많았고, 그 정점에 선 정령왕은 할 일이 많았다.

"라크, 괜찮나요?"

시르카가 조심스럽게 묻자 라크는 그녀를 보고는 천천히 고개를 끄덕여 보였다. 아직 몸 전체를 마음대로 움직이는 것은 힘들었고, 목소리를 내는 것도 무리가 갔다.

방금 태어난 아이처럼 육체를 제어하지 못하고 있었다.

뉴가 클라우드의 옆에서 튀어나와 라크의 어깨 위로 올라왔다.

"라크! 살아났다! 뉴."

뉴는 허약해졌던 라크의 영체가 육체를 얻어 원래의 상태로 돌아온 것을 느낄 수 있었다. 긴 몸으로 라크의 목을 감으며 좋아하는 뉴를 보며 시르카와 클라우드는 비로소 안심을 할 수 있었다.

"고마워, 시르카."

겨우 말을 할 수 있게 된 라크가 작은 목소리로 말하자 시르카는 미소를 지으며 고개를 약간 숙였다. 기쁨을 말로 표현할 수 없어 오히려 부끄러워하고 있었다.

그사이 정령들의 춤은 끝났고, 밀림은 원래대로 돌아갔다.

작은 언덕으로 변했던 공터의 중앙은 다시 평평해졌고, 바람의 정령들도 저마다 짝을 지어 오랜만에 이루어진 강력한 힘의 발현에 대한 이야기를 나누며 자신들이 가야 할 곳으로 갔다.

사람 하나가 살아난 것만 빼고는 처음 왔을 때와 같은 상황이었다.

클라우드가 허허 웃으며 말했다.

"어쨌든 죽은 사람이 살아날 수도 있다는 것을 알았군."

"라크는 죽은 적 없어요. 단지 육체를 잃었을 뿐이지요."

"그걸 보통 사람들은 죽었다고 표현하지. 뭐, 학술적으로는 완전한 사망은 아니라고 하겠지만 말이야. 허허허."

노인다운 여유로운 웃음을 짓고 있지만 사실은 굉장히 놀라고 있는 클라우드이다.

그도 그럴 것이, 역사상 죽은 자를 살린 기록은 한 번도 없었기 때문이다. 신의 힘으로도 일단 죽은 자는 다시 살릴 수 없다고 한다.

이번 일로 영혼이 소멸되지 않은 자는 소생할 수 있다는 것을 알았으니 마법의 연구 또한 그쪽으로 집중될 것이다.

어쨌든 간에 라크는 살아났고, 새로운 육체를 얻었다. 얼마간의 시간이 흐르자 라크는 완전히 깨어났다. 그리고는 서서히 주변을 돌아보며 상황을 판단하려 했다.

"성공한 건가?"

"그래요. 이제 라크는 새로운 육체를 얻었어요."

시르카의 대답에 라크는 미소를 지었다. 산다는 것은 기쁜 일이다. 특히 죽음의 경계선에서 회생한다면, 그걸 더욱 진하게 느낄 수 있다.

전대 숲의 마법사들은 그런 라크와 시르카를 보며 부럽다는 눈으로 바라보았다. 라크가 일어나서 그녀들에게 고맙다고 인사를 하자 초대 숲의 마법사인 카샤가 고개를 끄덕였다.

[호호호, 그럼 우리는 다시 잠을 들도록 하지요. 시르카, 그대의 앞길에 정령신의 가호가 있기를 기원하겠어요.]

[아, 언니들, 오랜만에 모두 깨어났는데 조금 더 있으면 안 될까요?]

[타라스티, 시르카와 더 많은 대화를 나누고 싶은 그대의 심정은 알겠지만, 우리에게 허용된 시간은 그렇게 많지 않아요. 낭비할 수는 없어요.]

[그렇군요. 알겠어요, 언니.]

타라스티도 결국 카샤의 말에 동의하고는 입을 다물었다.

생명을 연장하여 숲을 지키기 위해 스스로 드라이어드와 합체하여 식물이 된 그녀들이다. 젊은 당대 숲의 마법사가 연인과 함께 있는 것을 보고 저마다 과거의 회상에 잠기기도 했다.

하지만 깨어 있는 시간이 길면 그만큼 수명이 줄어든다. 그녀들은 조용히 눈을 감고 한 명씩 시르카와 라크를 축복하면서 나무로 돌아갔다.

마지막으로 남은 카샤는 라크에게 말했다.

[그대는 자신의 그림자와 싸우려 하고 있어요.]

"그렇습니다."

[하지만 원래의 몸과 기억을 모두 빼앗겼지요. 그것은 곧 마력과 마법의 주문까지 상대가 가졌다는 것을 의미해요.]

"알고 있습니다."

[그래도 싸울 건가요? 이제 그대는 새로운 육체를 얻었으니 그림자는 그대를 더 이상 쫓지 않을 거예요. 그냥 시르카와 같이 이 숲에서 지내는 것이 훨씬 행복하지 않겠어요?]

카샤의 말은 너무나도 유혹적이라 라크도 쉽게 대답하지 못했다. 그가 입을 다물고 있자 카샤는 다시 말했다.

[가나크라고 했나요? 정령들이 그의 강함에 대해 놀라고 있군요. 하지만 아무리 강한 존재라고 해도 이 숲을 범할 수는 없어요. 정령신의 가호가 있는 한은 마족이 아니라 마왕의 힘도 이곳에 미치지는 못하지요.]

"으음."

숲에 숨어 살면 라크 자신은 행복할 수 있다고 한다.

맞는 말인 것 같았다. 하지만 라크는 그걸 받아들일 수 없었다.

"카샤님의 제안은 저를 위한 가장 좋은 것임을 압니다. 하지만 결국 저는 가나크와 싸울 겁니다."

[세상의 혼란을 막기 위해서인가요? 어차피 가나크란 자도 인간이 된 이상 수명의 한계는 있어요. 세상의 흐름으로 볼 때 그 정도의 기간은 찰나와도 같지요. 그러니 그자가 무엇을 하든 신경 쓰지 않는 것이 가장 좋을지도 몰라요.]

"아닙니다. 싸움에는 이유가 없습니다. 그냥 싸울 뿐이고, 아직 끝나지 않았기에 계속 싸우려는 겁니다."

[광전사와도 같군요. 마법사답지 않은 일이에요.]

"인정합니다."

[이유가 없으니 설득할 방법도 없군요. 시르카, 그대의 남자는 별로 좋은 연인이 아니네요.]

"저는 그저 라크를 도울 뿐이에요."

[그렇다면 좋아요.]

카샤는 납득했다는 듯 따뜻한 눈으로 라크와 시르카를 보았다. 그리고는 잠시 생각을 하다가 다시 말했다.

[나의 스승은 세상에 아크 메이지로 알려진 티모라님이에요. 위대한 마녀는 인간을 위한 상위 마법의 이론을 세우고 그중 진화와 영혼, 그리고 정령의 법을 실현시켰지요.]

"그럼 가장 처음 생겨난 상위 마법은 그 셋이었겠군요."

[그래요. 나머지 것들은 나중에 생겨난 거지요. 그리고 빛은 진화의 마지막 단계로, 신성력의 씨앗을 지닌 인간이 성직자가 되지 않고 마법을 수련함으로써 될 수 있다고 했어요.]

"신성력을 지닌 인간이 마법을? 그게 가능한 겁니까?"

클라우드가 끼어들었다. 그는 놀란 얼굴로 카샤와 라크를 번갈아 보았다. 드래곤 이외에 그런 것이 가능한 존재는 없다고 들었다.

카샤는 대답했다.

[마법은 사실 마족의 능력이에요. 신성력을 지닌 자는 마력을 거부하게 되어 있으니 마법도 사용할 수 없지요. 반대의 경우도 마찬가지입니다. 마나의 총애를 받으면 마법사가 될 수 있고, 신성력을 타고난 자는 사제로서 살아갈 수 있는데, 그 반대는 불가능하지요. 하지만 가끔씩 그 두 재능을 같이 타고 태어나는 경우가 있어요. 라크가 바로 그렇지요.]

"그런! 그럼 라크는 신성 마법도 쓸 수 있다는 겁니까?"

[아니요. 그럼 그게 인간이라고 할 수 있나요? 드래곤이라고 봐야 되지요. 단지 진화의 법은 그런 양쪽의 재능을 타고난 사람이 신성력으로 마법을 강화할 수 있다는 이론으로부터 시작된 거라고 했어요.]

"신성력으로 마법을 강화한다니……."

[서로 반발하는 성질을 이용하는 거지요. 빛은 그 둘의 힘을 융합시켰다는 증거라고 하더군요. 티모라님께서도 이론만 세운 것이지만, 결국 라크의 몸에서 현실로 나타났지요.]

"하지만 그건 이미 가나크의 힘이 되었습니다. 빛의 마법이 그렇게 강력하다면 라크 녀석이 가나크를 감당하기는 힘들지 않겠습니까?"

[방랑의 마법사님의 말씀이 맞아요. 하지만 제가 지금까지 잠도 안 자고 말하고 있는 데에는 이유가 있겠죠?]

"아! 그럼?"

[티모라님께서 그분의 연인과 은거하시기 전, 저에게 들르셨어요. 빛의 마법을 익힌 자가 나타나면 그분의 연구실 위치를 가르쳐 줘도 좋다고 하셨지요. 그곳에 티모라님께서 상상하신 빛의 마법들의 이론과 주문이 있다고, 그것과 현실의 빛의 마법사가 만들어낸 주문을 비교해 보라고 말이에요.]

"대마녀 티모라의 연구실!"

클라우드는 떨리는 목소리로 중얼거렸다. 티모라의 마법 연구실이라면 세상에 존재하는 모든 궁극의 주문들이 모두 있다고 해도 놀라지 않을 것이다.

사실 지금의 마법계는 현자의 탑으로부터 파생되어 나왔다고 할 수 있는데, 그 현자의 탑조차도 티모라의 제자의 손에 의해 세워진 것이 아닌가?

하지만 라크는 오히려 침착했다. 이미 마법에 대한 모든 것을 잃어버린 그였기에 냉정한 시선으로 모든 것을 관조할 수 있었다.

"저는 지금 조금의 마력도 없습니다. 마법사라고 할 수도 없는 셈입니다. 그런데 티모라님의 연구실에 가면 무슨 소용이 있겠습니까?"

궁극의 주문이고 뭐고 마력이 없으면 쓰지를 못한다. 지금부터 수십 년간은 마나 수련을 해야 겨우 마법사라는 명함을 달고 다닐 수 있는 것이 라크의 처지가 아닌가?

그러나 카샤는 웃었다.

[그건 저도 모르겠네요. 하지만 제가 알기로 티모라님도 마력이 없었던 시절이 있었다고 합니다. 그럼에도 불구하고 그분은 최강의 마법사였다는군요.]

"이해할 수 없군요."

[저도 이해하지 못하지만, 티모라님이 그랬다고 하니 믿어야죠. 아무튼 한번 가보세요.]

카샤는 그렇게 말하고는 나무등걸에서 하나의 작은 크리스털을 꺼내 라크에게 내밀었다.

[삼켜요.]

"네?"

[삼키면 몸속에서 녹을 거예요. 그리고 그대가 연구실에 갈 자격이 생기면 알려주겠지요.]

"장소를 아시는 게 아니었나요?"

[알면 제가 갔죠. 이 크리스털은 빛의 마법을 익힐 수 있는 신체를 지닌 자에게만 반응해요. 그리고 자격이 생기면 반응한다고만 알고 있을 뿐, 그게 뭔지는 저도 모르겠군요.]

"그렇습니까……."

어쩐지 너무 쉽게 티모라의 연구실의 위치를 알 수 있다고 했더니, 지금까지 아무도 몰랐던 이유가 있었다. 라크는 쓴웃음을 지으며 크리스털을 받아 삼켰다.

[그럼 저도 이제 잠들어야겠군요. 제게 허용된 수명도 이제 얼마 남지 않았지만, 숲을 위해서 쓸 시간은 아직 있을 거예요. 그럼.]

카샤는 작별 인사를 마치자마자 그대로 눈을 감고 나무 속으로 돌아가 버렸다. 라크와 시르카가 대답할 시간도 주지 않았다.

*　　　*　　　*

현자의 탑의 고위 마법사들은 갑자기 빛의 탑의 봉인이 풀려 버리자 크게 놀랐다. 그도 그럴 것이 빛의 탑의 봉인은 그들 모두가 힘을 합쳐 1년 동안 설치한 것으로, 인간의 힘으로는 도저히 해제할 수 없는 것이었기 때문이다.

마그나타가 그토록 강해서 탑의 봉인을 풀고 나올 정도라면 싸워서 이길 가망성은 없는 것이나 마찬가지다. 영혼이 오염되지 않기 위해서는 현자의 탑을 탈출하여 심야에 은거하는 수밖에 없다.

그러나 고위 마법사들은 빛의 탑에서 나온 라크의 말에 안심할 수 있었다.

"마그나타는 죽었습니다. 그의 마나가 폭주하여 탑의 일부가 파괴되는 바람에 봉인이 깨어지기는 했지만, 그것이 그의 한계였습니다."

"오오, 그렇게 된 거군. 오히려 잘된 것이 아니오? 하하하!"

원래대로라면 라크 역시 봉인된 탑에서 20년간 갇혀 있어야 한다. 그러나 마그나타는 죽고 봉인은 풀렸다. 예상했던 것보다 훨씬 좋은 결과라 할 수 있다.

하지만 몇몇의 마법사들은 속으로 별로 좋지 않다고 중얼거렸다. 자신들 모두를 영혼의 노예로 만들려 했던 마그나타를 스스로의 모든 것을 걸고 처치한 라크지만 그가 현자의 탑의 새로운 실세로 떠오르는 것을 원하지는 않았다.

라크는 그런 사실을 잘 알고 있었다. 가만히 보고만 있어도 상대의 기분이 전해져 온다, 노골적이라고 할 정도로. 그러나 그는 웃었다. 그리고는 그런 불만을 가진 마법사들이 가장 좋아할 만한 말을 했다.

"하지만 그 바람에 빛의 탑에 큰 손상이 있어서 저는 당분간 탑의 복구에 전념해야 할 것 같습니다. 당분간은 현자의 탑의 일정에 참가하지 못함을 이해해 주십시오."

"하하하, 그야 이를 말이겠소? 그대의 희생과 고귀한 명예는 모든 마법사들이 인정하고 있소."

혼자서 놀겠다면 형식적인 명예 정도는 챙겨줄 수 있다는 뜻이다. 그런 식으로 대화가 진행되어 라크는 당분간 고위 마법사들이 가지는 현자의 탑의 운영에 대한 의무에서 제외되었다. 물론 대부분의 권리도 행사하지 못하게 되었다.

약 일주일이 지난 후, 라크는 정식으로 자신의 마법사 명을 가나크라 발표했다. 그리고 그는 비공식적으로 많은 마법사들을 만났다.

가나크를 만난 마법사들은 점점 그의 인품과 마력에 심취하여 따르게 되었다. 그중에는 고위 마법사도 섞여 있었다.

마그나타가 시행하려고 했던 영혼의 오염, 그것은 가나크의 손에 의해 착실하게 시행되고 있었다.

약 한 달이 지났다. 가나크는 이미 수백에 달하는 마법사들의 영혼을 완전히 오염시켰다. 다른 마법사들도 대부분 적지 않게 영향을 받고 있어서 현자의 탑 내부에서 가나크의 인기는 갈수록 올라갔다.

그러나 여전히 그는 조심스럽게 행동하고 있었다. 빛의 탑에서 거의 나오지 않고 탑의 복구와 마법의 연구에만 빠져 있는 모습을 취했다. 하지만 빛의 탑에는 매일같이 남모르게 수많은 마법사들이 들락날락하며 가나크의 명령을 받았다.

수많은 마법 물품들이 빛의 탑으로 옮겨졌다. 그중에는 마법사들이 생명처럼 소중히 여겨 절대로 내놓지 않던 것들도 많았다.

오늘도 세 명의 마법사가 지난 보름간 심혈을 기울여 만든 마법의 스크롤을 가져왔다. 자신들의 연구는 모두 팽개치고 밤낮을 가리지 않고 만든 것들이다.

"가나크님, 가까스로 부탁하신 것을 완성할 수 있었습니다."

가장 경륜이 높은 마법사가 대표로 말하자 가나크는 미소를 지으며 사의를 표했다.

그들은 황송해하면서 다행히도 시간을 맞출 수 있었다고 안도의 한숨을 쉬었다. 가나크는 그것을 보며 속으로 웃었다.

'당연하지. 내가 너희들의 능력을 정확하게 계산해서 일을 시킨 거니까.'

영혼이 제압되었으니 꾀를 부릴 수도 없다. 광신도보다 더

한 상태로 일을 하니 능력만 측정하면 작업량을 계산하기 쉽다.

"그럼 죄송하지만 또 부탁드리겠습니다."

"맡겨주십시오!"

오늘의 일정은 이것으로 끝났다. 가나크는 사람들을 돌려보내고 빛의 탑의 개조를 계속하기로 했다.

"어서 다른 고위 마법사들을 모두 내 손에 넣어야 한다. 그래야 일곱 개 탑의 힘을 모두 모은 대마법진을 설치할 수 있지."

가나크는 다짐하듯 중얼거렸다.

일곱 개의 탑을 매개체로 삼고, 현자의 탑에 있는 모든 마법사들의 마력을 제물로 펼쳐지는 의식! 그것은 대륙을 둘로 나누는 결계진을 쳤다는 하이얀 산맥의 72마법진의 힘에 필적할 만한 것이다. 하기야 지금 현자의 탑의 모든 탑들은 하이얀 산맥의 마법진을 이용해서 마력을 집중시키고 있으니 당연히 그 이상의 힘이 나와야 한다.

다시 말하자면, 대륙의 모든 사람들에게 영향을 줄 정도의 힘이다.

하지만 그것을 완성하기 위해서는 아직 해결해야 할 일이 수 없이 남아 있다.

"문제는 나싱인데……."

나싱! 소멸의 탑의 주인인 그는 사람들 앞에 일절 모습을 드러내 보이지 않는다. 과거 그가 모습을 드러낸 것은 전대의 최강 마법사이자 현자의 탑의 수장인 라시타가 임종했을 때뿐이다. 그 이후로 10여 년간 나싱의 얼굴을 본 사람은 없다.

"아무리 나라고 해도 만나지 않으면 소용이 없거든."

가나크는 고개를 절레절레 저으며 혀를 끌끌 찼다. 아무리 궁리를 해봐도 나싱을 만날 방법이 없다.

"그냥 확 침투해서 제압해?"

다른 모든 고위 마법사들을 손에 넣으면 그게 가능할지도 모른다. 그러나 가나크는 곧 한숨을 쉬며 다시 고개를 저었다.

"그놈이 미쳐서 발악하면 일이 틀어지지. 젠장."

나싱의 역할이 문제다. 소멸의 탑은 현자의 탑의 마법진을 모두 무효화시킬 수 있는 기능을 가지고 있다.

이곳이 만들어질 때 마법이 타락하여 악용될 때를 대비하여 만들어진 곳이라고 한다. 마법사의 맹세와 함께 마법으로부터 세상을 보호하기 위한 제약이다.

"뭐, 지금이 바로 마법이 타락하여 악용되는 때인가?"

결국 소멸의 탑은 훌륭하게 제 구실을 하고 있다는 뜻이 된다.

가나크는 잠시 이 방법 저 방법을 생각해 보다가 별 효용이 없을 것 같자 마음을 비우고 하던 일을 하기로 했다.

시간이 흐르면 자연스럽게 일이 해결될지도 모른다. 어차피 급한 일은 아니다. 최악의 경우 10년이든, 20년이든 나싱이 나타날 때까지 기다려도 되는 것이다.

그때, 빛의 탑이 가나크에게 무엇인가를 알렸다.

"침입자? 재미있군."

탑의 문에 걸려 있는 결계를 뚫고 들어올 정도면 보통 수준은 벗어났다고 봐야 한다. 흥미를 느낀 가나크는 모든 방어막을 정지시켰다. 그리고는 천천히 걸음을 옮겨서 예약 없는 방문자를 맞이하러 나갔다.

3층까지 걸어 내려가자 입구 쪽에 한 명의 거한이 보였다. 그는 붉은 로브를 입은 마법사였는데, 마법사답지 않게 전신이 근육으로 뒤덮여 있어 전사나 몽크라고 해도 믿을 정도였다.

가나크는 그 남자를 한눈에 알아봤다. 직접 본 적은 없지만 소문으로 듣던 것과 너무나도 닮아 있었다.

순간 가나크의 눈이 살짝 빛났다. 마력을 집중하여 영혼의 오염성을 더욱 높이는 것이다. 이럴 경우 상대는 일종의 매혹 상태가 되어버린다. 마력이 높은 자라고 해도 저항하기가 거의 불가능할 정도로 강력한 힘이다.

"피의 마법사께서 웬일로 이곳까지 오셨는지요?"

정중한 인사, 그러나 북부의 고위 마법사 흡혈의 도사르는 그의 성의 어린 인사를 무시했다. 눈빛과 목소리에 담긴 환혼의 마력에 빠지기는커녕 오히려 거친 목소리로 외쳤다.

"라크! 마그나타님의 명으로 네놈을 처치한다!"

"아, 이제 보니 그대는 마그나타의 노예였군."

가나크는 이제야 알겠다는 듯 고개를 끄덕였다. 어쩐지 자신의 힘에 영향을 받지 않더라니, 이미 도사르의 영혼은 마그나타에게 완전히 오염되어 있는 것이다.

"노예라고?! 죽어랏!"

선수 필승! 일단 선전포고를 끝낸 도사르는 지체없이 손을 썼다. 그의 손바닥으로부터 핏빛 구름이 뿜어져 나와 순식간에 가나크를 둘러쌌다.

도사르는 마법을 배우기 이전에는 뒷골목 조직의 살인조 중 한 사람이었다. 마법을 배우고 나서도 다른 마법사와 생사를 결하는 혈투를 벌이기를 즐겨 했기에 결투의 비결을 알고 있었다.

탑에 침입할 때부터 준비해 놓은 최강의 마법으로 상대가 미처 손을 쓰기 전에 승부를 결하기로 결심했는데, 지금 그것이 먹혔다!

"크하하하! 피는 피를 부르지. 블러드 포그가 네 몸속의 피를 한 방울도 남기지 않고 빨아들일 것이다. 그 피를 나의 젊음을 유지하는 데 써주겠다!"

그는 웃었다. 마그나타로부터 받은 최후의 명령을 수행하는 순간인만큼 극도의 쾌락이 영혼을 떨리게 했다. 마그나타가 죽은 이상 이제는 그가 최고라는 생각까지 들었다.

그러나 정작 가나크는 태연한 눈으로 주변에 있는 핏빛 안개를 흥미로운 눈으로 볼 뿐이다.

"대단하군. 상당한 생명력이 이 안에 응집되어 있는데? 도대체 몇 사람 정도의 피의 엑기스를 뽑아낸 거지?"

"으윽, 네놈은 어째서!"

도사르는 경악한 표정으로 외쳤다. 가나크의 전신으로부터 뿜어져 나오는 빛이 피구름을 막고 있는 것이 보였다. 구름은 빛을 감쌌지만 빛을 두려워하는 듯했다.

"이놈! 죽어라!"

놀라고 있을 여유가 없다. 도사르는 바로 제정신을 차리고 다시 주문을 외웠다. 그의 전신이 붉게 물들었다. 동시에 도사르는 가나크에게 달려들며 주먹으로 가나크의 가슴을 힘껏 때렸다.

대마법 방어막은 물리력에 약하다! 전신의 피를 끓게 만들어 거인의 힘을 얻은 도사르의 주먹은 바위를 가루로 만들 정도의 파괴력이 있다.

퉁!

"커억! 이럴 수가!"

빛은 그것도 튕겨냈다. 도사르는 믿을 수 없다는 듯 비명을 지르며 뒤로 튕겨났다. 빛에 닿은 그의 손은 흔적도 없이 사라져 버렸다. 피도 나오지 않고 고통도 느껴지지 않았지만 소멸된 것은 확실하다.

가나크는 한 손가락을 들어 좌우로 흔들면서 웃었다.

"샤이닝 실드는 대물리력 방어막이지. 마법에 대한 방어력은 그렇게까지 강하지 않거든. 하지만 그대의 블러드 포그처럼 한 방의 파괴력이 약한 마법에는 충분히 견디지."

친절한 설명을 하는 동안 신기하게도 그의 손가락에 작고 검은 구슬 같은 것이 형성되었다. 가나크는 겨우 몸을 일으키고 있는 도사르에게 그것을 날렸다.

슉.

"큭!"

팔뚝에 검은 구슬이 박힌 도사르는 짧은 신음 소리를 내었지만 따끔한 고통 이외에는 별 이상이 느껴지지 않자 곧바로 집중을 하고 다음 주문을 외우려 했다. 그러나 입은 주문을 외워도 팔은 움직이지 않았다.

"독인가?"

도사르는 인상을 찌푸리며 마음을 독하게 먹고 다른 손으로 자신의 어깨를 자르려 했다. 어차피 팔뚝 아래는 소멸된 팔이니 어깨를 잘라도 전투력에는 변함이 없다. 이기기만 하면 팔을 재생시키는 것은 일도 아니다.

그런데 다른 쪽 팔도 움직이지 않았다.

그는 보았다, 자신의 피부가 점점 검게 변해가고 있는 것을.

"으으으으으! 무슨 짓을!"

말을 하는 도중에 혀도 굳어버렸다. 이미 얼굴까지 검게 변한 것이다. 일단 전신이 검게 변하자 그것은 점점 뭉쳐졌다. 몸이 쪼그라들어 둥그런 고깃덩어리와도 같은 모습이 되었다.

비명도 없었다. 검은색은 점점 짙어졌고, 신기하게도 반쯤 투명한 형태가 되었다. 그리고 서서히 작아졌다.

가나크는 그 광경을 유심히 보았다. 나름대로 긴장한 모습이었다.

"성공인가?"

다크 섀도우 플레임은 육체를 그림자의 씨앗으로 바꾸는 마법으로 지난 한 달간 그가 만들어낸 새로운 상위 마법이다. 빛의 마법에 영혼의 마법을 섞어 그림자의 능력까지 가미한 것으로, 상대에게 방어를 허용하지 않는 무적의 공격 마법이라고 할 만하다. 성공만 한다면!

투투툭.

"끄아아아악!"

무엇인가 터지는 소리가 들리며 검은 덩어리로부터 피가 뿜어져 나왔다. 그리고 지옥의 안쪽에서부터 들려오는 것 같은 비명 소리가 방 안에 울렸다.

가나크는 아깝다는 듯 인상을 구기며 혀를 찼다.

"칫, 단숨에 물질을 그림자로 바꾸는 것은 무리인가? 오히려 그림자로 바뀐 부분이 지속되지 못하고 돌아와 버리는군."

그의 눈앞에는 완전히 뼈와 살이 뭉쳐진 고깃덩어리가 덩그러니 남아 있었다. 방금 전까지 그림자의 씨앗으로 변해가던 도사르의 육체이다.

그리고 그곳으로부터 하나의 그림자가 솟아 나왔다. 마치 살아 있는 사람처럼 존재감이 느껴지는 그림자. 그러나 그것은 가나크가 원하는 결과와는 조금 달랐다.

도사르의 시체로부터 가나크의 마력을 받아 태어난 섀이드는 강력한 힘과 마력을 동시에 지녔다. 하지만 이성은 없고 본능만이 남은 언데드에 불과하다.

도사르를 죽이지 않고 완벽한 그림자로 만들었다면 섀이드가 아닌 이성을 가진 섀도우 가디언이 나타났을 것이다. 그리고 그는 시간이 지남에 따라 점차 인간이 되었을 것이다. 하지만 마법은 실패했고, 육체가 죽으니 그림자도 죽었다.

인간을 단숨에 그림자로 바꾸고 다시 그로부터 인간을 만들어내는 마법은 아무래도 무리인 듯했다.

"어쩔 수 없지. 천천히 시간을 들여 동료를 늘려 나가는 수밖에. 어차피 마법진이 완성되면 모두 해결될 문제이니……."

가나크는 아쉬운 감정이 깃든 목소리로 중얼거리다가 섀이드를 보고 말했다.

"섀이드, 이성을 가지지 못한 죽은 자의 그림자여. 내가 너를 만들어냈구나."

가나크는 미안한 목소리로 말했다. 그림자 언데드인 섀이드는 그런 가나크에게 복종하겠다는 듯이 허리를 굽혔다.

그의 모습에 가나크는 잠시 생각에 잠겨 있다가 다시 섀이드를 보고 명했다.

"라크의 영혼이 아직 살아 있는지 모르겠군. 너는 그것을 찾아라. 낮에는 그림자 속에 숨어서 쉬고, 밤에는 움직여라. 만약 그놈의 영혼이 아직 소멸되지 않았다면 먹어라. 그것이 너의 사명이다. 너의 힘이 다할 때까지 라크의 영혼을 쫓아라."

스으윽—

소환자 가나크의 명은 곧 섀이드의 존재 이유가 되었다. 섀이드는 말없이 계단을 내려가 빛의 탑을 나섰다.

가나크는 그대로 몸을 돌려 위로 올라갔다.

어차피 인간은 가나크를 이해하지 못한다. 그를 인간으로 인정하지도 않을 것이다. 가나크의 입장에서 봐도 인간은 동족이 아니다. 다른 존재! 괴물일 뿐이다.

가나크를 이해하고 같은 편이 되어줄 존재는 그림자로부터 인간이 된 자뿐이다. 하루라도 빨리 그런 자와 같이 있고 싶었다. 사실 그는 외로웠다.

＊　　　＊　　　＊

슈앙 밀림에서 육체를 얻은 라크는 며칠간 몸도 제대로 가누지 못했다. 처음에는 기어다니는 것도 힘들었다. 하지만 빠른 속도로 영혼이 육체에 적응하면서 걷게 되었고, 곧 뛸 수 있게 되었다.

새로운 육체는 현자의 돌로 만든 것인데, 이 육체의 좋은 점은 사람이 살면서 필연적으로 몸속에 쌓이는 불순한 기운이 전혀 섞여 있지 않다는 것이다. 그야말로 갓 태어난 아이의 몸과 같았다. 그런 만큼 근력도 뛰어나고 정신도 맑았다.

클라우드는 남부로 떠났다. 제논이 수련에 들어가기 전에 남부의 마법사들을 그에게 부탁했기 때문에 당분간은 자유롭게 돌아다니지도 못할 것이라고 투덜댔다. 그래도 가나크의 노예가 되게 할 수는 없으니 어쩔 수 없다.

몸이 완전히 회복되자 라크는 하늘과 밀림의 나무들을 보면서 옆에 있던 시르카에게 말했다.

"떠나야겠어."

돌연한 라크의 말에 시르카는 웃으면서 대답했다.

"영혼의 탑으로요?"

"응."

"그러세요. 전 숲에 남아 있을게요."

시르카는 동행하지 않기로 하였다. 그녀는 따로 할 일이 있었기 때문이다. 또한 영혼의 탑의 주인이 되는 시련은 라크 스스로가 해결해야 되는 문제이고, 시르카가 같이 가면 오히려 좋지 않다고 한다. 다른 학파의 고위 마법사가 나타나면 탑이 경계를 하기 때문이다.

미리 그런 이야기를 한 적이 있기에 라크는 고개를 끄덕이며 말했다.

"뒷일을 부탁해."

"예."

신뢰감을 주는 목소리이다. 라크는 시르카의 흔들리지 않는 눈을 보고 미소를 지었다.

아마 기억을 잃기 전부터 이 여자에게는 알게 모르게 의지를 했으리라. 말하자면 응석을 부리는 습관이 붙었겠지. 그는 그렇게 생각하며 조용히 발걸음을 옮겼다.

"가자, 뉴."

"네, 가요. 뉴."

뉴가 훌쩍 뛰어올라 라크의 어깨 위에 올라타고는 시르카에게 앞발을 흔들어 보였다. 그동안 이 원주민 부락에서 샤먼이 소환한 정령들과 뛰어노느라 정신이 없던 뉴였지만 라크의 여행에는 두말없이 따랐다.

일단 원주민의 안내를 받아 밀림을 벗어난 라크는 북으로 향했다. 영혼이 탑은 북부 산맥의 안쪽에 있기 때문에 그곳까지 가는 데에만도 한 달 가까이 걸린다. 길을 따라 가는 것도 아니다. 숲을 만나면 숲을 가로지르고, 산이 있으면 산을 넘는다.

시간을 단축하기 위해서라기보다는 행적을 드러내고 싶지 않아서이다.

가나크는 빛의 탑의 중추 크리스털을 이용해 마그나타의 기억과 주문을 가져갔다. 하지만 전부는 아니다. 필요한 것부터 빼내었을 터이니 주로 주문과 마법적인 지식 등을 가져갔을 것이다.

영혼의 탑에 대한 정보도 얻었을 테지만 가나크가 영혼의 탑을 얻기 위해 빠르게 움직일 것 같지는 않았다. 왜냐하면 마그나타가 라크에게 영혼의 탑을 소유하라고 한 것을 모르기 때문이다.

가나크에게 있어 가장 우선적으로 해야 할 일은 현자의 탑의 마법사들을 오염시키는 것이고, 그 작업은 적어도 일 년은 걸린다고 봐야 한다.

그러나 만약 라크의 행적이 발견된다면 이야기가 달라진다. 경쟁자가 있다면 무슨 수를 써서든 영혼의 탑을 소유하려 할 것이다. 아니면 경쟁자를 제거하거나.

인간이 다니는 길이 아닌 산이나 들로 여행을 하는 것은 결코 쉬운 일이 아니었다. 무엇보다 마물들이 라크의 길을 방해했다.

꾸워어어어어!

웨어 베어, 곰 인간이다. 지금의 라크는 이놈과 싸우기 힘들다. 오히려 그림자였을 때보다 약해진 것이다. 그러나 라크는 혼자가 아니다.

"그냥 가라, 뉴."

꾸우우웅.

라크의 목을 감고 낮잠을 자던 뉴가 귀찮다는 듯이 앞발을 흔들며 말하자 흉포한 표정을 지으며 포효하던 웨어 베어가 갑자기 앓는 소리를 내며 잽싸게 사라졌다. 뉴는 일반 마물들과는 차원이 다른 마계의 상급 마수이기 때문에 마물들은 본능적으로 알아차리고 뉴에게 굴복했다.

"휴우. 뉴, 너의 힘이 갈수록 강해지는 것 같구나."

라크가 한숨을 쉬며 말했다.

며칠 전에 만난 오우거들은 그래도 자기 구역이라고 몇 번 소리를 지르다가 도망갔다. 그러나 이제는 반항할 엄두도 안 날 정도로 강력한 기세를 발산한다. 뉴와 가장 가까이 있는 라크는 그걸 느낄 수 있었다.

"헤헤헤, 성장기이니까요. 뉴."

"성장기는 몇 년이나 되니?"

"한 3백 년쯤 되요. 뉴."

"그렇구나."

아직 아이라는 소리다. 그런데도 이렇게 강하다니! 라크는 왠지 모르게 가나크에게 복수를 하는 것은 자신이 아니라 뉴가 아닐까 하는 생각이 들었다. 그렇다면 그냥 뉴가 가나크와 싸우는 것을 구경만 하면 되는 것이 아닐까?

'아니지. 뉴는 뉴고, 나는 나다.'

정신이 바짝 들었다. 라크는 손을 들어 뉴의 머리를 쓰다듬 으며 말했다.

"오늘은 이곳에서 야영하자."

"그래요. 뉴."

그림자가 아니기 때문에 잠을 자야 한다. 육체를 얻은 이후

이게 제일 불편했다. 하지만 좋은 점도 있다. 그것은 몸속에 마나를 쌓을 수 있다는 점이다.

마나는 해가 뜰 때와 해가 질 무렵에 가장 왕성하게 움직이기 때문에 그때 수련을 하는 것이 좋다. 검사든 마법사든 수련을 하는 것은 같다. 단지 수련 방법과 사용법이 다른 뿐이다.

라크는 저녁노을에 마주 바라보며 정좌를 하고 앉아 명상에 잠겼다. 거센 마나의 파장이 느껴졌다. 기억은 잃어도 영혼에 각인된 마나의 감각은 사라지지 않은 모양이다.

'서두를 것은 없다. 천천히 마나의 흐름을 느끼고, 그 안에 감각을 섞어 심장에 서클을 형성한다.'

마음을 안정시키니 대기 중의 마나는 라크의 의지에 따라 그의 심장에 모였다. 수련을 시작한 지는 얼마 되지 않았지만 이미 1서클의 마법 정도는 사용할 수 있게 된 상태다. 보통 사람의 열 배에 해당하는 속도라고 한다.

문제는 심화다. 가나크가 뇌리에서 떠나지 않는다. 정신 집중에 심각한 장애가 된다. 그의 적이 이 순간에도 방해를 하는 셈이다.

하지만 라크는 곧 발상을 바꾸었다. 지금 그의 기억 속에는 상위 마법의 수련법이 있다. 바로 화염의 탑의 수련법! 그것은 바로 심화를 마력으로 바꾸는 수련법이 아니겠는가!

　라크는 가나크와 싸우는 검을 만들었다. 상상 속의 검이지만 그것이 마력으로 바뀌었다. 그로 인해 라크의 마력은 더욱 빠르게 성장했다.

　뉴는 그동안 라크의 어깨 위에서 라크의 수련을 도왔다. 어차피 뉴의 몸을 구성하는 마나의 상당 부분은 라크의 몸속에서 나왔다. 그런 이유로 뉴가 발산하는 마나의 파장은 라크와 거의 같다고 할 수 있다.

　라크의 몸은 뉴의 마나를 거부하지 않았고, 그 결과 라크는 절대로 마력이 고갈되지 않는 상황이 되었다. 단지 서클이 낮아서 한번에 발산할 수 있는 마력에 한계가 있을 뿐이다.

　과거의 라크는 상위 마법의 깨달음을 얻고, 수련에 수련을 거듭하여 최고의 마법을 사용할 수 있게 되었다. 하지만 그때에는 나이가 어린 관계로 수련을 한 기간이 짧아서 상위 마법을 몇 번만 사용해도 마나가 고갈되는 고통이 있었다.

　모든 것을 잃은 지금, 과거의 자신이 그토록 원하던 방대한 마나를 마음껏 사용하게 되었지만 라크는 미처 그 사실을 모르고 있었다.

Chapter 5

영혼의 탑과 새로운 주인

추워도 너무 추웠다. 라크는 쉬지 않고 몸을 떨면서 가까스로 앞으로 나아갔다.

"라크, 추워요? 뉴."

뉴는 불덩어리 속에 들어가도 멀쩡하고, 얼음물 속에서도 팥빙수를 먹는다. 라크는 뉴가 살짝 얄밉다는 생각을 했다.

"음, 그러고 보니 나도 추위는 안 타지?"

화염의 마법에 대한 수련을 시작한 이후 열기와 한기에 대한 내성이 생겼다. 그로 인해 가슴속에 항상 따뜻한 불덩어리를 품고 있는 것과 같다.

그런데도 추웠다. 뉴가 목을 감고 열기와 마나를 보내주어 버틸 수 있었지, 그렇지 않았다면 이미 서리에 몸이 굳어버렸을 정도로 대단한 냉기가 바람에 섞여 있었다.

"마법이군."

냉기의 마법사 지라트의 마법일까? 아무래도 마그나타는 다른 고위 마법사에게 영혼의 탑의 결계를 강화하게 한 것 같다.

"젠장, 어쨌든 죽지 않고 가다 보면 나오겠지."

라크는 이를 악물고 앞으로 걸어나갔다. 그러자 뉴가 라크에게 말했다.

"라크, 이거 먹을까요? 뉴."

"먹을 수 있니?"

"그런 것 같아요. 뉴."

"마법의 바람이 확실하군."

뉴가 먹을 수 있다면 마법적인 현상임에 틀림없다. 라크는 고개를 끄덕이려 다가 곧 생각을 바꿔 뉴에게 말했다.

"춥기는 해도 죽을 정도는 아니니까 그냥 가자."

"그래요. 뉴."

라크가 괜찮다면 일부러 먹을 생각은 없는 뉴다. 그렇게 그들은 계속 앞으로 걸어나갔다.

'내가 마그나타라면, 이 결계가 무너지면 이보다 몇 배는

지독한 방어 결계가 작동하도록 해놓았을 거야. 이건 일종의 방아쇠와도 같아.'

바람은 넓게 퍼진다. 그러므로 이 일대에 항상 영향력을 줄 수 있다. 반면에 집중력은 약하다.

만약 이게 적을 감지하기 위한 탐지 결계와도 같은 역할을 한다면, 바람에 거슬리는 행동을 하는 순간 강력한 마법들이 그 지점을 집중 공격할 가능성이 높다.

라크는 모험을 하지 않기로 했다.

탑을 향해 가면 갈수록 추위가 더했다. 라크는 마음속의 심화를 일으켜 대항하면서 묵묵히 걸었다.

탑 속의 마법 장치와 주인을 바꾸는 의식에 대한 것만을 알려준 마그나타에게 원망하는 마음도 라크가 추위를 견디게 하는 데에 한몫했다.

'마그나타, 기왕이면 탑 주변에 있는 마법들에 대해서도 설명해 줬으면 좋잖아!'

이를 갈다 보니 떨림이 멈췄다. 화염의 마법, 의외로 쓸 만한 데가 많았다.

"라크! 저기에요! 뉴."

봉우리를 넘자 뉴가 앞발을 들어 앞쪽을 가리켰다. 봉우리의 안쪽은 움푹 파여 있었는데, 아래쪽에는 작은 호수가 있었다. 그리고 그 한가운데에 흑요석으로 만들어진 탑이 보였다.

“저게 영혼의 탑인가?”

“틀림없어요. 마그나타와 비슷한 마나의 파장이 느껴져요. 뉴.”

“그렇구나. 다행히 별다른 위험 없이 도착했구나.”

라크는 웃었다. 어느새 바람도 멎어 있었다. 봉우리 안쪽으로는 영향을 끼치지 않는 것 같았다.

“심연의 호수와 영혼의 탑이군. 틀림없어.”

“저 호수가 심연의 호수예요? 뉴.”

“응, 물속에는 잠들게 하는 성분이 섞여 있는데, 일단 잠들면 물속에서 죽지도 않고 수백 년 동안 잠들어 있게 된다고 했어.”

“마법적인 물인가요? 뉴.”

뉴의 눈이 반짝 빛났다. 아무래도 배가 고픈 모양이다. 그러나 라크는 뉴의 머리를 쓰다듬으며 고개를 저었다.

“아니, 일종의 마약이라더군. 물속에서 숨을 쉬게 하는 것은 탑의 힘이고.”

“그럼 그렇게 잠든 사람들도 탑에서 마력의 재료로 사용하는 건가요? 뉴.”

“그렇지. 일부러 사람을 잡아오는 것이 아닌 침입자에게 처벌을 하는 거라고 하지만, 진실은 알 수 없지.”

“그렇군요. 뉴.”

"어쨌거나 저걸 넘어가야 탑에 들어갈 수 있어. 조심하자."

"뉴우~"

뉴는 길게 대답하며 몸을 웅크렸다. 마력에 대해서는 거의 완벽할 정도의 면역력을 가지고, 오히려 그것을 식재료로 삼는 뉴이지만 마약에 강한지는 알 수 없다. 그렇기에 뉴도 몸을 사리고 있었다.

마그나타의 말대로라면 호수 근처에는 약한 안개가 끼어 있는데, 그 안개를 마셔도 위험하다고 했다.

"결국 숨을 참아야 한다는 거네."

"뉴는 숨 잘 참아요."

"그래, 그럼 가보자."

이 호수는 마법적인 방어 장치만을 생각하는 침입자에게 마지막 순간 뒤통수를 치기 위한 것이다. 모르면 쉽게 당할 수밖에 없지만 알면 충분히 대비가 가능하다.

라크는 품속에서 몇 개의 풀을 꺼내 입속에 넣었다.

이때를 대비해서 밀림에서 준비해 온 호흡초였다. 이걸 씹고 있는 동안에는 숨을 쉬지 않아도 견딜 수가 있다. 적어도 한 시간 정도는 유지될 것이다.

풀을 씹으며 계곡 안으로 내려가니 안개가 점점 심해져서 시야가 흐려졌다. 생물의 기척은 전혀 느껴지지 않았고, 유령이라도 나타날 것만 같은 서늘한 기운만이 일대에 깔려 있었다.

계속해서 나아가니 드디어 호수가 나왔는데, 이게 또 문제였다.

"더럽게 차갑군."

라크는 손가락 끝으로 호숫물을 찍어보고는 인상을 찡그렸다. 거울처럼 맑은 호수의 표면이 손가락을 넣은 곳으로부터 동심원을 그리며 널리 퍼져 나가는 것은 눈에도 들어오지 않았다.

"이렇게 차갑단 얘기는 없었는데……."

라크는 망설였다. 그가 차가움을 느낄 정도면 마법적인 요소가 작용하고 있다는 소리다. 섣불리 들어갔다가는 두 번 다시 나오지 못하고 가라앉을 가능성이 아주 높다.

마그나타에게 이 호수에 냉기가 심하다는 말은 듣지 못했다. 외부의 바람은 그가 설치한 것도 아니니 빼먹을 수 있다고 해도 이런 호수의 함정을 빼먹고 설명할 리가 없다는 판단이 들었다.

라크는 서둘지 않았다. 이곳을 건너는 데 걸리는 시간은 약 10분, 그렇다면 아직 30분 정도의 시간적 여유는 있다.

라크는 차분하게 풀을 씹으며 호수 주변을 돌았다. 그러면서 호수의 안쪽과 탑을 관찰했다.

그러던 중, 라크는 호수의 바닥에 있는 커다란 무엇인가를 발견했다.

"뉴, 네 눈에는 저게 뭘로 보이니? 바위는 아니지?"

"사람이요. 뉴."

"사람은 저렇게 크지 않거든. 음, 거인이구나."

호수 바닥에 쓰러져 있는 존재. 자세히 보니 그것은 라크의 키보다 세 배는 더 커 보이는 거인이었다. 하얀 곰 가죽으로 만든 옷과 은발의 머리카락으로 보아 전설 속에 나오는 프로스트 자이언트임이 틀림없다.

"산맥 저쪽에선 거인족이 나오지 않는 것으로 알고 있었는데? 길을 잃고 헤맨 자인가?"

라크는 거인을 처음 보았다. 거인들에 대한 것은 거의 알려져 있지 않기에 라크는 상당한 호기심을 느꼈다.

"저 거인 때문에 호숫물이 차가워진 건가?"

"그런 거에요? 뉴."

"아니, 나도 확신할 수 없어. 거인들은 세상에 잘 나오지 않으니까 말이야. 일단 건져 내자."

"그래요, 뉴."

마그나타의 말에 의하면 물에서 건져 내어 약 기운이 떨어질 때까지 놔두면 정신을 차린다고 했다. 문제는 저 거인을 어떻게 물 밖까지 움직여 꺼내느냐는 것이다. 이리저리 고민을 하던 라크는 한 가지 결론을 내렸다.

"일단 머리만 물 밖으로 나오게 하면 되는 거야."

계획이 서자 그는 즉시 행동으로 옮겼다. 근처에 있는 적당한 나무를 베어 나뭇가지를 손보아 갈고리처럼 만든 후 그것을 거인의 목에 걸었다.

"당겨!"

라크는 죽을힘을 다해 당겼다. 뉴도 거들었다. 과거의 라크라면 이 정도는 손쉽게 움직일 수 있는 힘을 지니고 있었지만, 지금은 순수한 인간의 몸이기에 그것이 쉽지 않았다. 거인의 몸을 일으킨다는 건 보통의 인간으로서는 하기 힘든 일이기 때문이다. 오히려 뉴의 힘이 더욱 강할 정도이다.

그나마 물속에 있는 물체를 움직이는 것이라 어찌어찌 되는 듯했다.

일단 몸을 일으키자 목 위까지는 수면 밖으로 나왔다. 그사이 뉴가 얼른 나무를 타고 달려가 목에 밧줄을 하나 더 걸었다. 일단 거기까지 하면 끝난 것이나 다름없다. 밧줄의 반대편을 적당한 나무에 고정시키자 더 이상 힘을 주지 않아도 되었다.

"휴우, 이제 겨우 끝났군. 기다리자."

"근데요, 라크. 뉴."

"응? 왜?"

“시간이 거의 다 된 것 같아요. 뉴.”

호흡초의 효력이 끝날 때가 가까워진 것이다. 라크는 아차, 하는 얼굴로 말했다.

“이제 10분 정도 남았나? 어쩔 수 없지. 일단 위쪽으로 올라갔다가 다시 오자.”

“그래요. 뉴.”

호흡초를 연속으로 사용하는 것은 좋지 않다. 그럴 경우 폐에 손상이 가 질식할 수도 있다고 한다. 라크와 뉴는 일단 안개 지역에서 벗어나 잠시 쉬었다가 오기로 하고는 그 자리를 벗어났다. 거인은 이대로 놔두었다가 나중에 다시 왔을 때 호흡초를 먹이기로 했다.

그들은 서둘러 그 자리를 벗어났다.

막 안개 지역을 벗어나려는 순간, 뒤쪽에서 큰 목소리가 들려왔다.

“누구냐! 내 목에 밧줄을 건 놈은!”

라크와 뉴는 서로의 얼굴을 보았다.

“거인이 깨어났나 본데?”

“그런가 봐요. 뉴.”

쿠쿵, 콰지직!

말하기가 무섭게 뒤쪽의 나무들이 연이어 쓰러졌다. 그리고 그 뒤쪽으로 거대한 프로스트 자이언트의 모습이 보였

다. 라크와 뉴가 그를 본 것과 동시에 거인도 라크를 발견했
다.

"네놈이냐!"

거인은 무척 화가 난 듯했다. 쿵쿵! 하는 발걸음 소리에 맞
추어 땅이 울렸다. 손에 들고 있는 전투 도끼로 말하자면, 라
크보다 두 배는 큰 날을 자랑하고 있었다. 살기등등이라는 말
이 딱 어울렸다.

하지만 라크는 놀라지 않았다. 이 정도에 당황하기에는 그
동안 겪은 수라장이 너무 많았다.

"거인족이시군요?"

태연한 얼굴로 묻는 모습은 '난 너를 처음 본다'는 강렬한
주장이 담겨 있었다.

거인은 순간적으로 멈춰서 라크를 바라보았다. 그리고는
물었다.

"네놈이 아닌가 보군. 혹시 이 근처에서 다른 놈을 보지 못
했나?"

그러자 라크는 미소를 지으며 대답했다.

"이성적인 반응을 하시는군요. 다행입니다. 다른 사람을
보지는 못했습니다. 제가 당신의 목에 밧줄을 걸어 호수에서
꺼냈지요."

"뭐라고! 역시 네놈이! 어? 호수에서?"

그때서야 거인은 자신이 잠들었을 때의 기억이 떠오르는
듯했다. 그리고는 잠시 생각을 정리하다가 말했다.

"그럼 네가 나를 구한 거냐?"

"구한 건지 안 구한 건지는 조금 헷갈리지만, 어쨌든 호수
에서 당신을 꺼낸 것은 맞습니다."

"그럼 맞다. 난 그곳에 빠져 잠든 것 같으니까……."

"안개에도 잠들게 하는 성질이 있습니다만."

"그 정도는 별것 아니지. 물만 마시지 않았다면 괜찮았을
거다."

거인은 자신을 뭘로 보냐는 듯 턱을 치켜들고 말했다. 상당
히 자존심이 강한 성격인 것 같았다.

그는 일단 라크가 적이 아니라고 판단하자 그 자리에 털썩
주저앉았다. 덕분에 라크는 더 이상 고개를 위로 바짝 들고
이야기하지 않아도 되었다. 상대가 불편하지 않도록 배려해
주는 것으로 보아 나쁜 거인은 아닌 듯했다.

거인은 정말로 심각한 얼굴로 말했다.

"좋다. 네가 내 목숨을 구했으니 내 딸을 데려가라!"

"네? 저는 인간입니다만……."

너무 뜬금없는 소리였기에 라크는 당황했다. 그래도 그는
재빠르게 자신이 거인의 여자를 데리고 살 수 없다는 것을 말
할 수 있었다. 거인은 라크의 말에 손으로 바닥을 탁 두드리

며 그렇지! 하는 표정으로 다시 말했다. .

"어? 맞아. 인간에게는 딸을 줄 수 없다."

뭔가 기분 나쁜 듯한 느낌이 드는 말이지만 일단 라크에게는 다행스러운 일이다. 라크는 이 기묘한 거인과 조금 더 정상적이고 차분한 대화를 나누는 것이 정신 건강에 좋을 것 같다는 판단을 했다.

"저는 라크, 이쪽은 뉴라고 합니다. 실례지만 이름을 말해주시겠습니까?"

일단 매뉴얼대로 소개부터 시작했다. 거인도 라크의 말에 정상적인 대응을 해주었다.

"나는 설인거족의 전사, 스네프라고 한다."

"스네프님께서는 어떻게 저 호수 속에서 잠들게 되었습니까?"

"크윽, 저 빌어먹을 호수! 목이 말라서 물을 조금 마셨더니 급격히 졸음이 쏟아지더군."

물을 마셨다는 것은 호숫가로 갔다는 얘기가 된다. 라크는 다시 물었다.

"안개 속에 들어갔을 때에는 괜찮았습니까?"

"응? 으음, 그러고 보니 살짝 졸린 것도 같았지. 뭐, 나이가 나이니만큼 밥을 먹고 난 후는 좀 졸리곤 하거든. 젠장, 졸음을 쫓으려고 물을 마셨던 것인데 오히려 잠들다니."

라크는 알았다는 듯 고개를 끄덕였다. 아무래도 거인족의 체격이 체격인만큼 안개에 섞인 성분으로는 양이 모자랐던 모양이다. 그래도 호숫물을 마셨으니 잠들 수밖에 없다.

"그렇군요. 그런데 이 봉우리 주변에서 부는 결계의 바람은 어떻게 통과하셨습니까? 보통 생물들은 그 바람의 냉기에 얼어붙게 되어 있을 텐데요."

마그나타가 유인해서 잡아놓은 것일까? 라크는 속으로 그렇게 생각했다. 만약 그럴 경우를 대비해서 조심스럽게 행동해야 한다. 탑에 대한 원한을 가지고 있을 가능성이 높기 때문이다. 그 순간,

쿵!

스네프는 분통이 터지는 듯 주먹으로 땅을 쳤다. 그 바람에 바닥이 크게 울렸다.

"그 바람! 바로 그거야! 범상치 않은 냉기를 품고 있는 바람이 봉우리 전체를 둘러싸고 있었지. 그래서 난 이곳에 냉기의 근원이 되는 물건이 있을 거라 생각했거든."

없다. 라크는 속으로 한숨을 쉬었다. 하지만 거인은 그런 라크의 모습을 보지 못하고 계속해서 말했다.

"난 부락에서 나와 우리 설인거족의 새로운 집을 짓는 데 필요한 냉기를 찾고 있었지. 만 년 동안 냉기를 흡수한 수정이나 얼음을 먹고 자라는 나무 같은 것 말이야. 딸아이가 시

집을 가려면 집을 지어놓아야 하거든. 다행히도 몇 가지 좋은 물건들을 구할 수 있었지. 그래서 돌아가는 도중이었는데……."

적당한 물건을 찾았으면 냉큼 돌아갔어야 했다. 그러다 그 바람에 섞인 냉기를 보고는 이거야말로 대박이다!라는 생각이 들어서 도저히 그냥 지나칠 수가 없었다. 괜한 욕심을 부린 것이다. 이런저런 이야기가 스네프의 입에서 나왔다.

결론적으로 스네프는 프로스트 자이언트가 좋아하는 냉기를 품은 물건이 있는 줄 알고 이곳에 들어선 것이다.

라크는 말했다.

"이곳은 마법사의 탑입니다. 바람은 마법적인 것인데, 그것도 산맥의 서쪽에 있는 냉기를 다루는 마법사가 와서 걸어준 것입니다. 아마 찾으시는 종류의 물건은 없을 것입니다."

"그런가? 완전히 헛수고를 한 셈이군. 그나저나 내가 도대체 얼마나 잔 거지?"

"모르겠군요. 그곳에서 잠들면 호수 속으로 들어가게 되는데, 그럴 경우 수백 년 동안 깨어나지 못하는 경우도 있다고 합니다."

"젠장! 어떤 놈이 그런 흉악한 함정을 만든 거지? 너냐?"

"아니죠. 원래 탑의 주인은 이미 죽었습니다."

"커헉! 복수할 대상도 없단 말이지! 어째서 내 가슴속의 분노를 풀 대상은 없고, 은혜를 갚아야 되는 자만 눈앞에 있는 거지?"

스네프는 무척 억울한 듯했다. 그래도 그는 거인의 자존심을 걸고 은원을 확실히 해야 한다는 등 입속으로 이런저런 말들을 중얼거리다 갑자기 라크에게 질문을 던졌다.

"딸은 못 준다. 대신, 소원이 뭐냐?"

그렇게 갑자기 물으면 대답하기가 어렵지 않겠소? 라크는 그렇게 말하고 싶었다. 그동안 나름대로 바쁘게 살아온 그였기에 자신의 소원 세 가지를 종이에 적어놓을 여유도 없었다. 그리고 소원이 있다고 해도 거인이 들어줄 만한 것을 말해야 한다.

가나크를 제거해 달라고 하는 것은 불가능하다. 오히려 거인이 가나크의 노예가 되어 라크를 공격하지 않으면 다행이다.

라크는 침착하게 스네프를 보았다. 그리고 말했다.

"도움을 받으면 갚아야 하는 것이 거인의 규칙입니까?"

"그렇다. 원래는 딸을 주게 되어 있는데, 넌 거인족이 아니니 그건 안 된다."

"그렇다면 저 호수 가운데에 있는 탑 안으로 저를 옮겨주실 수 있겠습니까? 호숫물이 의외로 차서 헤엄칠 엄두가 안 나는군요."

"응? 그런 간단한 것으로 되겠나?"

스네프는 나름대로 각오를 한 표정이었다가 라크가 무리한 요구를 하지 않자 의외라는 듯한 표정을 지었다.

원래 거인족의 상식으로는 인간이란 욕심이 많은 종족으로, 생명을 구해준 대가로 노예가 되라고 하거나 막대한 보물 등을 요구할 것이라고 생각했던 것이다. 생명을 구해준 자가 다시 목숨을 요구해도 들어주는 것이 거인족의 관습이기 때문에 스네프는 라크가 어떤 요구를 해도 거절할 수 없었다.

라크 역시 스네프의 표정에서 그런 분위기를 읽었지만 그는 별로 그럴 생각이 없었다. 지금 그에게 중요한 것은 영혼의 탑을 손에 넣는 것이지 거인을 노예로 부리거나 재물이 아니었다.

"전 마법사입니다. 저 탑은 영혼의 마법사의 탑으로 곧 제가 손에 넣어야 하는 것이니, 그걸 도와주시면 고맙겠습니다."

"정말로 그게 너의 소원이냐?"

"어쨌든 간에 지금 제가 원하는 건 그겁니다."

"알았다."

스네프는 대답을 하며 손을 내밀었다. 라크와 뉴는 그 손 위에 올라탔다. 그러자 스네프는 몸을 일으켜 호수 쪽으로 걸어갔다. 다시 호흡초를 씹어 숨을 멈추고 있으니 스네프는 호수 속을 걸어서 곧바로 영혼의 탑이 있는 작은 섬으로 라크를

데려갔다. 호수의 깊이는 스네프의 가슴 정도였기에 이것은
그에게 있어 아주 쉬운 일에 속했다.

"고맙습니다."

땅에 내려선 라크는 스네프에게 정중하게 인사를 했다. 그
러자 스네프는 약간 망설이는 표정을 짓다가 품속에서 작은
돌덩어리를 꺼내며 말했다.

"사실 너의 이 소원은 정당하지 못하다. 왜냐하면 이 호수
의 물이 차가워진 것은 내가 가진 물건들의 냉기 때문이거든.
내가 너를 방해하고 그걸 다시 구해준 셈이지. 그러니 이걸
가져라. 작은 것이긴 하지만 만년설이 정령들의 장난으로 뭉
쳐져 만들어진 돌이다. 난 얼음을 먹고 자라는 나무가 있으니
그걸로 딸아이가 시집가서 살 집을 짓겠다."

작은 거라고 했는데 라크의 머리보다 두 배는 큰 돌이었다.
그 돌에서 뼈까지 얼어붙게 만드는 냉기가 뿜어져 나왔다. 아
무래도 프로스트 자이언트는 이런 것들로 집을 짓고 살기에
여러 가지 마력을 얻게 되고, 또 냉기에 면역이 되는 것 같았
다.

라크는 미소를 지으며 스네프의 양심적인 선의에 감사했
다. 스네프 역시 라크가 그다지 나쁜 인간이 아니었다 생각하
고는 손을 흔들어 인사했다.

"심심하면 부락에 들러라. 내 이름을 대면 입구를 지키는

똥개들도 조용히 꼬리를 말 거다.”

“부락이 어디에 있습니까?”

“어? 우리 부락은 북쪽에 있다. 산을 30개 정도 넘으면 바로 보인다. 가운데에 큰 얼음성이 있으니 쉽게 찾을 수 있을 거다.”

북부 산맥에서 산을 30개 넘으면 인간이 한 번도 들어가 보지 못한 지역이다. 마나의 흐름이 워낙 격렬하여 마법도 잘 통하지 않아 드래곤만이 갈 수 있는 지역이라고 알려져 있다. 라크는 빙그레 미소만 지어 보였다.

스네프는 떠났다. 이제 남은 것은 라크와 뉴, 그리고 스네프가 놓고 간 돌덩어리뿐이다.

“생각지도 못한 일이군. 이걸 어디다가 쓰지?”

라크는 돌덩어리를 보며 말했다.

“라크, 이거 먹을 수 있어요. 뉴.”

“어? 역시 마법적인 물건이니 먹을 수 있구나. 먹을래?”

“근데요. 이거 라크도 먹을 수 있는 거 아니에요? 뉴.”

“응? 내가 어떻게?”

마나를 흡수하는 것은 뉴의 능력이다. 그런데 뉴는 이번엔 아니라는 듯 고개를 저었다.

“먹을 수 있을 거예요. 얼음은 인간도 먹을 수 있잖아요. 뉴.”

“얼음?”

“이거 얼음이에요. 뉴.”

겉보기에는 완전히 돌이다. 차돌처럼 생긴 돌. 라크는 조심스럽게 그걸 살펴보고는 곧 결론을 내렸다.

“이게 얼음인지 아닌지는 모르겠는데, 만약 얼음이라고 해도 손가락만 대도 내 몸이 얼어버릴 것 같아.”

“아! 그럴지도 모르겠네요. 뉴.”

인간이 얼마나 연약한 존재인지 생각해 낸 뉴는 아차! 하는 표정으로 라크의 의견에 동의했다. 이 정도 크기가 아닌 깨알만 한 조각이라고 해도 보통의 인간이 감당하기에는 무리가 있다.

결국 라크는 지금은 처치 곤란이라고 결론을 내렸다.

“일단 네가 보관해 놓을래? 나중에 먹든지 말든지 하자.”

“그래요. 그럼. 뉴.”

뉴는 그 돌을 가볍게 삼켰다. 뉴보다 몇 배나 큰 돌이었지만 입속으로 빨려 들어가는 듯 사라져 버렸다. 완전히 먹어버린 것은 아니고, 몸속에 저장해 두었다가 언제든지 다시 꺼낼 수 있는 것이다. 마법에 관련된 물건에 대해서 뉴의 능력은 경이, 그 자체였다.

라크는 뉴가 그것을 완전히 다 삼키었다는 듯 고개를 끄덕여 보였다.

"그럼 들어가자. 이곳에서부터는 숨겨진 함정을 건드리지 않고 정당한 방문자라는 걸 탑에 인식시키기만 하면 별 위험은 없을 거야."

"뉴."

마그나타가 라크에게 탑에 대한 설명을 할 때 뉴도 옆에 같이 있었기에 이미 알고 있는 내용이었다. 둘은 영혼의 탑의 정문을 통해 탑 안으로 들어갔다.

예상대로 탑 안은 안전했다. 모르면 가장 무서운 곳이지만, 주인이 직접 내부의 시설에 대해 가르쳐 주었으니 집과도 같은 편안함이 절로 느껴졌다. 라크와 뉴는 곧바로 영혼의 탑의 중심부로 향했다.

그것은 하나의 작은 샘이었는데, 가만히 보고 있으면 소용돌이치는 물속에서 가끔씩 절규하는 영혼의 모습이 떠올랐다가 사라졌다.

얼마나 많은 영혼들이 이곳에 갇혀 있는 것일까? 영혼의 힘으로 유지되는 이 탑이 결코 좋아지지 않을 것 같은 라크였다.

하지만 그런 기분상의 문제는 관계없다. 지금 라크에게 있어서 영혼의 탑은 꼭 필요한 것이라 할 수 있었다.

"그럼 슬슬 시작해 볼까? 뉴, 준비됐니?"

라크는 진지한 표정으로 뉴에게 물었다.

영혼의 탑의 중추를 소유하는 주문은 결코 쉽게 이루어지지 않는다. 엄청난 마력과 정신력이 소모된다. 그리고 만약 탑을 소유하는 것에 실패하면 주문의 시전자는 영혼들의 손에 잡혀 연못 속으로 빨려 들어가게 된다고 한다.

책에 기록된 바에 의하면, 영혼의 탑의 주인은 여러 명의 제자들을 기른다고 한다. 하지만 새로운 영혼의 탑의 주인이 탄생될 때, 그와 같이 수련한 사형제들은 모두 사라지게 된다.

그 비밀이 바로 이곳에 있다. 탑의 후계자를 결정할 때 모든 사람들이 이곳에 모여 동시에 소유의 주문을 시전하게 된다.

그리고 그중에서 가장 정신력이 강한 자만을 남기고 다른 사람들은 모두 탑의 중추에 영혼을 빼앗기게 된다.

그로 인해 탑은 더욱 강해지고, 단 한 명의 후계자만이 남아 북부 마법사들의 정점에 서는 절대적인 권력을 얻게 되는 것이다.

물론 라크는 마그나타의 유일한 후계자이기 때문에 다른 사람과 경쟁할 필요는 없지만 혼자라고 해서 방심했다가는 영혼을 빼앗길 수 있다.

"네, 저는 준비됐어요. 뉴."

뉴는 그런 라크의 기분을 느꼈는지 역시 침착하게 대답했다. 정말 믿음직스러운 패럿이다.

"그래, 그럼 바로 시작하자."

라크는 품속에서 마그나타의 영혼으로 만든 씨앗을 꺼내 들었다.

탑을 가장 빠르게 소유하는 방법은 전대의 탑주인 마그나타를 지배하는 것인데, 마그나타 스스로가 그걸 인정했기 때문에 이제 그걸 탑에 알리기만 하면 된다. 그리고 그것은 마그나타의 영혼으로 영혼의 하인을 만들면 자동적으로 진행된다.

라크는 정신을 집중하고 준비된 주문을 외우기 시작했다. 그러자 뉴가 라크의 어깨 위로 올라와 몸으로 목을 감고 마력을 보냈다.

라크의 새로운 몸에는 아직 충분한 마력이 쌓이지 않았지만 뉴가 있음으로 인해 강력한 상위 마법을 실현시킬 마나를 움직일 수 있는 것이다.

"영혼의 탑이여. 심연에 가두어진 수많은 영혼이여. 이제 너희들의 새로운 주인이 이곳에 있으니 눈을 뜨라. 그리고 나를 기억하라. 그대들의 안식과 소멸의 권리를 인정하라!"

콰르르르르르!

라크의 주문과 함께 소용돌이는 더욱 거세지고 그 안에서 괴로워하는 영혼들의 모습이 계속해서 나타났다.

이윽고 주문의 위력이 절정에 달하자 영혼들이 반쯤 실체화되어 물속에서 허우적대며 손을 내뻗기 시작했다. 마치 라크를 자신들의 동료로 끌어들이려는 듯했다.

'여기서 실수하면 끝장이지.'

라크는 정신을 바짝 차리고 영혼들의 부름에 저항했다. 아무리 정신력이 강해도 마력이 부족하면 주문은 실패한다. 그리고 그 실패는 죽음보다 더한 결과를 가져온다.

다행히도 뉴가 라크의 몸속으로 보내는 마력은 주문을 유지하기에 충분한 양이었다. 하지만 주문이 진행됨에 따라 더욱 많은 양의 마나가 필요하게 되자 그는 극도의 고통 속에 빠져들었다. 거센 마나의 흐름에 몸이 버티지 못했다. 이대로라면 몸이 붕괴될 것 같았다.

'어서 씨앗을 넣어야 한다.'

정상적으로 주문이 진행되면 견뎌내기 힘들다. 하지만 마그나타의 씨앗을 넣음으로써 주문은 빠르게 완성되어지고 탑은 마그나타의 영혼으로 강력한 영혼의 하인을 만드는 데에 집중할 것이다.

라크는 천천히 손을 들어 씨앗을 연못 속에 넣으려 했다. 그런데 막상 씨앗을 넣으려고 하니 다시 망설임이 생겼다.

'내가 죽으면 마그나타가 부활한다. 과연 이게 옳은 일일까?'

일단 마그나타가 부활을 하면 그는 틀림없이 최고의 마법사가 될 것이다. 그리고 다시 마족과 계약을 하겠지.

모든 사람들은 그에게 매혹되어 영혼의 노예가 된다. 마법사의 맹세가 있으니 보통 사람은 상관없겠지만 적어도 세상에 존재하는 모든 마법사들은 그의 손길을 피하지 못할 것이다.

"어떻게 하지?"

라크는 고개를 저으며 중얼거렸다. 몸의 고통이 더욱 심해져 지금이라도 터져 버릴 것 같았다.

"라크, 어서 씨앗을 던져요. 몸이 한계에 도달했어요. 뉴."

마력을 보내는 뉴도 라크의 상태를 알고 있기에 걱정스러운 목소리로 재촉했다.

'어쩔 수 없는가? 일단 저 가나크를 처리하고 다시 생각해야겠군.'

다른 방법이 없다고 생각한 라크는 다시 손을 내밀어 씨앗을 떨어뜨리려 했다. 그런데 그 순간! 라크의 머릿속에 섬광처럼 스치는 생각이 있었다.

"뉴, 너의 수명이 약 천 년 정도라고 했지?"

"네? 네, 맞아요. 뉴."

"그럼 네가 이 탑을 소유하렴."

"네에? 제가요? 뉴."

"응, 나보다는 네가 가지는 게 좋겠다."

"그래도 돼요? 이건 원래 라크가 가져야 하는 거잖아요. 뉴."

"그럼. 너랑 나는 남이 아니잖니."

"뉴우!"

남이 아니라는 라크의 말에 뉴는 기쁜 듯 길게 콧소리를 냈다.

요즘 들어 라크와 자신이 전혀 다른 존재라는 것을 깨닫기 시작한 뉴였다. 하지만 한번 엄마는 영원한 엄마다.

굶어 죽을 뻔한 뉴에게 맛있는 마나와 지식, 그리고 각종 능력을 아낌없이 준 게 라크였으니만큼 뉴는 라크가 좋았다.

기분이 좋아진 뉴는 순순히 고개를 끄덕였다.

"그럼 가질게요. 뉴."

"그래, 주문은 내가 외울 테니 마지막에 주인의 이름을 물으면 네가 대답하렴. 그리고 이 씨앗도 네가 떨구는 거야. 영혼의 하인도 네가 가지게 되는 거지."

"아, 그럼 저한테 하인이 생기는 거네요. 뉴."

"응, 영혼의 하인은 탑의 힘이 유지되는 한 죽지 않으니 아마 두고두고 부려 먹을 수 있을 거다. 천 년 동안 말이야."

"뉴우우! 너무 좋아요. 뉴."

라크의 말에 뉴는 크게 기뻐했다.

일단 자신의 부하가 생긴다는 것도 좋았고, 천 년 동안 같이 지낼 수 있는 존재가 생긴다는 것도 좋았다.

라크가 좋기는 하지만 그의 수명이 자신에 비해 훨씬 짧다는 것을 뉴는 알고 있었기에 수백 년 후에까지 죽지 않는 영혼의 하인은 그야말로 감동이라고 할 수 있었다.

라크는 그런 뉴를 보며 미소를 지었다. 자신과 친한 사람이 기뻐하는 모습은 항상 보기가 좋다.

그리고 한편으로는 심복지환이 사라지는 것에 대한 안도감도 있었다.

그의 판단으로는 뉴가 천 년간 영혼의 탑의 주인으로 있으면 그동안 영혼의 탑의 힘은 고갈되어 버릴 것 같았다.

원래 영혼의 탑은 각종 영혼의 힘으로, 주로 한 세대가 지날 때마다 새로운 탑주가 그의 경쟁자를 비롯해 적지 않은 수의 영혼을 탑에 가두어 버림으로써 유지되고 있었다.

그러므로 천여 년 동안이나 새로운 영혼이 주입되지 않으면 결국 탑은 모든 마력을 잃게 된다. 그럴 경우 새로 생성된 마그나타의 육체 역시 유지되지 못하고 확실하게 썩어버릴 것이다.

계약과 어긋난 점은 없다. 단지 라크 본인이 아닌 뉴가 탑의 주인이 되는 것만 바뀌었을 뿐.

'미안하다, 마그나타. 그대가 부활하는 걸 그냥 용납하기

엔 내가 너무 험한 꼴을 많이 당했거든.'

라크는 속으로 마그나타에 대한 사죄의 묵념을 했다. 그리고 가볍게 그를 머릿속에서 지웠다.

약 한 시간 뒤, 모든 의식이 끝나고 영혼의 탑은 새로운 주인을 맞이했다. 그리고 사상 최고의 능력을 지닌 영혼의 하인이 탄생했다.

반투명한 유령의 몸은 생전의 마그나타가 그토록 원하던 젊은 남자의 모습을 하고 있었다. 뉴는 자신에게 허리를 굽히고 정중하게 인사하는 영혼의 하인을 보고는 앞발로 손뼉을 치며 기뻐했다.

그리고는 처음으로 생긴 자신의 부하에게 '마타' 라는 이름을 지어주었다. 영혼의 하인의 생전 이름에서 따온 것이다.

볼일이 끝나자 라크와 뉴는 영혼의 탑을 봉인해 버렸다. 일단 봉인을 하면 어떤 사람도 이용을 하지 못한다. 탑주 자신도 예외는 아니다. 억지로 봉인을 풀려고 하면 탑 전체가 폭발해 버리고 만다.

이제 아무리 본체 라크라고 해도 봉인된 영혼의 탑을 손에 넣을 수는 없을 것이다.

그들은 떠났다. 탑에 있는 비전서와 각종 마법 무구들, 그리고 새로운 영혼의 하인 '마타' 를 데리고.

＊　　　＊　　　＊

거인 스네프는 서둘러 자신의 부락으로 돌아갔다. 아내와 딸이 너무나 보고 싶었기 때문이다.

여러 가지 일이 있었지만 그래도 딸이 시집갈 때 집을 지어 줄 수 있는 재료를 얻었으니 결과적으로 나쁜 것은 아니다. 오히려 부락에 돌아가 친구들에게 이 우연한 모험에 대한 이야기를 할 수 있을 거란 생각에 들뜨기도 했다.

과연 그는 부락에 돌아가자마자 가족과 친구들에게 둘러싸여 얼음을 둥둥 띄운 보드카를 마시며 신나게 그동안의 모험담을 이야기하게 되었다.

"그러니까 그 라크란 인간은 그다지 무례한 자가 아니었지. 최소한의 교양은 지니고 있더군."

"오옷, 그럼 인간 중에도 착한 놈이 있다는 거군?"

"원래 그렇다고 책에 써 있잖아. 아주 드물긴 해도."

"맞아, 맞아. 스네프가 운이 좋았어."

"하하하, 노예가 되어도 할 말이 없었지. 아무튼 이렇게 얼음을 먹는 나무를 구해 왔으니 어서 집을 지어야겠어."

"그럼 드디어 우리 탐린도 시집을 가게 되는 거군!"

옆집의 톨린이 웃으며 말했다. 그러자 스네프의 딸인 탐린은 부끄러움에 고개를 숙였다.

원래 설인거족은 모계 중심적인 성격이 강한 사회인데 딸이 자라서 시집을 가게 되면 부친이 딸이 살게 될 집을 지어 주는 관습이 있다. 집은 여자의 것으로, 남자는 집이 있는 여자에게 장가를 오게 되는 것이다.

설인거족의 집은 얼음으로 된 거대한 이글루인데, 거인이 들어가 살 정도의 이글루이기 때문에 그 크기가 장난이 아니다. 당연히 보통의 얼음으로 만들면 무게를 지탱하지 못하고 무너져 버린다.

그렇기 때문에 마법적인 재료로 그것을 막아야 하는 것이다. 그리고 그 중심이 되는 재료의 차이에 따라 집의 크기가 달라진다.

이번에 스네프가 구해온 얼음을 먹는 나무는 상급으로 치는 재료인데, 이로써 탐린은 부락에서도 손가락 안에 꼽히는 큰 이글루의 소유자가 될 것이다. 다들 축하해 주고 부러워하는 것도 무리는 아니다.

하지만 탐린은 스네프의 이야기가 계속되는 동안 다른 생각을 하고 있었다.

"아버지를 구해준 라크라는 분은 어떻게 생기신 분이신가요? 인간은 우리 거인족하고 상당히 닮았다면서요?"

"어, 거의 비슷하지. 크기만 작을 뿐이야. 라크라는 놈은 꽤 잘생긴 편이었지. 고집이 약간 세어 보이는 인상인데, 학자 타입이랄까?"

라크에게 상당한 호감을 가지고 있는 스네프는 라크가 인간 중에서는 보기 드문 남자라고 설명했다.

그 말을 들은 탐린의 눈이 빛났지만 고개를 숙이고 있어 아무도 알아차리지 못했다.

'크기가 작다고? 그건 조금 문젠데……. 그래도 아버지가 장담할 만큼 심성이 선하다고 하니까 시간을 두고 잘 먹이면 커질 거야.'

설인거족은 성인이 되어도 성장이 멈추지 않는다. 일생을 통해 계속해서 몸이 커지는 것이다. 그리고 각자 그 크기의 격차가 심해서 작은 거인은 7, 8미터 정도에 불과하고 큰 체격을 가진 자는 20미터에 육박하는 경우도 있다.

물론 사회적으로 대접받는 거인은 체격이 좋은 거인이다. 특히 남자는 클수록 힘도 세기 때문에 전사로서 인정을 받는다.

탐린의 경우 얼굴은 이쁜데 체격이 작은 편이다. 겨우 7미터 정도밖에 안 되는데, 여자의 경우 그것이 큰 흠이 되지 않는다. 오히려 귀여운 애교와 때때로 보이는 자상함에 부락의 거인들로부터 상당한 인기를 얻고 있었다.

탐린은 아버지의 이야기를 계속 들으며 생각했다. 아버지의 목숨을 구한 이상 자신이 가야 한다고. 그것이 거인족의 자존심 어린 관습이 아닌가? 거인족의 신의를 걸고 아버지의 생명 대신에 딸의 일생을 바쳐야 한다.

인간이라는 이종족에게 시집을 가는 것이 두렵기는 했지만, 악한 심성을 가진 인간이 아니라 하니 시집가서 그렇게까지 억울한 꼴을 당하지는 않을 것 같았다.

기본적으로 체격이 작다고는 해도 잘생긴 학자 타입의 남자라고 하니 어쩌면 좋은 인연일지도 모른다. 그렇게 생각하니 가슴이 뛰었다.

탐린은 모르고 있었다. 지금까지 부락에서 살면서 어머니에게 집을 관리하는 법은 배웠지만 인간에 대해 들어본 적이 거의 없었다. 그저 자신들에 비해 작고 대부분 나쁜 심성을 가지고 있는 자들이라고만 들었을 뿐이다.

작다고 해도 5미터는 되겠지. 그녀는 그렇게 생각하고 있었다. 설마 세상에 2미터도 안 되는 인간형 종족이 있다고는 생각해 본 적이 없다.

어른들이 술을 마시며 웃고 떠드는 가운데 탐린은 요리를 하면서 조용히 입술을 깨물고 결심했다.

다음날, 탐린은 부락에서 사라졌다. 그리고 그녀의 방에서 한 장의 편지가 발견되었다.

아버지의 목숨을 구한 라크란 분께 갑니다. 설인거족의 명예를 걸고 그분을 성심으로 모시겠으니 너무 걱정하지 말아주세요.

"아아악! 탐린!"

스네프는 비명을 질렀다. 생각해 보니 딸에게 시집을 가지 않아도 된다고 말하는 것을 잊었다. 상식적으로 그렇게 작은 인간에게 어떻게 시집을 간단 말인가?

"여보, 어쩔 수 없잖아요."

옆에서 아내가 염장을 질러댔다. 그때서야 스네프는 아내와 딸이 인간에 대해 잘 모른다는 사실을 깨달았다.

"그게 그렇지가 않아! 인간이란 종족은 크기가 2미터도 안된다고!"

"예에? 어떻게 그럴 수가 있죠? 우리 거인족하고 비슷하게 생겼다면서요!"

"생긴 건 비슷한데, 크기가 완전 축소 사이즈라니까!"

"어머! 그런? 큰일이네요."

상황은 심각했다. 스네프는 가뜩이나 서리가 끼어 있는 얼굴이 더욱 창백해져 아내에게 말했다.

"일단 이 일은 비밀이야. 탐린은 새로운 집이 완성될 때까지 안에서 안주인으로서 행해야 할 것들에 대해 집중 교육을 받고 있는 거야. 알겠지?"

"그건 그럴 수 있지만, 어떻게 하려고요?"

"어떻게 하긴! 찾아서 데려와야지. 탐린이 인간이 있는 지역으로 갔다가 나쁜 놈들에게 잡히기라도 하면 일이 복잡해진다고."

"그럼 어서 떠나요. 멀리 가지는 못했을 거예요."

"그럴 생각이야. 제발 빨리 찾아야 할 텐데……."

스네프는 서둘러서 자신의 전투 도끼와 백곰의 말린 고기, 그리고 노숙용 망토 등을 챙기고 집을 나섰다. 그리고는 잠시 고민하다가 얼음으로 된 금고에서 몇 개의 보석을 꺼내 품에 넣었다.

만약 빨리 찾지 못하게 된다면 산맥 저쪽에 살고 있는 드래곤 파라카르타를 찾아가서 부탁을 하기로 했다. 화이트 드래곤 파라카르타는 가끔씩 부락에 놀러오기도 하는데 유독 탐린을 귀여워했다. 모르는 사이도 아니니 보석을 주며 부탁하면 찾아줄 것이다.

"그럼 다녀올게."

"몸조심해서 다녀오세요."

아내는 걱정스러운 표정으로 스네프를 배웅했다. 그렇게 스네프는 부락에 돌아온 지 하루 만에 다시 여행을 떠났다.

탐린과 파라카의 새로운 모험

탐린과 파라카의 새로운 모험

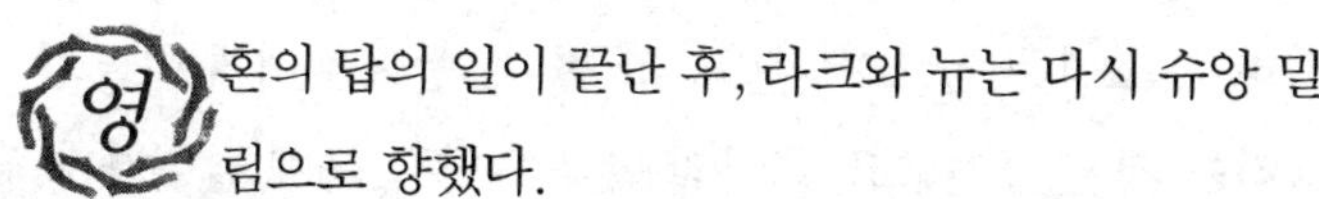

영혼의 탑의 일이 끝난 후, 라크와 뉴는 다시 슈앙 밀림으로 향했다.

라크가 아닌 뉴가 탑의 주인이 된 이상 라크는 탑으로부터 마력을 받을 수 없다. 탑에서 수련을 해도 별 효과가 없는 것이다.

그리고 어차피 뉴로부터 마력을 받아가며 수련을 하고 있기 때문에 탑 안에서 수련을 하는 것보다 오히려 더한 효과를 얻고 있는 중이었다.

말하자면 뉴는 세상에서 가장 작은 휴대용 탑과도 같은 존재인 것이다.

길을 가는 동안 라크는 자신의 신체에 대해 생각하기 시작했다. 그는 지금까지 자신이 라시타의 제자가 된 것이 우연이라고만 생각했는데, 초대 숲의 마법사의 말에 의하면 체질이 다르다고 하지 않았던가?

신관이 될 수 있는 자질과 마법사가 될 수 있는 자질을 동시에 타고 태어나는 경우는 극히 드물다고 했다. 그리고 희귀하기만 했지 사실은 그 두 가지 자질이 서로 방해를 해서 어느 한쪽도 제대로 성취를 이룰 수 없는, 알고 보면 정말 쓸모없는 특이 체질이라는 소리도 들었다.

"그래서 내가 어렸을 때에는 마력의 성장이 매우 느렸다고 시르카가 말했지."

바보 소리를 들으며 자랐다고 한다. 동료들에게 따돌림을 당하는 것은 당연하고, 현자의 탑을 떠나 산속에 들어가자 쫓겨난 거라는 소문까지 돌았단다.

하지만 산에서 돌아왔을 때 라크는 빛의 마법의 깨달음을 얻었고, 그 뒤로는 다른 사람들과는 비교도 할 수 없을 정도로 성장을 했다고 한다.

또한 시르카는 빛의 마법에 대해서도 라크에게 말해주었다. 라크가 평소에 얘기하던 이론과 시범을 그녀는 10년이나 보아왔기에 어느 정도는 알고 있었다.

마나를 일단 빛의 속성으로 발현하면 다시 어떠한 성질의 마나로도 바꿀 수 있다고 한다. 그럴 경우 가장 좋은 점은 순간적인 마력의 강화가 이루어진다는 것이다. 마력의 강화는 대부분의 상위 마법에도 있는 기법이지만 빛의 마법의 강화력은 타의 추종을 불허한다.

"빛은 신성력과도 통하는 속성이기 때문에 물질계에 퍼져 마나를 제어하는 신성력이 빛의 속성에는 간섭을 하지 않는대."

시르카는 그렇게 설명했다. 보통의 마법은 마나를 모으고 구현하는 데 신성력에 의해 상당한 손실을 입지만 빛은 그렇지 않다는 것이다.

또한 한 번 구현된 마법도 빛으로 바꾸었다가 다시 다른 마법으로 사용할 수 있기에 마나의 손실도 적다.

그리고 가장 중요한 것! 그것은 상대의 마력을 빛으로 바꾸어 자신의 것으로 만들 수 있다는 점이다. 이론적으로는 모든 마나를 빛으로 바꿀 수 있다.

시르카의 말을 듣다 보면 빛의 마법이야말로 최후, 최강, 궁극의 마법이라는 생각이 들 정도다. 하기야 그 정도니 마그나타와 같이 마족과 계약을 한 전전대 고위 마법사까지 염치불구하고 라크를 암살하러 왔을 것이다.

"그게 지금 가나크에게 있다는 게 문제지."

생각하던 라크는 한숨을 쉬었다. 최강이면 뭐 하나? 지금은 다 잃었는데……. 그야말로 선수의 기를 죽이는 상황이라 할 만했다.

"힘내요, 라크. 뉴."

라크가 한숨을 쉬자 뉴가 옆에서 혀로 라크의 볼을 핥으며 위로했다. 라크는 씁쓸한 미소를 지으며 뉴의 머리를 쓰다듬었다.

그래도 라크에게는 나름대로의 계산이 있었다. 그동안의 수련 경험에 의하면 그는 남들보다 훨씬 빠른 성장 속도를 보이고 있다.

시르카의 말대로라면 빛의 마법에 대한 깨달음이 없으면 오히려 성장이 늦어야 한다고 했는데, 그런 느낌이 전혀 들지 않았다. 오히려 마나가 라크에게 호의적인 시선을 보낸다고 할까? 하나를 하면 둘이 얻어지니 수련을 하면 할수록 힘이 났다.

그 점에 대해서 진지하게 고민해 본 결과, 결론은 하나였다. 기억은 잃었지만 지금 라크는 빛의 상위 마법에 의한 수련을 하고 있는 것이다.

"영혼이 기억하고 있는 것일까?"

이제 영혼의 수련법까지 손에 넣었다. 거기에는 사람이 한 번 깨달음을 얻으면 영혼에 기록이 되어 절대로 사라지지 않는다고 적혀 있었다.

"그렇다면 나는 아직 빛의 마법을 잃지 않았다는 뜻이지."

손을 들어 손바닥을 보았다. 이 안에 빛의 마법이 있다. 기억을 하지 못하고 있을 뿐, 그걸 찾아내야 한다.

"나만의 빛의 마법을 만들어내야겠지. 새로운 빛의 마법을."

라크는 다시 한 번 결심했다. 10년이고 20년이고 계속 노력하면 된다. 슈앙 밀림이 가나크의 힘을 막을 수 있으니 그 속에서 수련을 하는 것이다.

먼 길이지만 알고 보면 가장 가까운 길이다.

"그런데 라크, 이 얼음 어떻게 해요? 뉴."

한참 생각에 잠겨 있는 라크를 현실 세계로 되돌린 것은 역시 뉴였다. 뉴는 자신의 배 한쪽을 앞발로 툭툭 치며 물었다.

"응? 글쎄. 어떻게 했으면 좋겠니?"

"라크가 먹는 게 가장 좋은데……. 뉴."

"아무래도 어렵지 않을까? 차라리 네가 먹는 게 어때?"

"제가 먹는 건 언제든지 할 수 있어요. 뉴."

"그건 그렇지."

"전 영혼의 탑에서 충분한 마나를 마시고 와서 당분간은 필요없거든요. 너무 빨리 성장하면 뼈가 튼튼하지 못하게 되요. 뉴."

“그러니?”

이미 뉴는 자신의 몸에 대해 완벽하게 인식하고 관리하고 있는 모양이다. 라크는 왠지 모르게 즐거워졌다. 한때는 눈을 뜨지도 못하고 하루 종일 잠만 자던 뉴가 이제는 오히려 라크를 보호하는 것이다.

“하지만 그 얼음은 나에겐 너무 차가워. 크기도 크고 말이야.”

라크는 냉정하게 생각했다. 한계를 넘어서는 마나를 몸에 넣으려 하다가는 무슨 사고가 날지 모른다.

그러나 뉴는 포기하지 않고 다시 말했다.

“저도 생각해 봤는데요. 이걸 잘게 쪼개는 건 어때요? 뉴.”

“잘게 쪼갠다고? 가능하겠니?”

“가능해요. 뉴.”

뉴는 그렇게 말하고는 입속으로 뭐라고 옹알옹알거리고는 얼음덩어리를 꺼냈다. 순식간에 주변에 서리가 낄 정도로 차가운 기운이 가득 찼다.

“보세요. 뉴.”

뉴는 배낭 속에 있는 통을 꺼내 얼음덩어리를 그 속에 담았다. 그리고는 발톱을 세워 긁기 시작했다. 그러자 삭삭, 하는 소리와 함께 얼음덩어리가 가루로 변해 땅에 떨어졌다. 곧 그릇 안은 하얀 얼음 가루로 가득 찼다.

“이러면 어때요? 뉴.”

“음, 얼음과자 같구나.”

라크는 감탄을 했다. 큰 도시의 광장에 가면 마법사들이 마법으로 얼음을 만들어 그것을 간 다음 그 위에 과일 시럽을 뿌려서 파는데, 지금 뉴가 들고 있는 그릇이 꼭 그 모양이었다.

그러나 안에 담긴 얼음의 종류가 다르다. 라크는 그걸 한 입만 먹어도 자신이 얼음 동상으로 바뀌어 버릴 것 같은 기분이 들었다.

“일단 그렇게 하면 입에 넣을 수는 있는데, 그래도 내 몸이 견디지는 못할 것 같아.”

“역시 그렇군요. 뉴.”

뉴는 시무룩한 목소리로 대답했다. 어떻게든 라크를 도우려는데 좋은 생각이 떠오르지 않자 답답했다.

사실 라크는 대답은 그렇게 했지만 얼음 가루를 보며 진지하게 고민하고 있었다.

‘덩어리에서 가루가 되었으니 모양이 바뀐 것이지. 모양이 바뀌었어도 그 안에 담긴 힘은 변하지 않는 모양이군.’

그렇다면! 라크는 다시 뉴에게 물었다.

“이걸 녹일 수는 없니?”

“녹여요? 그건 안 돼요. 이건 얼음 속성이거든요. 뉴.”

뉴는 불가능하다고 말했다. 물이 얼어서 된 얼음이 아니라

마나가 모여서 생성된 얼음이라고 했다. 녹이면 다시 마나가
돼서 사라질 것이다.

무엇보다 워낙에 강력한 냉기를 함유하고 있어서 뉴의 힘
으로도 녹일 수는 없다고 한다.

"그렇구나. 으음, 녹이면 다시 마나가 된다고?"

마나가 된다. 그렇다면 그 마나를 흡수할 수 있지 않을까?

라크는 진지하게 고민했다. 녹일 수 없다는 것은 일단 무시
하고, 녹이면 흡수가 가능할지도 모른다는 생각이 들었다.

"녹인다라……."

블래사와 지라트가 싸울 때, 지라트의 얼음 기둥은 블래사
도 녹이지 못했다. 하지만 그것은 순간적으로 녹이지 못했을
뿐, 시간을 들였다면 가능했을 것이다.

적어도 심화의 수련법에는 심화로 녹이지 못하는 것은 없
다고 했다. 심지어는 인간의 영혼까지도 불로 태워 버리는 것
이 궁극의 심화니까.

"시험해 볼 가치가 있겠군."

라크는 몸을 일으켜 주변을 둘러보았다. 그리고는 적당한
바위를 찾아 뉴에게 그 바위 안쪽을 깎아내도록 부탁했다. 땅
을 파헤치고 돌을 깎는 것은 뉴에게 있어 땅을 걷는 것과 같
이 쉬운 일이다.

곧 커다란 바위 하나의 안쪽에 밀실과도 같은 공간이 생겨

났다.

라크는 그 안에 들어가 마법의 펜으로 사방에 마법진을 그리기 시작했다. 마나의 흐름을 막는 결계 마법진이다. 이런 식으로 해놓으면 안의 마나는 밖으로 나가지 못하고 밖의 마나 또한 안으로 들어가지 못한다.

"생각대로라면 이 안은 탑보다 수십 배나 밀도가 강한 마나로 가득 찰 거야. 난 그걸 흡수하는 거지."

라크는 뉴에게 그렇게 설명했다. 뉴는 눈을 반짝반짝 빛내며 라크의 설명을 들었다.

잠시 후, 그들은 커다란 바위로 입구를 막고 그곳에도 결계의 마법진을 새겼다. 완벽한 수련용 밀실의 탄생이다.

라이트 마법으로 빛을 만들어내고 자리를 잡고 앉으니 포근한 느낌마저 들었다. 단지 바위의 딱딱함이 엉덩이를 통해 느껴지는 점만 빼고는 다 좋다고 할 만했다.

"그럼 시작하자."

라크가 그렇게 말하자 뉴는 조용히 라크의 몸속에 마력을 보냈다. 라크의 몸이 허용하는 수준의 마력을 지속적으로 넣어주는 것으로 라크가 마력 걱정없이 마법을 사용할 수 있게 해주었다.

ㅈㅈㅈㅈㅈ.

라크의 두 손이 가볍게 떨리며 파란 불꽃이 생겨났다. 단순한 마법이 아닌 심화의 구현화! 블래사도 쉽게 시전하지 못했던 상위 마법의 정화지만 라크에게는 이상하게도 쉽게 되었다. 단지 위력이 약할 뿐이다.

"약해도 좋다. 천천히라도 녹일 수만 있다면!"

라크는 그렇게 중얼거리며 심화를 얼음 가루에 대었다. 불의 기운을 뚫고 손바닥으로 냉기가 스며 들어왔다. 파란 불꽃은 금세 약해져서 지금이라도 꺼질 것만 같았다.

하지만 꺼지지는 않았다. 마음의 불! 그것은 바로 라크의 투지였기에 절대로 꺼질 수 없는 것이다. 비록 촛불보다 약한 세기로 흔들리는 것이 지금 라크의 상태와도 같지만 불꽃은 계속해서 타올랐다.

얼음 가루는 조금도 녹지 않았다. 오히려 라크의 몸이 비명을 질렀다. 심화를 일으켜 구현화하는 것은 몸에 상당한 무리가 가는 행위이다. 생명을 태우는 불과도 같다.

"젠장, 힘들군."

라크는 이를 악물고 정신을 집중했다. 이 얼음 가루를 녹이는 것과 그가 가나크를 이기는 것 중 어느 것이 어려운 일인가를 생각했다.

'가나크!'

갑자기 분노가 치솟아올랐다. 자신의 그림자였던 자에게 그렇게 감정이 쌓일 수 있으리란 생각은 과거에는 한 번도 하지 못했으리라! 그러나 지금은 그야말로 생사의 대적이다.

화르르륵!

손의 불길이 약간 강해졌다.

"라크! 힘내요. 뉴!"

뉴가 옆에서 소리쳤다. 눈에는 보이지 않지만 지금 바위 안의 마나 밀도가 갑자기 올라갔다. 라크의 손에서 타오르는 심화의 영향도 있지만 얼음이 약간은 녹았다는 소리다.

"으으으으! 가나크, 이놈!"

라크는 자신의 감정을 분출했다. 순간 얼음덩어리가 가나크의 머리로 보였다. 분노를 참지 못하고 손으로 얼음 가루를 한 움큼 쥐어버렸다.

파지직!

당연하다는 듯이 라크의 두 손은 얼어붙어 버렸다. 그러나 심화는 꺼지지 않았다. 바위 안은 점점 진한 마나로 채워지고 있었다.

시간이 흘렀다. 라크는 거의 정신을 잃은 상태였다.

그의 몸은 머리만 빼고 얼음으로 뒤덮여 있었다. 그리고 그 얼음 위로 파란 불꽃이 타올랐다. 손바닥뿐만 아니라 몸 전체에서 심화가 타올랐다.

마계 마족들의 모습처럼 전신이 불에 휩싸여 있는 상태, 그가 무의식적으로 마나를 발산하고 있다는 증거였다.

뉴는 그런 상황을 모두 보고 있었다. 실제로 라크가 내뿜는 마나는 대부분 뉴가 라크의 몸속에 넣어준 것이기 때문에 그 흐름도 확실하게 알 수 있었다.

점점 필요한 마나가 많아져 갔기에 이제는 뉴도 조금 힘든 상태가 되었다. 하지만 뉴는 기뻤다.

라크의 심장에 존재하는 마나 서클은 계속해서 커지고 있었다. 그리고 밀실 안은 숨도 쉬기 어려울 정도로 끈끈한 마나로 채워졌다.

'라크, 힘내요. 뉴.'

마계의 마수라면 절대로 할 수 없는 희생정신이 뉴의 마음 속에 자리잡았다. 그것은 라크를 통해 얻은 인간의 감정이었다. 자신을 키워준 라크가 이제 다시 힘을 얻는 것이 무엇보다 기뻤다.

얼음덩어리를 보니 이미 크기가 절반 정도로 작아져 있었다.

라크의 손은 그 얼음덩어리를 잡고 있었고, 절반쯤은 그 냉기를 직접 흡수하는 모양이었다.

불이 얼음을 녹인다. 하지만 냉기는 불을 뚫고 라크의 몸속으로 흘러 들어갔다. 밀실 내부는 엄청난 열기로 가득 찬 상태, 라크의 몸은 그 열기도 흡수했다.

열기와 냉기가 섞여 뭐라고 표현할 수 없는 힘이 되었다. 그리고 그것을 라크는 자연스럽게 받아들였다.

의도해서 받아들이는 게 아니다. 오히려 정신을 잃은 이후 그게 가능해졌다. 자동적으로 라크의 본능이 움직이며 영혼에 새겨진 빛의 수련법을 시행하는 것이다.

뉴는 열심히 그 변화를 기억하려 했다. 그러나 신기하게도 뉴의 몸속에서는 그게 불가능했다. 뉴에게는 얼음을 삼키는 것도 가능하고, 공간에 가득 찬 열기를 흡수하는 것도 쉬운 일이지만 이 두 가지를 동시에 할 수는 없었다.

빛의 마법, 그것은 마수에게는 허락되지 않은 힘이다. 뉴는 그것을 알고 조심스럽게 다시 그 힘을 관찰했다. 그리고 뉴는 알 수 있었다. 마나 속에서 요동치는 또 다른 속성의 힘을! 그 것은 신성력이었다.

라크의 몸은 그 신성력을 이용해 마나를 더욱 활성화시키고 다시 제어하는 일을 반복하고 있었다.

"그렇구나. 인간은 신성력과 마나를 모두 몸에 지니고 있구 나. 뉴."

뉴는 그것을 깨달았다. 마수에게는 없는 힘이지만 라크가 깨어나면 이 현상에 대해 자세히 이야기해 줄 수 있을 것 같 았다.

시간이 더 흘렀다. 얼음은 사라지고 라크는 깨어났다. 그는 눈을 감은 채 공간에 가득 찬 마나를 의식하고 몸 안으로 흡수했다.

'7서클! 단번에 이 정도의 마력이 몸에 모이다니!'

경이, 그 자체였다. 몸 안이 완전히 바뀐 것 같은 느낌이 들었다. 그러면서도 전혀 위화감이 들지 않았다.

원래부터 그가 7서클의 마법사였던 것처럼 마나가 자유자재로 움직였다. 오히려 지금까지의 약했던 자신이 부자연스러운 상태였던 것 같은 느낌도 들었다.

원래 인간이 도달할 수 있는 서클은 8서클에 불과하다. 상위 마법이란 일종의 강화 이론으로, 그것을 9서클에 해당하는 힘으로 바꾸는 수법을 의미한다.

라크의 몸은 과거의 마력을 거의 되찾았다. 이제 한 단계가 남았을 뿐이다.

밀실 안의 열기가 완전히 식었을 때, 라크는 눈을 떴다.

"휴우, 성공이군."

"라크, 축하해요. 뉴."

"그래, 모두 네 덕분이다. 이제는 어떻게든 가나크와 대적할 수 있을 것 같구나."

라크는 웃으며 뉴의 머리를 쓰다듬었다.

"그런데요, 라크. 라크가 정신을 잃었을 때에 말이에요! 뉴."

뉴는 흥분해서 라크에게 자신이 느낀 것에 대해 설명했다. 신성력! 그리고 그것에 따라 움직이는 마력의 흐름!

"흠, 그것이 바로 빛의 마법의 운용법인 것인가? 과연 내 몸속에 신성력이 있다는 말이지? 그리고 그걸 움직여서 마나를 자극하는 거고."

"그래요. 뉴는 신성력이 없는데, 라크는 있어요! 그것도 많아요! 뉴."

"으음, 그렇다면 단순한 마나의 수련만이 아닌 신성력을 강화하는 수련을 병행해야 한다는 의민데……."

어쩌면 지금까지 한 모든 일이 헛수고가 될지도 모른다는 불안감이 살짝 스쳤다. 만약 그렇게 하지 않고 마나의 수련만을 하게 되면 신성력과의 균형이 깨어진다. 그럴 경우 신성력은 점점 사라지고 라크는 평범한 마법사의 길을 가야 하는 것이다.

적어도 지금 뉴의 설명을 들은 라크의 마법사적 판단으로는 그게 확실했다.

"어떻게 하지?"

"신성력을 강화해야지요. 뉴."

"그래, 네 말이 옳아."

원래는 슈앙 밀림으로 가서 죽어라고 마나의 수련을 할 생각이었다. 그러나 슈앙 밀림에서는 신성력에 대한 수련은 할 수 없다.

　고민하던 라크는 결국 한숨과 함께 슈앙 밀림에 갈 생각을 포기했다. 시르카와 함께 지내면서 수련하는 달콤한 꿈은 이루어지지 못했다.

　"동쪽으로 가자. 고대의 신성 제국인 할트 제국의 유적지에 있는 천신의 신전이라면 다른 곳보다 신성력 수련을 하기에 좋을 거야."

　"그래요. 뉴."

　정상적인 방법으로는 신성력을 수련할 수 없는 몸이라는 걸 라크 스스로가 알고 있기에 비전이 필요했다. 마법사도 익힐 수 있는 신성력 수련법이!

　수백 년 전, 할트 제국이 무너지고 물질계에 성녀가 사라진 이후 단순한 신성 마법 이외에는 인간에게 별다른 예언이나 기적을 베풀지 않는 천신. 하지만 오래된 곳이라면 숨겨진 비전이 있을 가능성이 높다.

　라크와 뉴는 바위 속에서 나와 동쪽으로 걸음을 옮겼다.

　이번에 얻은 마력도 보통 사람에게는 믿을 수 없을 정도의 힘이지만 궁극의 마법과 끝없는 강함을 추구하는 인간인 라크에게는 이미 새로운 목표만이 머릿속에 남아 그를 움직이게 하고 있었다.

*   *   *

　"나싱이 자신의 거처를 나오는 일은 거의 없습니다. 그가 소멸의 탑의 주인이 된 이후 딱 한 번 있었을 뿐이지요."

　그것은 바로 전대 수장이 죽었을 때였다. 나싱은 원래 전대 수장의 친아들이었다고 한다. 물론 그 사실을 아는 사람은 거의 없다.

　아버지가 죽은 이후, 나싱은 또다시 탑에 틀어박혀 사람들 앞에 모습을 드러내지 않게 되었다.

　제자인 라크, 즉 지금의 가나크를 싫어한다는 소리도 있다. 왜냐하면 친아들인 자신을 놔두고 따로 제자를 받아들여 후계자로 삼았으니까.

　환영의 탑의 주인인 무면의 달라스는 지금 가타크에게 나싱에 관한 보고를 하고 있었다. 어느 누구에게도 진면목을 보이지 않는다는 달라스지만 지금은 어떤 환영 마법도 펼치지 않은 채 본연의 모습으로 서 있었다.

　이미 그의 영혼은 완전히 오염되어 가나크를 신처럼 받들고 있다는 증거이다.

　가나크는 달라스의 말에 별로 기분이 좋지 못한 표정을 지었다.

　"흐음, 그렇다면 앞으로도 나오지 않을 거란 말인가요?"

"특별한 일이 없는 이상 그렇습니다."

"곤란하군요."

"죄송합니다."

가나크가 난색을 표하자 달라스는 큰 죄라도 지은 얼굴이 되어 사과했다.

"아니요. 이건 달라스님의 책임이 아니니 마음 쓰지 않으셔도 됩니다. 단지 앞으로도 계속해서 나싱과 만날 방법이 있는가를 생각해 주십시오."

"그렇게 하겠습니다."

황송한 표정으로 대답을 하는 달라스. 그에게는 이미 고위 마법사의 품격은 조금도 느껴지지 않았다. 주인에게 꼬리를 흔드는 개처럼 어떻게 하면 가나크를 조금이라도 즐겁게 할 수 있을까만 필사적으로 궁리하는 것이다.

환영 마법에 빛의 마법이 도움이 될까 해서 빈번히 가나크를 찾은 그였기에 다른 고위 마법사들보다 영혼의 오염이 빠르게 진행되어 불과 두 달도 되지 않은 사이에 이렇게 된 것이다.

"그럼 탑으로 돌아가 계십시오. 일이 있으면 또 부르겠습니다."

"그렇게 하겠습니다."

가나크의 허락이 떨어지자 달라스는 정중히 인사를 하고

는 몸을 돌렸다. 그런데 막상 생각을 멈추자 그의 머릿속에 한 가지 생각이 떠올랐다.

"아참! 나싱을 탑 밖으로 나타나게 하는 방법이 한 가지 있기는 있습니다."

"좋은 방법이 생각나셨습니까?"

"좋은지 안 좋은지는 모르겠지만, 나싱이 의무적으로 나서야 하는 경우가 하나 있습니다."

"그게 무엇이지요?"

"현자의 탑에 있는 다른 모든 탑들의 마력이 정지되는 상황이 되면 소멸의 탑주가 나타나 그 이유를 조사하게 되어 있습니다."

"호오, 소멸의 탑을 뺀 나머지 6개의 탑 모두가 말입니까?"

"예, 그런 일이 발생하면 현자의 탑 자체의 존속 문제니까요. 소멸의 탑은 이곳 종말의 열쇠를 관리하는 곳. 다른 이유로 무너지는 것을 막는 의무도 그 안에는 포함됩니다."

"흠, 그렇다면 의외로 일이 쉬울 수 있겠군요."

"가나크님의 능력이라면 어려운 일이 아닐 겁니다."

"하하하, 과찬이십니다."

가나크는 드디어 해결책을 찾아낸 것에 기쁨의 웃음을 지었다. 어차피 다른 여섯 개의 탑도 손에 넣어야 한다. 그렇게 된다면 일시적으로 탑의 모든 기능을 정지시키는 것은 일도 아니다. 그저 명령만 내리면 되는 것이다.

"그럼 나싱에 대한 일은 그렇게 처리를 하는 것으로 하고, 계획대로 다른 고위 마법사 분들과 접촉을 해야겠습니다."

"예, 지금 가나크님께 충성을 맹세한 고위 마법사는 저 이외에도 한 명이 더 있다고 알고 있습니다만."

"그렇습니다. 융합의 탑의 투스크라님도 저를 도와주시기로 하셨습니다."

"오호, 중복의 투스크라님께서! 진화와 융합은 오래전부터 긴밀한 관계였으니 당연하겠지요. 잘되었습니다. 제가 규칙의 탑 쪽과 인연이 있으니 그쪽을 맡겠습니다. 아마 중복의 투스크라님께서는 그림의 탑과 친분이 있을 겁니다."

"그렇게 해주신다면 감사하겠습니다. 두 분께서 중재를 해주시면 몇 개월 안으로 제가 다른 분들과 친해질 수 있겠군요."

"맡겨만 주십시오. 틀림없이 해내겠습니다."

달라스는 혹시라도 가나크가 자신의 능력을 의심할까 봐 몇 번이나 장담을 하고서야 물러섰다. 그렇게 현자의 탑에 남아 있는 모든 고위 마법사들에 대한 계획이 세워졌다.

혼자 남은 가나크는 의자의 등받이에 기대어 앉아 천장을 보았다.

사실 빛, 환영, 융합, 규칙, 그림. 다섯 개의 탑은 이미 가나크의 소유가 된 것이나 마찬가지이다.

이미 노예가 된 두 사람 정도는 아니더라도 규칙과 그림의 주인들도 가나크와 만난 적이 있기에 언젠가는 완전한 노예가 될 것이다. 단지 시간의 문제일 뿐.

그러나 숲과 소멸은 아직 확정되었다고 할 수 없다. 7개의 탑을 모두 소유해야 대륙 규모의 마법진을 만들 수 있는 가나크의 입장으로서는 단 하나도 빼놓을 수 없는 먹이라 할 수 있었다.

"일단은 숲인가? 그곳을 소유하면 소멸은 자연스럽게 따라오겠지."

숲의 주인은 바로 시르카, 과거 라크의 연인이었던 여자이다. 그녀와의 달콤한 추억은 가나크의 머릿속에 고스란히 기억되어 있다. 하지만 그것은 오로지 기억으로만 존재할 뿐, 지금의 가나크에게는 아무런 감정의 영향도 줄 수 없다.

"슈앙 밀림, 만만치 않은 곳이지. 제대로 힘을 써봐야겠군."

가나크는 웃었다. 목표가 어려운 만큼 불같은 투지가 몸속 깊은 곳에서부터 솟아오르는 것을 느끼고 있었다.

＊　　　＊　　　＊

거인족의 명예를 위해 이종족의 남편을 섬기며 새로운 집의 주인이 된다! 그것은 불안과 동시에 가슴을 두근거리게 하는 일이었다. 탐린은 길을 가는 도중 이런저런 생각에 몸이 피곤한 줄도 몰랐다.

그러나 어떤 생물이든 체력에 한계는 있는 법. 산을 몇 개 넘었을 무렵, 해가 져 어둠이 세상을 뒤덮자 그녀는 몰려오는 피로에 겨우 제정신으로 돌아왔다.

생각해 보니 평생 부락을 떠나본 적이 없는 그녀였기에 외딴 산속에서 혼자 노숙을 하려고 하니 겁이 덜컥 났다.

멀리서 짐승들이 우는 소리가 들려왔다. 분명히 마물이나 맹수일 것이다.

"어떻게 하지? 자고 있는데 공격받으면 꼼짝없이 당하고 말 거야."

어떤 미친 마물이 거인을 공격하겠는가? 거인은 드래곤 다음으로 강한 종족이다.

거대 식인귀인 오우거도 거인의 허리까지 닿으면 로드 취급을 받는다. 일반 맹수의 이빨은 거인의 피부를 뚫을 수도 없다.

특히 프로스트 자이언트는 몸에서 자연스럽게 풍기는 냉기로 마물들의 생존 본능을 강하게 자극한다. 즉, 마물은 프로스트 자이언트가 가까이 있는 것만으로도 꼬리를 말고 자신의 굴에서 절대로 나오지 않는다.

탐린은 자신의 힘을 전혀 자각하지 못하고 있었다.

어쨌거나 그녀는 덜덜 떨었다. 공포가 그녀의 감정을 지배했다. 불을 피울 수도 없다. 프로스트 자이언트와 불은 어울리지 않는다.

그녀는 억지로 땅을 파고 그 안에 들어가 웅크리고 누웠다.

그리고 부락을 나올 때 들고 온 봇짐 속에서 흉폭백곰의 가죽으로 된 모포를 꺼내 머리까지 덮었다. 그저 마물들이 자신을 발견하지 못하기를 기원하면서 그렇게 잠도 못 자고 긴장한 채 긴 밤을 보냈다.

다행히도 마물의 습격은 없었다. 사실 마물들은 흉폭백곰의 가죽 냄새만 맡고도 가까이 오려 하지 않았다. 하지만 탐린은 이렇게 노숙을 하는 것은 너무나 위험한 일이라고 생각했다.

"오늘 내로 파라카르타 아저씨네 집에 도착해야 해!"

탐린은 스스로에게 다짐하듯 중얼거리고는 뛰기 시작했다.

쿵쿵쿵쿵!

한달음에 봉우리를 넘고 계곡에 흐르는 작은 시냇물은 그냥 건너뛰었다.

숨이 가빠왔지만 그래도 또다시 무서운 밤에 잠도 못 자고 떨며 지새는 것보다는 낫다고 생각했다.

그렇게 오전 내내 뛰어 배가 고파지니 크기가 2미터나 되는 빵을 먹었다. 그리고 또 뛰었다.

사력을 다한 보람이 있어 저녁노을이 질 무렵에는 화이트 드래곤 파라카르타의 레어가 있는 봉우리에 도착할 수 있었다. 북부 산맥의 최북단에 위치한 인간의 영역 경계선에 위치한 봉우리였다.

탐린은 봉우리 아래서 있는 힘껏 소리를 질렀다.

"아저씨! 파라카르타 아저씨!"

푸드드득!

산 전체를 울리는 굉음에 숲에 있던 새들이 놀라 일제히 날아올랐다. 탐린은 원래 부락에서 소문난 가수라 목소리가 무척 컸다.

그 소리는 잠들어 있는 드래곤을 단번에 깨울 만한 위력이었다. 곧 탐린의 머릿속에 파라카르타의 목소리가 울려 퍼졌다.

"탐린이냐? 암, 산을 울리는 목청은 탐린에게만 있지. 올라와라. 조용히 하고."

탐린은 제자리에 주저앉으며 대답했다.

"하루 종일 달렸더니 죽을 것 같아요. 저 좀 옮겨주세요."

"거인족의 여자 아이를 어떻게 옮기라는 거냐? 넌, 내가 들어도 무겁다.”

“흑, 새벽에 일어나서 지금까지 쉬지 않고 달렸단 말이에요. 이제는 서 있을 힘도 없어요.”

“흠, 알았다. 조금만 기다려라.”

탐린의 울음 섞인 하소연에 파라카르타는 지고 말았다. 잠시 후, 산 위쪽에서 하얀 드래곤이 날아올라 탐린이 있는 곳으로 날아왔다.

“잡아라.”

드래곤은 공중에 뜬 채로 한쪽 뒷다리를 내밀며 말했다. 탐린은 신이 나서 얼른 두 손으로 그 다리를 잡아당겼다.

“어억!”

생각했던 것보다 더한 무게에 순간적으로 파라카르타의 몸이 기울었다. 만약 이때에 탐린이 힘을 쓴다면 파라카르타를 땅바닥에 내동댕이칠 수도 있었을 것이다.

그러나 탐린은 얌전히 매달렸다. 파라카르타는 얼른 바람의 정령을 마구 소환하여 자신의 몸을 띄웠다.

바람의 정령들은 뭐가 이리 무겁냐고 투덜대면서도 용케 그들을 허공으로 띄웠다.

휘익—

일단 허공으로 떠오르자 과연 드래곤답게 탐린을 매달고 잘도 날았다. 단숨에 산꼭대기까지 올라 레어의 입구에 탐린을 내려놓았다.

"휴우, 역시 거인은 무겁구나."

파라카르타는 그렇게 말하며 내려앉아 레어 속으로 들어갔다. 난생처음 하늘을 날아본 탐린도 흥분해서 힘이 났는지 랄랄라거리며 따라 들어갔다.

"그래, 갑자기 왜 온 거냐?"

거인족의 여성이 자신의 영역을 나오는 일은 수백 년에 한 번 있을까 말까 한 일이다. 탐린의 아버지인 스네프라면 몰라도 탐린이 직접 왔다면 보통 사건은 아닐 것이라고 파라카르타는 생각했다.

과연 탐린의 얼굴은 더할 나위 없이 심각했다. 그녀는 쉽게 말을 하지 못하고 얼굴만 붉힌 채 머뭇거렸다.

"혹시 부락이 공격당한 거냐? 아니지. 우리 드래곤 말고 어떤 놈이 거인족을 건드려? 아참, 스네프가 행방불명되었다는 얘긴 들었다. 나보고 찾아달라고 온 거냐?"

"아니요. 아버지는 무사히 돌아오셨어요. 그런데……."

"오! 다행이구나. 그럼 뭐냐?"

"그게요……."

탐린은 입을 열려다 말기를 여러 번 반복했다. 파라카르타의 인내심이 바닥나기 일보 직전까지. 그래도 화이트 드래곤은 이 설인거족의 여자 아이를 귀여워하고 있었고, 설인거족의 부락과 여러 가지 맹약도 맺고 있었기에 참았다.

"흥분하지 말고 차분하게 숨을 들이쉬어라. 그리고 책을 읽듯 감정을 싣지 말고 이야기를 하는 거다."

"그래도……."

"일단 잠이라도 자고 얘기할래?"

"아니요. 지금 할게요!"

탐린은 겨우 이야기를 하기 시작했다. 그리고 잠시 후, 이야기를 다 들은 파라카르타는 앞발로 배를 움켜잡고 레어 안을 뒹굴며 웃고야 말았다.

"쿠하하하하하하! 그러니까 네가 아버지의 목숨 값으로 라크란 인간에게 시집을 가야 한단 말이지?"

"예."

탐린은 파라카르타가 왜 웃는지 알 수 없었다. 그저 왠지 모르게 기분이 나빠졌다.

"그러니까 라크란 분이 계신 곳을 가르쳐 주세요. 그분을 찾다가 혹시 나쁜 인간을 만나면 어떻게 해요."

"암, 아마 네가 인간들의 지역으로 간다면 틀림없이 나쁜 인간들이 벌 떼처럼 몰려들 거다."

이건 진짜다. 거인족이 북부 산맥 아래쪽으로 넘어간 일은 수천 년 동안 단 한 번도 없었다. 만약 탐린이 출현하면, 거인의 신비를 연구하려는 마법사에서부터 마물을 사냥하는 사냥

꾼까지 온갖 인간들이 탐린을 잡으려 할 것이다.

파라카르타는 이게 웃기만 해선 안 될 일이라는 것을 곧 깨닫고는 웃음을 멈추었다.

물론 탐린에게 인간에 대해 자세히 설명한 후 부락으로 되돌려 보내면 되는 간단한 일이다. 하지만 탐린은 진심으로 파라카르타에게 부탁을 해왔다.

맹약에 의해 프로스트 자이언트가 화이트 드래곤에게 부탁을 하면 성심껏 들어주어야 한다. 즉, 파라카르타는 라크를 찾아주어야만 한다.

무엇보다도 파라카르타는 이런 재미있는 일을 간단히 끝내고 싶지 않았다.

그는 생각했다.

'내 나이 이천, 이제 슬슬 인간 세상을 여행해 볼 때가 되었지. 오히려 늦은 셈인가? 훗. 훗. 훗.'

"알았다. 내 너랑 같이 라크란 인간을 찾아보도록 하지. 염려 마라. 꼭 찾아줄 테니."

"정말요? 와아! 고맙습니다, 파라카르타님."

"맹약에 의한 거니까 그렇게까지 고마워할 것은 없다."

파라카르타는 그렇게 말하고는 잠시 고민을 하다가 탐린에게 말했다.

"일단 눈을 감아라."

"예?"

"지금 네 모습으론 인간들에게 금방 거인족이라는 걸 들킬 게다. 그러니 마법으로 모습을 조금 바꾸자."

"아! 그거, 아픈가요?"

"아니, 전혀 안 아프다. 많이 바꾸는 게 아니니 염려 마라."

"그래요. 그럼."

드래곤은 거짓말을 하지 못한다. 탐린은 믿고 눈을 감았다.

파라카르타는 그사이 얼른 탐린에게 마법을 걸었다. 그가 건 마법은 바로 리듀스(Reduce)! 작아지는 마법이었다.

슈슈슈슉.

순식간에 탐린의 몸이 보통 인간의 여자와 비슷한 크기로 줄어들었다. 탐린은 마법이 몸에 스며드는 것이 민감하게 느껴지는지 움찔움찔했지만 그래도 거부하지는 않고 마법을 받아들이는 것 같았다.

"좋아. 잠시만 더 눈을 감고 있어라."

파라카르타는 그대로 탐린을 잡고 날았다. 그리고 그대로 북부 산맥의 경계선까지 가서 적당한 구릉에 내려앉았다.

슈슈슈슉.

폴리모프를 사용하여 인간의 형태가 된 파라카르타는 은발의 중년 남자가 되었다.

"이제 눈을 떠라."

"예, 앗!"

"나다. 이제부터는 날 아저씨라 불러라. 음, 파라카 아저씨
가 좋겠군."

"변신하신 거군요?"

"그래."

"헤헤헤, 파라카 아저씨."

탐린은 적응력이 빨랐다. 금세 애교 어린 미소를 지으며 변
신한 드래곤의 이름을 불렀다. 그리고는 약간 놀란 눈으로 주
변을 돌아보며 말했다.

"와! 이 근처는 나무들이 꽤 크네요?"

인간형으로 변했으니 거인의 모습일 때보다 나무가 상대
적으로 커 보일 수밖에 없다. 탐린은 아직 자신이 작아졌다는
것을 눈치 채지 못했다.

파라카는 그녀가 딴생각을 못하도록 얼른 재촉했다.

"인간 지역의 나무들은 대부분 이 정도 크기다. 그나저나
어서 가자. 밤이 너무 깊으면 마을에 들어가 숙소를 정하기
어려워진다. 아래쪽에 있는 마을에는 여관이 딱 하나 있거든.
거기 방이 다 차면 노숙밖에 길이 없어."

"노숙은 싫어요! 어서 가요, 파라카 아저씨."

"그래, 그래. 이 귀여운 아가씨야."

파라카는 손으로 탐린의 볼을 살짝 꼬집고는 앞장서서 걷기 시작했다. 탐린은 작게 비명을 지르고 화난 표정을 지었지만 파라카가 앞서 걷자 그것을 놓칠 새라 따라 걸었다.

스네프가 파라카르타의 레어에 도착한 것은 바로 그 다음 날이었다. 그는 산 아래에서 몇 번이나 파라카르타를 불렀다. 그러나 대답이 없자 어쩔 수 없이 직접 레어로 올라갔다.
레어에 도착하니 아무도 없는 빈 굴에 함부로 들어오면 죽음이라는 경고 표지판이 붙어 있다.
"이런, 어디 갔지? 혹시 인간계로 유희를 떠났나?"
스네프는 난감한 표정으로 중얼거렸다. 그런데 표지판 옆에 또 다른 작은 쪽지가 매달려 있는 것이 보였다. 그리고 그 쪽지에는 스네프가 오면 보라고 쓰여 있었다.
"응? 내가 올 줄 알고 있었나?"
스네프는 불길한 예감에 몸을 떨었다. 하지만 저주받은 운명을 부정하려는 듯 떨리는 손으로 힘겹게 그 쪽지를 펴서 읽어 보았다.

스네프, 그대의 딸인 탐린이 나에게 라크란 인간을 찾아달라고 부탁하였네. 내 맹약에 걸고 꼭 라크란 인간을 찾아주기로 했지. 종족적인 차이에 대해서는 너무 염려하지 말게. 내가 탐린

을 인간 크기로 작아지는 마법을 걸어주었으니 어떻게든 될 걸
세. 둘 사이에서 태어날 아이가 기대되는군.

와락!
"파라카르타! 이 빌어먹을 도마뱀아!"
쾅쾅쾅!
스네프는 도끼로 레어의 입구를 마구 후려치며 하늘에 대
고 울부짖었다.
드래곤의 속셈은 인간과 거인 사이에서 태어날 하프 자이
언트에 있는 것이 분명하다.
신기한 것을 좋아하는 성격의 파라카르타는 아마도 그 아
이를 자신의 가디언으로 삼아 이런저런 실험을 해볼 생각일
것이다.
스네프는 어제까지 친구로 생각했던 드래곤을 원수처럼
미워하게 되었다. 그러나 거인족의 규율에 따라 함부로 인간
이 사는 지역에 들어갈 수 없는 스네프로서는 이 일에 대해
더 이상 손을 쓸 방법이 없었다.
그는 그저 화풀이로 파라카르타의 레어를 부술 뿐이었
다.
물론 파라카르타는 이런 경우를 대비해서 레어 안쪽에 방
어 결계를 쳐놓았기에 외부 동굴이 무너져도 얼마든지 복구

할 수 있게 해놓았다.

　딸은 무사히 가출했고, 아버지는 손가락만 빨며 그녀가 돌아오기만을 기다리게 되었다.

반격의 준비

시아 대륙에 신의 기적이 사라진 지는 이미 오래 되었다. 신성 마법 자체가 사라진 것은 아니지만 신탁에 의한 예언이라든가, 아니면 전설에 나오는 성녀의 탄생, 천족의 소환 등은 완전히 전설 속으로 사라졌다.

그것은 약 천 년 전 신성 할트 제국이 부패하여 성녀를 정치적으로 이용하고, 거짓 신탁을 남발하였기 때문이라고 전해진다.

그 결과 최강 최악의 데미리치 렉토스가 나타나 어둠의 군단을 조직, 당시 대륙의 최고 실세였던 3대 제국을 일거에 멸망시킴으로써 대륙은 군소 왕국들이 난립하는 전국시대가 되었던 것이다.

아이러니하게도 천신의 최후 신탁이란 바로 할트 제국의 멸망에 관한 것이었다고 한다.

그 뒤로 3백 년의 전국시대를 거쳐, 위대한 대제 레오 가이안이 대륙에 유일한 제국을 건립하고 다시 수백 년이 흘렀다.

그러나 한 번 사라진 신의 기적은 두 번 다시 나타나지 않았다.

물론 지금도 대륙 각지에는 천신의 신전이 존재하고, 특이한 재질을 가진 사람들은 자신의 몸에 있는 힘을 느끼고는 신관이 되어 신성 마법을 펼치고 있다.

그렇기에 천신을 믿는 사람들이 많은데, 특히 대륙의 의료 업계는 신전에 의해 주도되는 것이다.

문제는 할트 제국이 있던 대륙의 동북부이다. 할트 제국 말기의 부패 현상에 대한 반동 때문인지 이곳은 대륙에서 가장 천신을 받들지 않는 지역이 되었다. 신전은 거의 대외적 활동을 하지 않고 있다. 문을 굳게 걸어 잠근 채 소수의 신관들이 비밀스럽게 수련을 할 뿐이다. 심지어는 신전 전체에 결계를 쳐서 사람들이 위치를 알아차리지 못하게 하는 곳도 생겨났다.

라크가 가려는 곳은 이런 비밀 신전 중에서도 가장 오래되고 큰 '중앙대신전' 이었다. 말하자면 할트 제국의 황성이었던 곳으로, 데미리치 렉토스의 침공 때 가장 먼저 초토화되었다가 비밀리에 재건축되었다고 한다.

"중앙대신전이요? 그럼 무지 크겠네요? 뉴."

"응. 할트 제국은 교황이 황제가 되는 곳이고, 황성이 신전이었지. 그러니까 황성 전체가 중앙대신전인 셈이야."

"그걸 어떻게 감춰요? 비밀 신전이라면서요? 뉴."

"시르카가 말하기를, 아예 지하 도시를 건설했다는군."

"지하 도시! 뉴!"

"응. 역대 교황들의 무덤이 황성 지하에 있었는데, 그걸 확장했대. 다시 말하자면 황제의 무덤을 지키는 신전이 된 셈이지."

"아항, 그렇군요. 뉴."

시르카가 있는 슈앙 밀림에는 정말로 수천 년 전부터 대륙의 어둠 속에 가려진 여러 가지 비밀스러운 기록이 빠지지 않고 남아 있었다.

심지어는 6천 년 전, 투신 아론이 물질계에 내려와 마신과 싸울 때의 기록조차 그대로 있을 정도이다.

그러고 보니 슈앙 밀림은 기나긴 인간의 역사 속에서 한 번도 전쟁이나 마물의 대규모 침공을 겪지 않았고, 왕조가 바뀌었다거나 하는 일도 없었다. 전통을 지키며 묵묵히 모든 것을 이어왔을 뿐이다.

어쩌면 진정한 현자의 탑은 슈앙 밀림의 신성한 숲일지도 모른다고 라크는 생각했다.

어쨌거나 시르카는 라크가 그 기록들을 살피는 것을 허락했다. 그중 비교적 근대에—5백 년도 더 된 일이지만—일어난 지하의 중앙대신전은 라크가 선정한 가나크를 상대할 수 있는 세력 중 하나였다.

원래 계획으로는 일단 슈앙 밀림에 들러 일을 처리하면서 그곳에 도움을 청할 생각이었는데, 사정이 바뀌었으니 일단 최우선적으로 그곳에 가서 라크 자신의 마법을 이루어야 한다.

"이제 가자."

라크는 식사와 휴식을 끝내고는 뉴와 함께 길을 재촉했다. 무리하게 서두르지는 않지만 시간이 그리 넉넉한 것도 아니었기에 그들은 최단 거리를 상정하여 노숙을 하면서 길을 가고 있었다.

산길을 따라 두어 시간을 걸으니 멀리서 도시가 보였다. 다행히도 오늘은 노숙을 하지 않아도 되겠다고 생각했다. 그런데 조금 더 앞으로 가니 길 옆쪽에 두 사람의 남녀가 모닥불을 피우고 노숙 준비를 하고 있는 모습이 보였다.

'응? 도시가 바로 앞에 있는데 노숙을 해?

뭔가 사연이 있다는 소리다. 그리고 그 사연이란 분명히 사람들의 눈에 띄면 안 되는 내용일 것이다. 범죄자인가? 라크는 그들을 자세히 살펴보았다.

변방의 소수 민족 출신인 것 같은데, 둘 다 은발을 하고 있는 것으로 보아 핏줄이 이어진 친척인 듯했다. 여자가 입고 있는 두터운 털가죽 옷으로 보아 추운 북부 산맥 출신일지도 모른다.

'바바리안인가?

라크는 약간은 이국적인 그들의 생김새에 그렇게 생각했다. 하지만 여자가 미녀인 것으로 보아 바바리안은 아닌 것 같았다.

바바리안 여전사인 파라나가 조용히 얘기해 주길, 바바리안의 여자는 씩씩해야 한다고 했다.

그때, 상대편 중년 남자가 미소와 함께 손을 흔들며 라크를 불렀다.

"여어, 라크 군이 아닌가? 밤도 깊었는데 이리 와서 술이나 한잔하지?"

"저를 아십니까?"

라크는 순간적으로 바짝 긴장했다. 그의 행적은 아무도 모르는 것이어야 한다. 심지어는 시르카조차도 라크가 이쪽으로 향했다는 사실을 모르고 있을 터이다.

그런데 난생처음 보는 사람이 라크를 단숨에 알아본다.

라크가 긴장하는 모습을 보며 상대편 남자는 껄껄대며 웃었다.

"너무 긴장하지 말게. 분명 우리는 처음 만나는 사이지. 그리고 이 아가씨하고도 말이야."

"그렇군요. 처음 뵙겠습니다. 저는 라크라고 합니다."

일단 적의는 보이지 않는다. 라크는 이 신비로운 사건에 대해 차분히 대응할 시간적 여유가 생겼다.

"나는 파라카일세. 이쪽은 내 조카뻘 되는 탐린이지."

상대도 순순히 자신과 동행인 여자의 이름을 밝혔다. 하지만 라크와 마찬가지로 신분은 밝히지 않았다.

파라카는 손짓으로 라크에게 앉으라고 청한 다음, 라크가 앉자 들고 있던 술잔에 술을 따라 마시길 권했다.

라크가 그 잔을 받아 들자 탐린이 옆에 있던 배낭에서 잔을 하나 더 꺼내 파라카에게 술을 따라 주었다.

라크는 태연하게 파라카와 술을 나누었다. 순간적으로 독이 있을지도 모른다는 생각을 했지만 곧 아니라고 판단했다.

장담은 할 수 없지만 눈앞의 남자는 보통 사람이 아니다. 절대 독을 타서 라크를 암습할 정도로 약하지 않다. 적어도 라크 자신보다 강하다는 느낌이 팍팍 왔다.

그 증거로 어깨 위의 뉴가 입을 굳게 다문 채 경계하고 있는 것이 느껴졌다. 마그나타와 가나크 이후 뉴가 이렇게 심각하게 경계하는 자는 처음이다.

술이 몇 번 오가자 기분이 좋아진 파라카는 몇 번 더 웃음소리를 내고는 라크에게 말했다.

"과연 마법사답게 상황 판단도 빠르고 정신적으로 안정되는 속도가 빠르군. 음, 그렇다면 조금 이야기를 서둘러 진행시켜도 될 것 같은데?"

"무슨 이야기를 말입니까?"

"음, 별다른 건 아니고, 이 탐린이란 아가씨를 좀 보게. 한참 피어나는 꽃과도 같은 나이지. 사실 그녀는 부족에서 가장 아름다운 처녀 중 한 명이고, 춤과 노래에도 능하다네. 그리고 결정적으로 요리를 아주 잘하지!"

파라카가 대놓고 탐린을 띄우자 당사자인 탐린은 얼굴을 들지 못했다. 그저 고개를 푹 숙인 채 파라카가 잔을 비우면 조용히 술을 따를 뿐이다.

라크는 뭔가 불길한 예감이 들었다. 등골이 오싹한 게 더 이상 이야기가 진행되면 안 된다는 느낌이 왔다. 그는 즉시 파라카의 말을 끊으려 했다.

"그런데 왜 파라카님과 탐린님은 이곳에서 노숙을 하시려는 겁니까? 도시가 바로 앞에 있으니 아무래도 그곳에서 묵으시는 게 좋지 않겠습니까?"

파라카는 라크의 말을 무시하고 자신의 할 말만 계속했다. 원래 드래곤은 자신이 말하는 동안엔 어지간한 상대를 빼고는 상대방의 말을 완전 무시한다.

"탐린의 아버지는 또 어떤가? 부족에서도 손꼽히는 전사지. 그것은 바로 그녀의 혈통이 우수하다는 뜻도 되네. 그리고 탐린은 상당한 재산가지. 이미 집도 소유하고 있고, 또 내 조카뻘이니 든든한 배경도 있는 셈이지. 이보다 더 좋은 처녀는 세상을 다 뒤져도 많지 않을 걸세."

라크도 파라카의 말을 무시했다. 그는 자리에서 일어나며 정중하게 파라카에게 인사를 했다.

"아무래도 저는 도시로 들어가 봐야겠습니다. 어젯밤에도 노숙을 했기에 오늘은 밤이 되기 전에 도시에서 숙소를 잡아 그곳에서 쉬고 싶군요."

모르는 사람이었으니 모르는 채로 끝내면 된다. 괜히 상대의 흐름에 넘어가 이용당하는 것은 라크가 좋아하는 일이 아니다.

라크는 그대로 걸음을 옮기려 했다. 그러나 파라카는 드래곤이다. 이런 라크의 행동에도 전혀 당황하지 않고 말의 매듭을 지었다.

"그러니 탐린을 잘 부탁하네. 탐린, 서로 처음 보는 사이이고 관습의 차이도 있으니 쉽진 않겠지만 열심히 살 거라. 뭐 하니? 어서 따라가지 않고."

탐린은 어차피 인간의 관습에 대해 하나도 모른다. 그저 파라카에게 일의 진행을 맡겼고, 이제 라크를 찾았으니 파라카가 시키는 대로 라크를 따라가 아내가 되면 된다고 생각했다.

"그럼 파라카 아저씨, 아버지에게는 잘 말씀해 주세요. 라크님, 잘 부탁드립니다. 부족한 점이 많아도 이해해 주세요."

"응? 저, 저기 말입니다."

그 순간 라크는 상황이 어떻게 돌아가는 것인지를 눈치 챘다. 떠넘기기! 어떤 이유인지는 모르지만 지금 그는 난데없이 모르는 여자랑 결혼을 하게 생긴 것이다.

신중해야 한다. 당황하면 오히려 문제가 심각해진다! 라크는 속으로 그렇게 중얼거리며 흔들리는 마음을 억지로 안정시켰다.

'이대로 도망갈까?

가장 먼저 든 생각이다. 하지만 파라카를 보고는 그 생각을 그만두었다.

저자는 강자다. 그리고 말도 통하지 않는 억지를 쓴다. 잘못하면 엄한 원수가 하나 생길지도 모르는 상황, 이건 좋지 않다.

'현명하게 대화로 풀어 나가자. 문제가 생기면 그 해답은 언제나 옆에 있지.'

라크는 다시 모닥불 앞에 앉았다. 그러자 탐린은 잠시 주저하다 라크의 옆에 앉았다. 위기감이 극도로 고조되었다.

라크는 파라카를 똑바로 바라보며 진지하게 물었다.

"이유를 말씀해 주시지 않으시겠습니까?"

"응? 탐린이 마음에 들지 않는가?"

"사람의 일생을 좌우하는 일입니다. 섣불리 결정할 수 있는 문제는 아닌 듯하군요. 적어도 이런 숲 속의 모닥불 앞에서는 말입니다."

"어허, 남녀 사이는 알고 보면 별것 아닐세. 서로 좋으면 그만인 거지."

"조카뻘이라고 하셨는데, 제가 직접 탐린 양에게 묻는 것보다는 어른인 파라카님께서 설명해 주시는 것이 좋을 듯합니다."

"으응? 험험, 뭐, 그렇다면 내가 얘기해 주는 것도 나쁘진 않겠지."

원래 파라카는 이대로 탐린을 남겨둔 채 그냥 자취를 감출 생각이었다. 하지만 일단 자기 입으로 조카뻘이라고 했으니 어느 정도 책임이 발생했다. 신용과 인연을 중시하는 드래곤의 습성상 라크가 그걸 걸고 넘어가자 파라카는 더 이상 대충 얼버무릴 수 없었다.

"그러니까 말일세. 자네가 스네프를 살렸지 않나? 그러니까 그 딸을 가질 권리가 있단 말일세."

"네? 스네프라면 그……."

"겨우 며칠 전의 일인데 설마 벌써 잊지는 않았겠지? 프로스트 자이언트 스네프 말일세."

"그렇다면! 탐린 양은 거……."

"그렇지. 그녀는 프로스트 자이언트일세. 은혜를 갚기 위해 큰 각오를 하고 부족을 나섰지. 이 얼마나 순박하고 신용 있는 행동인가!"

프로스트 자이언트란다. 그런데 인간 크기이다. 라크는 속으로 젠장을 연발했다. 그리곤 더욱 조심스럽게 물었다.

"저기 말입니다. 말이 나온 김에 파라카님은 어떤 분인지 알 수 있겠습니까?"

"나야 뭐, 저쪽에 사는 드래곤일세. 눈과 북풍을 사랑하는 백룡이지."

"아, 네."

라크는 크게 고개를 끄덕였다. 지금까지 이유없이 그를 불안하게 하던 모든 것이 밝혀졌다.

여기서 야멸차게 거절하면?

드래곤에게 밟힌다.

'이 거지 같은 드래곤이 할 일이 없어서 거인과 인간의 중매를 서? 속셈이 뭐냐?

라크는 필사적으로 머리를 굴렸다. 그러는 사이 파라카가 다시 몇 번의 웃음을 터뜨리며 라크에게 술을 권했다.

얼떨결에 술잔을 드니 옆에 있던 탐린이 라크의 술잔을 채운다. 어느새 탐린의 보호자가 파라카에서 라크로 넘어온 것이다.

그걸 새삼 깨달은 라크는 갑자기 드래곤과 목숨을 걸고 싸우고 싶은 충동을 느꼈다.

원래 라크는 이런 식으로 무슨 일을 강압당하는 것을 가장 싫어하는데, 눈앞의 드래곤은 그런 라크의 자존심을 사정없이 짓이기고 있었다.

일단 그런 생각을 가지자 어깨 위에 있는 뉴가 라크의 기분을 알아차렸다. 뉴는 조용히 기세를 죽였다. 맹수가 먹잇감을 덮치기 전에 오히려 조용히 기척을 죽이는 것과도 같다.

그러나 그런 뉴의 변화가 라크의 폭발을 막았다. 뉴는 같이 싸워줄 생각이겠지만, 라크는 자신의 일로 뉴가 더 이상 목숨을 걸고 싸우는 것이 좋지 않다고 생각했다.

그것도 피할 수 없는 싸움이 아니라 자신의 자존심 때문에 일어나는 싸움이라면 더욱 그렇다.

'참자. 한 번만 더 참자. 이 일은 스네프를 만나 해결해야 한다. 이 드래곤하고 더 이상 얽혀서는 안 돼.'

라크는 현명하게 처신하기로 했다. 나는 마법사다. 나는

마법사다. 나는 마법사다. 세 번을 머릿속으로 중얼거리고는 파라카에게 물었다.

"스네프는 이 일에 대해 동의하셨습니까? 그분은 인간과 거인은 결혼을 할 수 없다는 것을 이해하고 저에게 다른 보상을 주셨습니다."

"커허험!"

파라카는 크게 헛기침을 했다. 이거야말로 가장 큰 약점이 아닐 수 없다.

탐린도 놀란 얼굴로 라크를 보았다. 그녀는 그런 소리를 들어보지 못했다. 스네프가 부족에 돌아와 친구들에게 자신의 모험담을 얘기하느라 미처 딸에게 자세한 설명을 못한 것이다.

"그, 그럼……."

그녀는 말을 잇지 못했다. 라크는 무겁게 고개를 끄덕였다.

"아아아."

탐린은 충격이 큰지 신음 소리와 함께 정신을 잃었다. 굳게 마음먹고 일생을 결정지으려 했는데 그게 다 오해였다니!

"탐린아!"

파파팍!

"커억!"

파라카가 번개처럼 몸을 날려 탐린을 안았다. 그러면서 한쪽 발로 라크를 걷어찼다. 그 바람에 라크는 비명을 지르며 그대로 뒤로 튕겨 나갔다. 몸이 부서지는 것 같았다.

"뉴우!"

순간적으로 뉴가 뛰어오르며 파라카의 다리를 물었다. 그리고는 전력으로 파라카의 몸속에 있는 마나를 빨아들였다.

"이놈이!"

뉴가 마나를 흡수하는 속도는 장난이 아니다. 드래곤 본체의 상태로 있어도 무시할 수 없었을 것이다. 그런데 지금은 인간의 모습으로 폴리모프한 상황, 파라카는 기겁을 하며 다른 한 발로 뉴를 걷어찼다.

휘익, 콱!

"크윽!"

파라카는 신음성을 내뱉으며 한쪽 무릎을 꿇었다. 뉴가 재빠르게 몸을 움직여 그의 발차기를 피한 후 다시 허벅지를 깨문 것이다.

예상외의 강적 출현에 파라카는 진심으로 분노를 하였다. 그는 손에 자신의 특기인 냉기를 모았다. 단번에 뉴를 얼음덩어리로 만들 생각이었다.

그 순간, 뉴가 살짝 눈을 치켜들어 파라카를 노려보았다. 파라카는 멈칫했다.

'상급 마수의 눈빛이다. 뭐냐, 이놈은?'

물질계에서 살아가는 마물들과는 비교도 안 되는 마계의 마수! 그중에서도 상당한 위치에 있는 놈이 틀림없었다.

그 정도면 드래곤도 함부로 건드릴 수 없다. 파라카가 고룡급이라면 말이 달라지겠지만, 그는 아직 파릇파릇한 2천 살급의 성룡일 뿐이다.

그는 망설였다. 냉기를 모아 쳐도 실패할 것 같은 느낌이 강하게 들었다. 본체로 돌아갈까? 그러나 그사이 치명적인 공격을 당할 수도 있다.

'너무 방심했다!'

파라카는 즉시 수법을 바꿨다. 그의 손에 맺힌 냉기가 사라지고 신성력이 모이기 시작했다. 마물이라면, 설사 마계의 마수라 해도 신성력에는 예외없이 약하다!

"죽어랏, 건방진 놈! 선 버스트!"

파앙!

선 버스트는 강력한 태양열과 신성광이 섞인 공격 마법으로, 언데드나 마물에게 즉효가 있다. 거기가 이건 범위 마법이기 때문에 피하기도 힘들다.

파앗!

신성력이 일대를 뒤덮고 고열로 인해 풀과 나무에 불이 붙었다.

파라카는 자신의 다리에 불이 붙은 것을 느꼈지만 육체를 자유롭게 제어하는 드래곤답게 얼른 감각을 끊어 고통을 피했다.

그는 확실히 뉴가 선 버스트에 삼켜지는 것을 보았기에 웃으며 말했다.

"홍, 마수라고 해도 이건 견디기 어려울 것이다."

살아 있다면 다시 한 번 쓰면 된다. 상대가 죽을 때까지 계속해서 쓸 정도의 마력은 있다.

여유를 되찾은 파라카는 손가락을 들어 좌우로 흔들며 말했다.

"아무리 상급 마수라고 해도 물질계에서 우리 드래곤에게 덤비면 안 되지. 신성력과 마력, 그리고 정령력을 동시에 지닌 우리야말로 물질계에서는 최강이거든."

"뉴우!"

휘익, 파파팍!

"아아아악!"

말을 하는 바람에 빈틈이 생겼다. 이때만을 기다리던 뉴가 선 버스트의 빛덩어리 속에서 튀어나와 파라카의 얼굴을 할퀴었다. 그리고는 비명을 지르는 파라크의 머리 위로 뛰어올라 가 머리 한가운데를 물어뜯었다.

"카아아악!"

머리의 감각은 끊을 수 없다. 파라카는 미칠 것 같은 고통에 다시 비명을 질렀다.

반면 뉴는 멀쩡했다. 잡털 하나 그을리지 않았다.

'어떻게 된 거지?

파라카는 그 와중에도 필사적으로 생각했지만 그 이유를 알 수 없었다. 그의 상식으로는 마수가 신성 마법을 얻어맞은 이상 멀쩡할 리가 없었다.

어쨌거나 위기다. 파라카는 몸속의 냉기를 극한까지 끌어모아 두 손에 모았다. 일단 가장 자신있는 속성으로 공격해 보고 안 되면 다른 수를 쓰기로 했다.

그때, 땅에 쓰러져 있던 라크가 움직였다.

순간적으로 몸을 날린 라크는 그대로 파라카에게 달려들어 그의 두 손목을 붙잡아 더 이상 움직일 수 없게 하였다.

"이익! 놔라!"

이미 손바닥에는 냉기가 뭉쳐 은백색의 구슬로 형상화되어 있는 상태다. 그러나 손목을 잡힌 이상 그걸 쓸 수가 없었다.

파라카는 이를 악물고 손목까지 냉기를 확장시켰다. 이 정도면 인간을 순식간에 얼음 덩어리로 만들 수 있는 힘이다.

그러나 라크는 멀쩡했다. 이미 냉기라면 질리도록 경험한 라크였기에, 오히려 파라카의 냉기를 몸속으로 빨아들였다. 라크의 심장에 있는 마나 서클이 익숙한 성질의 마나가 들어

오자 신이 나서 꿈틀대었다.

"어억! 네놈들은 모두 흡마귀였냐?"

머리에서 뉴에게 마나를 빨리고, 다시 손목으로도 냉기가 흘러나가자 파라카는 크게 당황했다.

뉴도 라크도 미지의 존재처럼 느껴졌다. 상대에 대한 정보가 전혀 없는 상태에서 전투를 시작한 것이 파라카의 최대 실수였다. 그는 지금 자신이 큰 실수를 했음을 깨달았다.

'죽는 거 아냐?

겁이 덜컥 났다. 어떻게 손을 써야 할지 판단이 서지 않았다.

라크는 이런 상황에서도 파라카의 눈을 보고 있었다. 파라카의 눈동자가 살짝 흔들리는 것을 놓치지 않은 라크는 이때다! 하고 속으로 중얼거리며 바로 제안했다.

"이만 하는 게 어떻겠습니까?"

"응?"

예상치 못한 라크의 말에 반격에 대한 생각을 멈추고 반문한 파라카.

라크는 알고 있었다, 계속하면 위험하다는 것을. 드래곤은 드래곤. 인간이 감당할 상대가 아니다. 급한 김에 손목을 잡기는 했지만 사실 파라카가 그냥 발로 라크를 걷어차 버렸다면 라크는 이미 죽은 목숨이었다.

라크는 점잖게 말했다.

"뉴, 이분은 적이 아니니 그냥 내려와라."

"뉴우?"

분명히 라크를 공격했는데 적이 아니라고 한다. 그래도 라크가 그렇게 말하니 뉴는 파라카의 머리에 박아 넣은 이빨을 빼며 고개를 들어 라크를 보았다.

라크도 파라크의 손목을 놓으며 뒤로 물러나서 땅에 쓰러져 있는 탐린을 보았다.

"그녀는 괜찮겠습니까?"

상황이 이쯤 되니 파라카는 라크를 함부로 대할 수 없었다. 무엇보다 라크와 뉴를 상당히 인정하고 꺼리게 되었다.

특기와 속성을 좀 알게 되면 몰라도 당분간은 드래곤의 자존심을 살짝 접고 있기로 했다.

그는 험험, 하고 헛기침을 몇 번하고는 탐린을 살폈다. 정신적인 충격으로 인해 기절한 것이라 판단한 파라카는 정령력을 동원하여 탐린의 마음을 안정시켰다.

"별것 아니다. 그나저나 저 뉴란 놈은 뭐지?"

"이미 아셨을 텐데요. 상급 마수입니다."

"쩝, 단순한 상급 마수는 아닌 것 같은데……."

눈치를 보니 라크도 뉴가 상급 마수란 것 외에는 자세히 모르고 있는 것 같았다. 파라카는 더 이상은 묻지 않기로 하고,

일단은 당면한 일들을 해결하기로 했다.

"그래서 어떻게 할 건가?"

"탐린 양 말입니까?"

"그렇지. 데리고 갈 건가, 말건가?"

"오해라는 것이 밝혀진 이상 제가 책임질 이유가 없지 않겠습니까?"

"프로스트 자이언트 여자를 얻을 수 있는 기회를 그냥 포기하겠다고? 무엇보다 이 아이는 아름답지 않은가!"

"기본적으로 저는 있습니다."

"으응? 아, 이미 있다고?"

"예."

"괜찮아. 탐린은 신경 쓰지 않을 걸세. 인간이 다 그렇지, 뭐."

"조금 더 진지하게 생각해 주십시오. 저와 탐린 양에게는 정말로 큰일이니까요."

"흠, 알았네. 그럼 이렇게 하기로 하지."

"어떻게 말입니까?"

"일단 이 일의 결정권은 탐린에게 있다."

"저는 뭡니까?"

"내가 맹약에 따라 부탁을 들어주기로 한 것은 탐린이다."

"으윽!"

"하지만 너의 말대로 남녀 문제는 당사자에게 있어서 상당히 중요한 문제다. 그걸 인정하지."

놀리자는 거냐? 라크는 그런 눈으로 파라카를 바라보았다. 그래도 파라카는 꿋꿋하게 하던 말을 계속했다.

"그러니까 탐린이 깨어나면 내가 말을 하겠다. 당분간은 시간을 두고 생각해 보자고."

"시간을 두고?"

"같이 다니자는 거다. 의무는 없는 것이니 서로가 만족할 만한 결론을 얻을 때까지 결정을 보류하는 것이지."

"으음, 그럼 파라카님도 저와 같이 다니겠단 말씀이십니까?"

"그렇다. 책임이 있으니 끝을 확인할 필요가 있거든."

파라카는 근엄한 표정을 지으며 그렇게 선언했다. 과연 그의 말은 일리가 있었기에 라크는 더 이상 거부하지 못했다.

생각해 보면 그렇게 나쁜 일이 아니다. 드래곤과 거인이 같이 여행을 한다?

'그냥 목적지를 현자의 탑으로 바꿔? 이들의 도움이면 가나크를 쉽게 밟아버릴 수 있을 것 같은데……'

라크가 그런 고민을 하는 사이, 파라카가 말했다.

"나와 탐린은 그냥 동행하는 것뿐이다. 혹시라도 네가 우리를 이용하여 무엇을 하려고 한다면 포기하는 게 좋을 거다.

만약 전투가 벌어진다고 해도 나는 탐린을 데리고 자리를 피하는 게 원칙이다."

"흠, 그럼 동료는 아닌 셈이군요?"

"네가 탐린을 받아들이고, 탐린도 그걸 인정한다면 동료가 되는 거지. 그 경우에 내가 한 번쯤 소원을 들어줄 수도 있다. 물론 무리한 것은 빼고."

빈틈이 없다! 과연 드래곤답게 관록있는 조건이었다. 라크는 가볍게 한숨을 쉬며 대답했다.

"알았습니다. 그럼 떠나지요. 밤이 되기 전에 도시에 들어가야 여관에 좋은 방을 잡을 수 있습니다."

"그러지. 가자."

이야기는 끝났다. 파라카는 말을 한 마리 소환해 내더니 탐린을 그 위에 태웠다. 모닥불을 끄니 이미 어둑해진 숲의 그늘로 길이 잘 안 보일 지경이다.

라크는 앞장서서 걸었다. 새로운 동행자가 과연 득이 될지 손해가 될지는 모르겠지만, 어쨌거나 그는 자신의 일을 하겠다고 생각했다.

한편 라크의 뒤를 따르는 파라카는 아무도 모르게 씨익, 하고 미소 지었다.

'흐흐흐, 같이 다니다 보면 저 마수의 정체를 알게 되겠지. 흥미로운 연구 과제야. 암, 하프 자이언트 가디언 계획은 천천히 시행하고 일단 뉴타입 상급 마수의 연구를 하자. 신성력에 강한 마수를 연구하면 내 노예 마물들에게도 신성 내성을 강화시키는 비법이 만들어질지도 모른다.'

드래곤에게는 많은 마물 노예가 있다.

파라카르타 역시 자신의 레어 근처에 상당한 마물들을 모아 가디언으로 쓰고 있는데, 이들은 드래곤의 생체 실험 재료이기도 하다.

파라카르타는 새로운 연구 대상을 발견한 김에 인간으로서의 유희도 즐기기로 했다. 그런 파라카르타의 꿍꿍이를 라크와 뉴는 전혀 짐작조차 하지 못하였다.

단지 뉴는 본능적으로 자꾸 등골이 오싹해지는 기분이 들어 라크의 목에 등을 비비고는 했다.

*　　　*　　　*

시르카는 오늘도 숲의 나무에 마법진을 새기고 있었다. 정령의 힘이 깃든 복합 마법진! 그것이야말로 그녀가 가장 아끼던 비술 중에 비술이었다.

혼자서 하는 것은 아니다. 그녀는 대샤먼에게 부탁을 해 몇몇 부락으로부터 젊은 샤먼의 도움을 얻기로 했다.

현재 그녀의 주변에는 여섯 명의 샤먼과 그녀들을 보호하기 위해 따라온 30여 명의 전사들이 있었다.

샤먼들은 시르카가 지목한 나무의 드라이어드를 소환하여 마법진을 그리는 허락을 받았다. 일단 허락을 받은 나무의 껍질을 살짝 벗겨내고 그 안에 주술사의 약으로 기본 마법진을 그렸다.

그 후에 시르카가 다시 복잡한 상급 마법진을 그린다. 마법진이 완성되면 모두 힘을 합쳐 강력한 정령력으로 마법진을 활성화시키는 것이다.

이 작업은 라크가 떠난 직후부터 시작되어 하루도 빠지지 않고 계속되고 있었다.

이미 수백 그루의 나무에 마법진을 새겨 넣었는 데도 시르카는 멈추지 않았다.

"언니, 이 나무에도 새기는 것 맞지요?"

샤먼 중 가장 어린 링리네가 물어왔다. 작업이 계속되어 범위가 넓어지니 이제는 나무도 헷갈리기 시작했다.

"응, 그 나무하고 건너편 고목에도 해야 돼."

"와~ 저 고목을 살리려고요?"

"아주 좋은 위치에 있거든. 드라이어드에게 물어봐서 계속 살고 싶다고 하면 살려보려고."

"헤헤헤, 알았어요."

나무를 무척이나 좋아하는 링리네라 시르카가 죽어가는

나무를 살리자고 하자 신이 나는 듯 서둘러 일을 계속했다.
그런 링리네의 모습에 지쳐 가던 시르카도 조금 힘을 얻어 미
소를 지을 수 있었다.

옆에 있던 다른 샤먼이 같이 미소를 지으며 말했다.

"링리네는 좋은 샤먼이 될 거예요."

시르카도 동의했다.

"맞아요. 정령들이 그녀에게 호감을 가지고 있군요."

"사람도 정령도 자신을 좋아하는 사람을 좋아하니까요."

둘은 그렇게 대화를 나누면서도 결코 손을 멈추지 않았다.

시르카는 문득 북쪽 하늘을 보았다. 저쪽에 라크가 있을 것
이다. 무사하겠지.

그녀는 다시 동쪽을 보았다.

현자의 탑, 가나크. 그가 죽으면 라크의 기억이 원래대로
돌아온다. 마법으로 빼앗긴 기억은 시전자가 죽음으로써 풀
리는 것이다.

라크와의 즐거운 추억, 지금은 그의 앞에서 말하지 못하는
그 달콤한 추억들이 그녀의 머릿속에 주마등처럼 스쳐 지나
갔다.

'라크는 꼭 기억을 되찾게 될 거야. 가나크, 어서 와라.'

시르카는 가나크가 자신을 찾으러 올 거라는 확신을 가지
고 있었다. 그렇다면 그녀가 해야 할 일은 하나! 사상 최고의

함정을 만들어 가나크를 처치하는 거다.

일 년 후에 오면 일 년 동안 준비를 하고, 십 년 후에 오면 십 년 동안 준비를 하면 된다. 시간이 지날수록 가나크는 강해지겠지만, 숲의 정령 마법진에 의한 함정도 더욱 강해질 것이다.

'해보자고. 숲의 마법사로서 너를 상대해 줄 테니까!'

그녀는 소리없이 투지를 불태웠다.

Chapter 8

섀이드 도사르

"지하의 중앙대신전? 그런 곳이 있었단 말이지."

"과거 할트 제국의 황궁이었던 곳이라더군요."

"음, 거긴 가본 적 있지. 내 선배 중 한 분이 투신과 함께 싸우셨는데, 그때 할트 제국이 건립되어서 몇 가지 선물을 주었거든."

"드래곤의 선물 말입니까?"

"그렇지. 뭐, 할트 제국의 초대 황제가 투신와 깊은 연관이 있었기에 알아서 챙겨준 셈이지. 문제는 그 선물 중에 내가 원하는 것이 있었거든."

"파라타님이 탐낼 만한 것이라면 상당한 보물이었나 보군요."

"당연하지! 영원히 녹지 않는 얼음의 미녀상이라고."

"흠, 그런 얼음이라면 주변에 상당한 냉기를 풍길 텐데요?"

라크는 이미 그런 얼음 덩어리를 하나 보았고, 그걸 녹여 마나로 바꾸어서 몸 안에 흡수한 상태였다. 그는 자신의 경험에 비추어 얼음 조각상의 문제점을 지적했다.

그러나 파라타는 쯧쯧, 하는 혓소리를 내며 손가락을 좌우로 흔들었다.

"드래곤의 마법으로 그걸 적당한 수준으로 제어할 수 있게 했지. 그래서 춥지 않은, 딱 시원한 정도로 공간의 열을 식히거든. 얼음상을 놔둔 장소는 여름에도 서늘하지."

"나쁘지 않은데요? 하지만 그런 마법적 기능은 파라타님에게는 별것 아니지 않습니까?"

"아니야. 잠잘 때 그걸 베개로 쓰면 얼마나 좋은데! 그리고 제어 장치를 살짝 손보면 원래의 냉기에 드래곤의 마력까지 곁들여진 극강 냉기가 나온다고. 우리 화이트 드래곤이 꿈에서도 바라는 보물이지."

사실 화이트 드래곤이 프로스트 자이언트와 친하게 지내는 이유 중 하나가 바로 이것 때문이다.

설인거족은 냉기를 품은 물건을 찾아내는 능력이 탁월하기 때문에 눈으로 뒤덮인 설산 속에서 보석을 캐내듯 얼음을 캔다. 그리고 그중 작은 것은 집을 짓는 데 쓰고, 커다란 것은 드래곤에게 선물하는 것이다.

그리고 거인족의 힘은 드래곤에 거의 필적할 정도로 강하기 때문에 드래곤은 그들을 노예가 아닌 이웃으로 대한다.

라크는 파라타의 설명을 듣고 과연이라는 표정을 지었다.

"확실히 프로스트 자이언트에게는 그런 능력이 있나 보군요. 저도 스네프님한테 얼음 덩어리를 받았습니다."

"옷! 그거 어디 있지? 크냐?"

파라타의 눈이 반짝 빛났다. 라크는 그 눈빛에 미소를 지으며 말했다.

"녹여서 몸으로 흡수했습니다."

"거짓말! 그건 영원히 녹지 않는 얼음이란 말이다!"

"녹던데요? 바로 마나로 변해 버린 것을 흡수해서 제 마나 서클을 확장시켰습니다."

"으음, 그건 나도 못하는 일인데……."

라크가 그렇다고 말하자 파라타는 의심스러운 눈으로 라크를 살피며 중얼거렸다. 하지만 그는 일단 라크의 말을 신용하기로 했다. 라크와 뉴의 능력은 드래곤인 그가 보아도 신비한 구석이 있어서 딱 뭐라고 잘라 평가하기가 어렵다.

“그것에 대한 자세한 이론을 나중에 얘기해 봐라.”

“밥줄입니다.”

“으윽!”

“상위 마법 중 하나인데, 제가 알기로 상위 마법을 익히는 일은 드래곤에게는 금지되어 있는 것으로 압니다만.”

“쳇, 상위 마법이었나? 그럼 됐다.”

라크의 말대로 드래곤은 인간이 개발한 상위 마법을 익히지 못하게 되어 있다.

자존심 문제도 있고, 또한 대마녀 티모라가 드래곤 로드에게 드래곤의 자격을 얻었기에 그녀의 허락없이는 배우지 못한다는 얘기도 있다.

결정적으로 드래곤은 이런 편법이 아니더라도 그냥 9서클 마법을 사용할 수 있고, 고룡이 되면 10서클도 사용할 수 있는 가능성이 생기기 때문에 필요가 없는 것이다.

파라타는 아직도 호기심이 남아 있는 듯했지만 일족의 규칙을 어길 생각이 없기에 더 이상 묻지 않았다.

그런데 옆에서 조용히 듣고 있던 탐린이 말을 꺼냈다.

“아버님이 도움에 대한 대가로 얼음을 주셨나요?”

“그렇습니다. 원래 제가 원한 건 호수를 건너게 해달라는 것뿐이었는데, 일부러 주신 것이지요.”

“그렇군요……..”

'그렇다면 아버지는 나름대로 이분에 대해 예의를 차린 셈이다. 나, 정말 나는 멍청한 짓을 한 건가?'

탐린은 죽고 싶을 정도로 괴롭고 부끄러웠다. 일생을 결정한 일이 자신의 오해였다니! 깨어나서 파라타에게 다시 모든 설명을 들었을 때만 해도 집으로 다시 돌아가야겠다고 생각했다. 그런데 막상 그의 말을 다 듣고 보니 생각이 바뀌었다.

어찌 됐거나 관습은 관습, 그리고 일단 마음을 정한 상황에서 오해였다고 해서 아니라고 부정하기에는 이 일은 너무나도 큰일이다. 적어도 거인족의 상식으로는 한 번 정한 배우자는 쉽게 바뀌지 않는다.

파라타는 이렇게 된 이상 당분간 시간을 두고 생각해 보자고 했다. 그러면서 이왕 나온 김에 인간 세상을 구경해 보는 것도 좋지 않느냐고 유혹했다. 결국, 드래곤이 보호자가 되어 준다는 말에 탐린은 고개를 끄덕이고야 말았다.

그런 후 인간에 대한 상식을 하나씩 얻어 나갔다.

먼저 인간이, 그리고 지금 자신이 2미터도 안 되는 키라는 것을 알았다. 미처 몰랐던 일이다. 그녀는 순박하긴 해도 바보는 아니기에 파라타에 대한 의혹이 일어났다.

그래도 조용히 따라다니는 이유는 파라타가 완전히 나쁜 존재는 아니고, 또 나름대로 맹약에 따라 책임질 것을 믿고 있기 때문이다. 그리고 결정적으로 라크가 싫지 않았다.

결혼을 하겠다고 하면 파라타는 탐린이 평생 인간의 크기로 살 수 있도록 마법을 유지시켜 주겠다고 한다. 또 만약 라크가 승락하면 드래곤만의 능력으로 라크를 거인 크기로 바꿔줄 수도 있다고 했다.

라크는 그 말에 안색이 변했지만, 나중에 조용히 파라타에게 거인으로 몸을 바꾸는 마법의 이론에 대해 물었다.

마법으로 몸의 크기를 두 배 이상 불리는 것은 인간에게는 불가능하다. 만약 그 이상의 크기로 변할 수 있다면 인간은 드래곤으로도 변신할 수 있지 않겠는가?

과연 마법사다운 탐구열이라고 탐린은 속으로 생각했다.

'그러고 보니 우리 거인족은 마법을 쓰지 못하지. 만약 라크님이 거인이 되면 최초의 거인족 마법사가 되는 것일까?'

무의식중에 상상해 버렸다. 문득 그것을 자각한 탐린은 얼굴이 발그레해졌다. 라크가 거인이 된다는 말인즉, 자신이 그에게 시집을 간다는 의미이지 않은가!

'나는 그에게 마음이 있는 것인가?'

그녀는 스스로에게 물었다. 그러나 대답할 수가 없었다.

파라타와 같이 다니면서 가장 좋은 점은 그가 신성 마법과 정령 마법을 쓸 수 있다는 점이었다. 각종 강화 마법을 몸에 걸고 걸으니 그냥 이동하는 것보다 두 배 이상의 속도가 났다.

하루 종일 쉬지 않고 걸어도 밤에 체력 회복 마법을 걸고 자면 아침에는 피로가 싹 풀려 있다. 그 결과 시간이 지나도 여행 속도가 전혀 떨어지지 않았다.

파라타는 웃으며 농담조로 말했다.

"나는 성직자, 라크는 마법사, 탐린은 전사, 뉴는 도둑. 나름대로 균형 잡힌 모험가 파티인 셈인가?"

"어머, 제가 무슨 전사예요?"

"네 크기는 작아졌어도 힘은 그대로다. 그리고 스네프한테 전투 도끼 쓰는 법을 배웠지?"

"그거야, 배우긴 배웠지만요. 그래도 전 전사가 아니에요! 전사는 남자에게 주는 칭호라고요."

"인간은 안 그래. 네가 전투술을 배운 이유는 만약의 경우 남편 대신 아이들에게 가르치기 위한 것이겠지만, 일이 이렇게 됐으니 때가 되면 도끼를 쓰는 게 좋아."

"그건 이미 각오하고 있어요."

파라타의 말이 옳다. 싸울 수 있으면 싸우는 게 옳다. 파라타나 라크가 보호해 주기는 하겠지만 그들의 방해가 될 생각은 없다.

탐린은 나름대로 각오를 다졌다. 그녀의 등에는 파라타가 빌려준 전투 도끼가 매어져 있었다. 마법의 전투 도끼인데,

휘두르면 북풍을 다룰 수 있다고 했다.

라크는 씁쓸한 표정으로 웃었다. 이자가 대놓고 유희를 할 생각이란 말인가? 말로만 듣던 드래곤의 유희에 참가하게 될 줄은 꿈에도 생각하지 못했다. 그것도 정체를 알고 있는 채로!

"라크, 저긴가요? 뉴."

그때 뉴가 앞발을 들어 앞쪽을 가리켰다. 고개를 들어 그곳을 보니 황폐한 초원에 커다란 돌기둥이 서 있었다. 옆에 있던 파라타가 말했다.

"맞다. 제국이 멸망할 때의 희생자들을 위로하는 위령 석탑은 과거 황궁의 자리 위에 세워졌다고 했지. 저기엔 강력한 저주 해제의 마법이 걸려 있다. 땅을 정화하는 기능도 있나 보군."

'마법적인 시설을 보는 눈은 드래곤을 따를 수 없겠지.'

라크는 그렇게 생각하며 걸음을 재촉했다. 슈앙 밀림의 기록에 의하면 저 돌기둥이 바로 지하로 내려가는 입구 중 하나라고 했다. 하지만 어떻게 내려가는지는 쓰여 있지 않았다.

돌기둥의 아래에 도착해 보니 전체적으로 사각형의 모양을 하고 있었는데, 각 면에는 붉은 글씨로 룬어가 빽빽이 새겨져 있었다. 그리고 무엇인가 심신이 편해지고 활력이 나는 기분이 들었다.

“신성 마법의 힘인가 보군요.”

“그렇지. 웬만한 마물은 이 근처에 접근도 못한다.”

“뉴, 괜찮니? 기분이 나쁘거나 하지는 않아?”

“저는 괜찮아요. 전혀 나쁜 것 같지 않아요. 뉴.”

“거참, 신기한 마수일세.”

“전 라크를 닮아서 적응력이 뛰어나요. 뉴.”

파라타의 감탄에 뉴는 앞가슴을 내밀며 자랑스럽게 말했다.

“그나저나 어디로 내려가지?”

“지하에 있다고 그랬냐?”

“그렇습니다.”

“그냥 땅을 파고 가면 되잖아.”

“침입자로 판단되면 신전의 방어 장치가 가동한다고 되어 있습니다. 데미리치를 막기 위한 방어막이라더군요.”

“커험, 그래도 난 별 상관없다.”

파라타는 뻔뻔스럽게 말했다. 하지만 라크와 뉴, 그리고 탐린은 절대로 상관이 있었다. 전설 속에 나오는 제국을 멸망시킨 괴물을 막기 위한 방어 장치에 당하기는 싫었다.

“일단 돌탑을 두드려 보죠. 용건도 외치고요.”

탐린이 의견을 내놓자 파라타가 허락했다.

“그래라. 부수진 말고.”

"제가 할게요."

라크가 나섰다. 혹시라도 탐린이 전투 도끼로 돌탑을 마구잡이로 두드릴까 두려웠다.

그는 들고 있던 지팡이의 머리 부분으로 돌기둥을 두드리며 외쳤다.

"저는 라크! 현자의 탑의 고위 마법사입니다. 숲의 마법사의 소개로 신전에 들어가고자 찾아왔습니다."

휘잉—

공허한 바람만 대답을 해왔다.

"땅을 파자."

파라타가 다시 말했다. 이번에는 라크도 거절하지 못했다. 위험하겠지만 그래도 그냥 이대로 돌아갈 수는 없었다.

"조심스럽게 파야 합니다."

"알아, 알아."

파라타는 건성으로 대답하고 땅의 최상급 정령을 소환해서 명했다.

"여기를 깊게 파라. 안쪽에 다른 공간이 나올 때까지."

[결계로 인해 땅의 모양을 바꿀 수 없습니다.]

"잉? 땅을 못 판다고? 그러고도 네가 땅의 최상급 정령이냐!"

[이 결계는 드래곤 로드가 친 것입니다만.]

"험험, 그럼 됐다. 그냥 가라."

[그럼.]

땅의 최상급 정령이 그냥 가버리자 파라타는 고개를 돌린 채 휘파람만 불었다.

"파라타 아저씨, 안 되는 거예요?"

"그게 말이다, 탐린. 로드가 손을 쓴 이상 내가 그걸 건드리면 의리가 상하거든."

파라타는 그렇게만 대답했다. 확실히 일족의 수장이 쳐놓은 결계를 다른 드래곤이 건드릴 수는 없는 법. 라크는 어쩔 수 없다고 생각하며 확인하듯 물었다.

"그럼 땅을 팔 수 있는 방법은 없는 겁니까?"

"난 못 파도 탐린이나 너는 팔 수 있지. 단지 팔 수 있나, 없냐는 별개의 문제지."

갑자기 회의적으로 나오는 파라타. 그 말을 들은 뉴가 앞발을 들며 말했다.

"제가 팔게요. 뉴."

"할 수 있겠니?"

"웬만하면 될 거예요."

뉴는 겸손하게 말했다. 하지만 원래 그의 장기는 땅파기! 뉴의 선조가 처음 물질계에 나와서 융합한 것이 바로 두더쥐이다.

파파파파파파팍!

뉴가 땅을 팔 때마다 땅에서 불똥이 튀고 스파크가 일었다. 역시 수많은 마법의 함정이 땅속에 걸려 있었던 모양이다. 그러나 뉴는 오히려 좋아라 하며 계속 땅속으로 파고들었다.

"허참, 다기능 마수로군."

파라타가 감탄한 표정으로 중얼거렸다. 땅을 파고 마법을 먹으니 결계 파괴 전문 마수라고도 할 만했다.

그러나 땅의 결계는 드래곤 로드의 작품이다. 뉴가 알지 못하는 신묘한 함정이 숨어 있었다.

팍!

"어라? 라크? 뉴."

땅에 구멍을 내고 수직으로 내려갔던 뉴가 바로 옆쪽에서 고개를 내밀고 라크를 보았다. 분명히 아래로 내려갔는데 어느새 방향이 정반대로 바뀌어 있는 것이다.

"마법적인 기운은 못 느꼈니?"

"마그나타의 메이즈 마법도 먹어버린 전데요. 뉴."

"음, 그랬었지. 파라타님, 이건 뭐지요?"

"그게… 대답해 줄 수 없다."

"모르시는 건가요?"

"안다. 이게 여기에 쳐져 있었군."

"으음, 인간이 알아서는 안 되는 비술인가요? 원리는 말씀

안 해주셔도 되니 해결법만 가르쳐 주시면 안 될까요?"

"사실대로 말하지. 나도 뭔지만 알고 있을 뿐, 원리나 해결법은 모른다. 그걸 아는 존재는 로드와 슘족뿐이야."

"슘족! 슘족이 실제로 존재하고 있나요?"

슘족은 전설 속에 나오는 민족으로, 인간의 네 배나 되는 수명을 가지고 사람들에게 마나 수련법을 전했다고 알려져 있다. 수천 년 동안 나타나지 않았던 슘족이 지금도 존재하고 있다니! 라크는 상당히 놀랐다.

"있다. 그것도 아주 잘살고 있지. 바로 로드의 레어 아래쪽에서 말이야."

"드래곤 로드의 레어? 하이엔드 산을 말씀하시는 거군요."

"로드가 어디 사는지는 오크도 알지. 너도 시간나면 가봐라."

"음, 그것도 좋지만 지금 하이엔드 산까지 갔다 올 수는 없잖아요."

하이엔드 산은 대륙의 서쪽 끝에 위치해 있다. 라크가 있는 이곳은 동북쪽, 거의 극과 극이라고 할 만하다.

"이 공간왜곡진은 나도 건드리기가 조금 그런 놈이다. 아마 거기 안 가면 해결하기 힘들 것이다."

"으음, 단순한 마법의 공간왜곡은 아닌가 보군요."

"당연히 아니지. 과거에 잘나갔다고 소문이 자자했던 데미리치 렉토스도 이건 못 뚫었다고 들었다."

"으윽, 그렇군요."

역사상 드래곤 빼고 가장 강한 마법사라면 대마녀 티모라와 데미리치 렉토스이다.

엄밀하게 따지면 삼대 제국을 멸망시킨 렉토스가 더 강하다고 알려져 있는데, 그도 못 뚫었다고 하니 할 말이 없었다. 하기야 데미리치 렉토스를 막기 위한 결계라고 했으니 그가 뚫지 못하는 힘일 것이다.

역시 세상은 넓다! 라크는 그렇게 생각하며 입을 다물었다.

그러다가 문득 엉뚱한 생각이 떠오른 라크는 돌기둥을 두드리며 말했다.

"이걸 뽑으면 어떨까요?"

"응?"

"이 돌기둥의 마력은 지하로부터 오는 걸 거예요. 그러니 이걸 뽑으면 어떻게든 되지 않을까요?"

돌기둥은 분명 렉토스가 사라진 다음에 만들어진 것이다. 렉토스가 황폐화시킨 이 지역을 정화하는 기능을 하고 있으니 틀림없다.

그런데 기둥의 마력은 결코 독립적이지 않은 것으로 보였다. 아래쪽에서 마력을 끌어다 쓰고 있는 구조이다! 라크는 여기에 해답이 있지 않을까 하고 생각했다.

“그럴지도 모르지. 뽑을까?”

파라타의 반응으로 보아 라크의 판단이 맞는 것도 같다. 그러나 라크는 잠시 망설이다 말했다.

“일단 다른 방법 좀 생각해 봐야겠네요. 생각해 보니 우린 지하 신전에 부탁을 하러 가는 거지 싸우러 가는 게 아니잖아요.”

“난 별다른 부탁할 것이 없다.”

“제가 부탁을 하러 가는 겁니다.”

“알았다. 그럼 어떻게 할 건데?”

“딱 3일만 여기서 기다려 보죠.”

“기다린다고 별것 있겠냐?”

“땅에다 커다랗게 써놓는 겁니다. 3일 내로 들어갈 수 없으면 돌기둥을 뽑겠다고 말입니다.”

“그런다고 밑에 애들이 알까?”

“모르면 어쩔 수 없이 뽑아야죠.”

“맘대로 해라.”

파라타는 별로 신경을 쓰지 않는 듯했다. 역시 당사자는 라크인 것이다.

라크는 일단 3일간 야영할 준비를 했다. 그리고는 돌기둥 주변을 다시 한 번 자세히 조사했다. 아무리 봐도 아래로 내려가는 문은 없었다. 혹시나 해서 뉴가 주변을 되는 대로 파보았지만 통로는 보이지 않았다.

어쩔 수 없이 애초의 계획대로 바닥에 커다랗게 '우리는 지하 신전에 가기를 원하니 받아주시오!' 라고 썼다.

그 뒤에는 조용히 명상을 하거나 식사를 위한 음식을 만드는 일 정도밖에는 할 게 없었다. 물론 마법에 대한 수련을 하기는 했다. 하루에 몇 번씩 소리쳐 불러보기도 했지만 역시 무반응.

그렇게 3일이 지났다. 해가 서쪽 지평선에 걸쳐 구름을 붉게 물들이고 있었다. 결단의 시간이다.

"뽑아라."

파라타가 흥미롭다는 시선으로 라크를 보며 말했다. 과연 뽑으면 어떻게 될지 그도 무척 궁금한 듯했다.

라크는 깊은 한숨을 내쉬고는 어쩔 수 없다는 듯 마법으로 돌기둥을 파괴할 준비를 했다.

그런데 그때, 라크의 감각에 강렬한 마나가 느껴졌다.

"응?"

고개를 돌려 북쪽을 보니 누군가가 있었다. 그자는 커다란 후드가 딸린 로브를 뒤집어쓰고 있어서 누군지 알아볼 수 없는 모습이었지만 적어도 강렬한 마법사임에는 틀림없었다. 그렇지 않다면 저런 마력을 발산할 수 없다.

"흠, 재미있군."

파라타도 그자를 보았다. 그는 무엇인가를 발견한 듯 고개를 끄덕이며 중얼거렸다.

그걸 본 라크는 파라타에게 물었다.

"아는 분입니까?"

"아니, 저런 놈은 모른다. 하지만 저놈이 너를 찾아왔다는 것은 알겠군."

"역시 그런 것 같지요?"

라크도 동의한다는 듯 고개를 끄덕였다. 엄청난 살기가 그자로부터 흘러나와 라크를 향하고 있었다.

"그런데 왜 가까이 못 오는 거지요?"

라크는 다시 물었다. 그자는 라크가 있는 곳으로부터 한참 떨어진 곳에 서 있었는데, 뭔가 불편한 듯 몸을 가볍게 떨고 있었다.

또 그자의 움직임과 자세로부터 그가 지금이라도 라크 자신을 향해 달려들고 싶어 한다는 것을 알 수 있었다.

파라타는 훗, 하고 코웃음을 치고는 별것 아니라는 듯 말했다.

"알아차리지 못했단 말이군? 저놈은 인간이 아니다."

"그럼 뭡니까?"

"언데드다."

"리치입니까?"

저 정도 마력을 발산하는 언데드라면 리치가 분명하다.

라크는 긴장했다. 현재 그 자신의 힘의 수준을 봤을 때 리치와 정면으로 맞서 싸우는 것은 그다지 현명한 일은 아니라 생각되었다.

뉴라면 가능할 것도 같았다. 어쨌거나 뉴는 마법사에게는 극성이 되는 마수이니까.

그런데 파라타는 고개를 저었다.

"저놈은 리치가 아니다. 특이한 놈인데, 나도 확실하게는 모르겠군. 유령과 비슷하긴 한데, 무시할 수 없는 마력을 몸에 지니고 있거든."

"그런데 왜 가까이 못 오는 걸까요?"

"그건 당연한 일이다. 언데드가 어떻게 이 돌기둥에 접근할 수 있겠나? 너의 마수가 멀쩡한 것이 신기할 뿐이다."

"그렇군요. 돌기둥의 정화 기능이 저자를 막고 있는 거였군요."

듣고 보니 돌기둥에서 느껴지는 신성력은 상당한 수준이다. 인간이라면 그렇게까지 민감하게 느끼기보단 오히려 편안한 기분이 되겠지만, 언데드나 마물은 태양의 화염처럼 가까이 하기는커녕 쳐다보기도 힘든 물건이다.

그러던 중, 해가 완전히 지평선 아래로 져버리고 하늘이 어둡게 변했다. 그러자 언데드는 자신이 입고 있는 로브를 벗었다.

검은 그림자로 이루어진 인간형의 유령이 드디어 모습을 드러냈다. 라크는 그 모습에 흠칫 놀랐다. 과거 자신의 모습과 비슷하지 않은가?

"섀이드로군. 유령의 그림자 혹은 그림자의 유령이라고 불리지. 좀처럼 나타나지 않는 놈인데 이렇게 이곳에서 보게 되는군."

파라타가 중얼거리는 소리가 들렸다. 그 순간 라크는 상대를 보낸 자가 누구인지를 직감적으로 알 수 있었다.

"가나크가 추적자를 보냈군."

"호, 짐작 가는 데가 있나 보지? 어떻게 할 거냐?"

강 건너 불구경하는 심정이 여실히 느껴지는 말투. 하지만 라크는 불평하지 않았다. 그저 담담한 목소리로 대답을 할 뿐이다.

"이곳에 피해 있으면 저놈이 들어오지 못하겠지요. 하지만 추적자가 꼭 저놈 혼자라고 할 수도 없으니 빨리 처리하는 게 좋을 것 같군요. 나가서 결판을 내고 오겠습니다."

"싸우는 건가? 잘해봐라."

어차피 도움은 바라지도 않았다. 라크는 뉴와 함께 섀이드에게로 걸어갔다.

그러자 탐린이 라크의 뒤를 따랐다.

"어? 탐린, 어디 가니? 여기 있어라."

파라타가 살짝 당황해서 말렸다. 그가 보기에 라크의 상대는 보통 새이드가 아니다. 라크로서는 승부를 장담할 수 없을 정도로 강력한 상대인 것이다.

그런데 그 전투에 탐린이 참가한다면 파라타도 가만히 있을 수만은 없다. 그녀의 안전을 드래곤으로서 책임진다고 말했기 때문이다.

"에이씨, 이럼 재미없는데……."

파라타 자신이 전투에 개입하면 승부는 뻔하다. 모처럼 재미있는 싸움 구경을 싱겁게 끝낼 수는 없지 않은가?

'모르겠다. 죽지만 않으면 다 치료할 수 있으니까.'

파라타는 속으로 그렇게 중얼거리며 품속에서 손바닥만 한 비늘 같은 것을 꺼내 살짝 던졌다.

그것은 바람을 타고 날아가 탐린의 등에 붙었는데, 아무런 기척도 느낌도 없었기에 탐린은 그것을 알지 못했다.

탐린은 등에 있는 전투 도끼를 풀어 손에 들고 그녀의 귀걸이에 달려 있는 수정을 빼 손잡이 가운데의 홈에 넣었다. 마력을 발동시키는 요소 중 하나를 결합시킴으로써 전투 도끼는 냉기를 뿜어내기 시작했다.

"위험합니다. 파라타님과 같이 계세요."

라크가 그녀를 보며 말했다. 그러나 탐린은 밝게 웃으며 고개를 저었다.

"제가 전사의 역할을 하지요. 마법을 시전하시는 동안 저 자가 라크님을 공격하지 못하게 막겠어요."

라크는 할 말이 없었다. 사실 그런 전사의 존재만으로 마법사의 힘은 몇 배로 늘어나는 건 사실이다. 한 호흡의 여유가 상위의 마법을 시전할 수 있게 하는 열쇠라 할 수 있다.

탐린은 다시 뉴를 보며 말했다.

"뉴라고 했지? 잘 부탁할게."

"염려 마세요. 저놈의 머리를 콱 깨물어 버릴 테니까요. 뉴."

뉴는 탐린이 같이 싸운다고 한 게 마음에 드는 듯 상당히 호감 어린 말투로 대답했다.

결국 파라타를 뺀 나머지 일행이 모두 새이드가 있는 곳으로 갔다.

새이드는 라크가 스스로 다가오자 흥분이 되는 듯 키아! 하는 소리를 내며 뒤로 몇 걸음 물러났다.

"찾았다… 너는… 라크… 죽인다."

"말을 할 줄 아는군. 가나크가 너를 보냈나?"

"가나크… 라크… 죽어라! 라이트닝!"

"젠장!"

말은 하는데 대화는 못하는 놈이군! 라크는 혀를 차며 급히 몸을 날렸다.

파드등!

전격이 라크가 있던 자리를 스쳐 지나갔다. 거의 순간적으로 마법을 사용한 섀이드는 확실히 방심할 수 없는 적이다.

"하압!"

탐린이 전투 도끼를 앞으로 겨눈 채 달려나갔다. 바람을 찢는 소리가 나며 도끼로부터 눈보라가 일어 섀이드를 덮쳤다.

"캬아! 플레임!"

콰아아아!

섀이드의 전신으로부터 검은 불꽃이 치솟아올라 얼어붙은 공기를 뜨겁게 덥혔다. 그 상태로 섀이드는 탐린을 향해 마주 돌진했다. 마법의 전투 도끼 따위는 두려워하지 않는 것 같았다.

탐린 역시 일단 전투 상황이 되자 프로스트 자이언트답게 전혀 겁을 먹지 않았다. 그녀는 손에 힘을 주어 도끼를 힘차게 휘둘렀다.

팍!

그림자가 전투 도끼에 갈라졌다. 섀이드가 짧게 비명을 질렀다. 그러나 그는 생명이 없는 자. 죽음을 두려워하지 않았다.

치이익―

"아아악!"

새이드의 손이 탐린의 어깨를 잡자 그녀의 어깨가 불길에 휩싸였다. 백곰 가죽이 타오르며 격렬한 뜨거움이 느껴졌다. 그녀는 급히 도끼를 휘둘러 새이드의 손을 뿌리쳤다. 하지만 검은 불길은 여전히 그녀의 어깨에 남아 있었다.

"탐린! 포스 셸!"

라크가 급히 마법을 시전했다. 새이드의 주변으로 눈에 보이지 않는 힘의 감옥이 생겨 그를 가두었다.

영혼을 가둘 수 있는 감옥이다. 라크 자신이 그림자였던 시절이 있었기에 그는 새이드를 상대로 가장 효과적인 마법을 사용할 수 있었다.

새이드는 괴성을 지르며 포스 셸을 부수려 했다. 그러나 쉽게 부서질 마법이 아니다.

다음 순간, 땅속으로부터 뉴가 튀어나와 새이드의 허리를 물었다. 검은 불길이 뉴를 감쌌지만 뉴는 오히려 신이 나서 불길마저 빨아먹기 시작했다.

"키잇!"

촤아아악!

새이드는 의미를 알 수 없는 신음 소리를 내며 두 손을 하늘 높이 들어올렸다. 그러자 손바닥으로부터 검은 물줄기가 뿜어져 나왔다.

그것은 마치 살아 있는 뱀처럼 자유롭게 움직이며 방향을 틀었다. 실제 끝부분은 뱀의 입과 같이 벌어져 뉴를 삼키려 했다.

라크가 보기에 그것은 그림자의 기운 같았다. 그러나 그것과는 또 다른 무엇인가 이상한 힘이 느껴졌다. 뉴도 라크와 같은 느낌을 받았기에 급히 물었던 허리에서 이빨을 뽑으며 몸을 피했다.

팍, 사사사사사—

그림자 뱀은 끈질기게 뉴를 쫓았다. 섀이드의 두 팔 끝이 뱀으로 변한 것 같았다.

순간 라크는 그런 수법에 대해 들어본 기억이 떠올랐다. 영혼의 탑에서 가져온 비법서에서 보았다.

비법서의 뒷부분에 적힌 다른 고위 마법사들의 수법에 대한 내용이다. 몸속의 피를 뽑아 살아 있는 마법 생명체처럼 사용한다. 그중에서도 가장 독한 수법으로 피의 뱀은 상대를 통째로 집어 삼켜 버리기를 즐겨한다고 적혀 있었다.

"도사르! 너는 피의 마법사 도사르인가!"

라크는 소리쳤다. 그러자 섀이드의 움직임이 멎었다.

"도사르? …죽인다! 키아아아!"

도사르란 이름에 반응했던 것도 순간, 오히려 그 이름이 섀이드를 자극한 듯 그는 비명을 질렀다.

뱀의 머리가 각각 세 개로 갈라져 모두 여섯 개의 뱀으로

변했다. 이것이야말로 도사르가 가장 즐겨 쓰는 '육두의 혈
사' 란 수법이다.

파파팍!

상위 마법 앞에는 포스 셸도 버티지 못했다. 여섯 개의 뱀
이 그걸 뚫고 나오자 마법은 흔적도 없이 사라졌다.

기록에 의하면 마법사들 중에서 가장 싸움을 즐기는 자가
바로 도사르이다. 그만큼 실전에 능하다고 할 수 있으며, 기
본적으로는 고위 마법사이다.

라크는 자신이 생각했던 것보다 훨씬 강한 상대에 정신을
바짝 차리고 새이드와 뱀들을 노려보았다.

『샤이닝 위저드』 5권에 계속

주요 설정

◆설정:라시아의 역사와 배경.

　김운영 판타지의 대부분은 라시아 대륙이라는 곳에서 벌어지는 여러 가지 일들에 대한 이야기입니다. 라시아란 세계에는 나름대로의 역사가 존재하고, 시대적인 발전과 쇠퇴를 거듭합니다. 그리고 그 안에는 신과 마족의 개입이 얽혀 있는 경우도 많습니다.

　제국과 왕국의 흥망성쇠, 한 위대한 인간의 탄생과 죽음, 그런 모든 것을 이곳 라시아의 흐름 속에서 구상했습니다.

　완벽한 세계라 할 수는 없지만, 나름대로 역사를 만들고 그에 따른 시대적 변화를 구상했습니다.

　그중에는 단순히 물질계의 역사뿐만 아니라 천족과 마족이 사는 천상계, 정령신이 다스리는 정령계의 역사도 있습니다. 그리고 이런 상위 세계의 사건은 물질계에 큰 영향을 미칩니다. 하지만 라시아란 세계의 흐름의 중점이 되는 것은 어디까지나 물질계입니다.

◆라시아 1기:인간 역사의 시작, 신화의 시대.

천상계에서 두 개의 마신기가 탄생하고, 마족들이 천족에게 밀려 구석으로 쫓겨간 이후부터를 1기라고 합니다. 그전에는 천족과 마족이 치열하게 싸웠는데, 천신이 음모를 꾸며 마신을 증명하는 마신기가 두 개가 되어버리는 바람에 마족은 패배하게 되는 것입니다.

―물질계의 변화.

1. 물질계에는 마족의 힘이 거의 미치지 못하게 됩니다.

반대로 신성력이 강화되었습니다. 천족은 필요하면 물질계에 내려와 기적을 일으키며 일을 처리할 수도 있지만, 마족은 그들이 부리던 마물들에 대한 소유권도 잃어버립니다. 그로 인해 물질계의 마물들은 점점 약해집니다.

2. 신성력에 의지하면서도 꼭 그것만을 따르지 않는 인간이 라시아 대륙의 대부분을 장악합니다.

인간은 원래 물질계에서 그렇게까지 강한 존재는 아니었지만, 마물이 줄어들자 집단을 이루고 신성력을 적극적으로 받아들임으로써 세력을 형성했습니다.

그 결과, 인간은 스스로의 강함에 눈을 떴습니다. 그것은 바로 집단의 힘입니다. 물질계에서 가장 대규모로 잘 뭉치는 종족이 바로 인간인 것입니다. 수명은 짧은 편이지만 번식력이 뛰어나 금방 수가 불어서 물질계의 대부분을 뒤덮어 버립니다.

3. 파멸의 의지 쿠이스파라의 출현에 의해 피닉스 일족이 멸망하고, 드래곤은 자체 규율을 만들어 대부분 은둔합니다.

드래곤과 함께 물질계의 패자였던 피닉스 일족이 완전히 사라지고, 드래곤들은 쿠이스파라를 경계하여 함부로 돌아다니지 않게 되었습니다.

피닉스 일족 최후의 여왕 샤나로부터 일의 전말을 들은 드래곤 로드는 모든 드래곤들이 자신들의 새끼가 성장할 때까지 보호해야 하는 규칙을 정하고, 일족 모두가 쿠이스파라의 침입을 막을 수 있는 레어에서 생활할 것을 권장했습니다.

또한 대륙에 커다란 사건을 일으켜서 인과율을 건드리는 것을 엄하게 금지시켰습니다. 쿠이스파라는 인과율의 빈틈을 파고들어 공격하기 때문입니다.

원래 물질계의 관조자였던 드래곤은 그 이후 더더욱 대륙의 일들에 관여하지 않게 되었습니다.

*참고로 쿠이스파라는 자신이 이용했던 피닉스에게 거꾸로 봉인당해 하나의 검이 되었는데, 이것이 라시아 세계 역사상 가장 사기적인 위력을 가진 종말의 마검입니다. 이름도 없이 그냥 종말의 마검입니다.

라시아의 신병 순위를 보면,

종말의 마검이 1위, 변칙천신기 진마검 락샤샤가 2위, 절대마신기 강룡검 그룬샤가 3위, 그리고 황금사자신의 어금니로 만든 라투쓰가 4위라 할 수 있습니다. 모두 검이라는 점에서 약간 설정의 미흡함이 있지만 물질계의 특성상 검이 무기의 대부분을 차지하기 때문에 어쩔 수 없습니다.

4. 쿠이스파라를 상대하기 위한 드래곤들의 대비책으로 드래곤 오브가 탄생합니다.

죽음의 바다 한가운데에 있는 무지개의 섬이란 곳에 드래곤의 무덤이 생깁니다. 드래곤들은 5천 년이란 수명을 끝낼 때 육체를 마나로 돌려서 시체가 남지 않는데, 드래곤 오브가 만들어진 후 모든 드래곤은 최후의 순간 무지개의 섬에 가서 자신들 힘의 일부를 드래곤 오브에 주입합니다.

시간이 흐름에 따라 드래곤 오브에는 무한에 가까울 정도로 어마어마한 힘이 축척되어 갑니다. 그것은 물질계의 한계를 벗어날 정도로 강력한 힘입니다.

5. 정령신의 사도인 대샤먼이 탄생합니다.

대륙의 양대 밀림인 슈앙과 호쿠쿠에 각각 한 명씩 나타납니다. 신의 힘의 일부가 인간의 몸속에 존재하는 형태의 기적이 발생했을 때 그 인간을 사도라 칭하는데, 최초의 사도입니다.

재미있는 것은 이들 대샤먼은 서로의 영혼이 같은 파장을 띠게 되는데, 그럼으로 인해 대륙 정반대에 위치해 있으면서도 서로 정신적인 대화를 나눌 수 있게 됩니다.

또한 그 뒤로 슈앙과 호쿠쿠에는 대샤먼만은 못해도 정령의 힘을 사용하는 샤먼이 탄생하게 됩니다. 밀림의 인간들은 이들 샤먼을 중심으로 인해 뭉치고, 독특한 관습에 의해 살아가게 됩니다.

사실 이것 또한 쿠이스파라를 경계한 정령신의 대비책으로, 밀림에는 물질계의 존망과 관계된 지점이 있습니다. 그걸 지키기 위한 가디언이 바로 대샤먼인 셈입니다.

6. 최초의 제국인 라칸드라 제국의 탄생과 멸망. 그 후, 천신의 사도인 성녀의 탄생으로 신성시대가 열립니다.

이 시대가 진정한 신성시대입니다. 교황이 급하면 천족을 때로 소환할 수도 있던 시대. 심지어는 상급 천족들의 무기인 천신기 중 하나가 내려오기도 합니다.

그러나 결국 이들은 자만했고, 드래곤까지 제압하려 했습니다. 그래서 망했습니다.

드래곤들이 인간들에게 살짝 마법을 전수했거든요. 자신들에게 도전하는 인간에게 오히려 힘을 주어 약화시키는 음모입니다.

*참고로 역사상 멀쩡한 드래곤과 싸워 이긴 자가 몇 명 있기는 있습니다. 대부분 알고 보면 인간이라고 할 수 없는 존재들입니다.

정말로 멀쩡한 드래곤과 싸워서 이기고 죽여본 인간은 딱 한 명입니다. 그는 종말의 마검을 들고 싸웠습니다.

그 외에는 부상당한 드래곤과 싸워 같이 죽은 인간이 한 명 있을 뿐입니다.

7. 고대 제국을 멸망시키는 데 결정적인 역할을 한 마법이 마족의 힘이라 하여 탄압받기도 합니다.

실제로 마법은 마족의 힘입니다. 운명을 거역하고 개척하는 힘이기도 합니다.

◆라시아 2기:마나 수련법에 의한 검사의 전성기.

드래곤 로드의 결단에 의해 이계(지구)로부터 이계인이 오기 시작하면서부터 2기라고 합니다.

이 부분부터 소설을 쓰기 시작했습니다.

사실 1기와 2기의 경계선이 조금 모호합니다. 시간적으로 약 천 년 정도의 중복 기간이 있습니다만, 그것은 기나긴 라시아의 역사를 구분하는 데 어쩔 수 없이 나타나는 과도기입니다.

이계인의 진입 사건은 라시아 세계에서 일어난 수많은 사건 중에서도 가장 커다란 파장을 일으킨 것 중 하나입니다.

구체적인 사건의 원인과 결과는 이렇습니다.

0. 이계인 진입 사건.

지구의 마이너 신성(신선)들은 상처 입은 지구를 치유하기 위해 라시아의 마나를 필요로 했고, 공간의 마법을 연구하던 드래곤 로드는 그들의 요청을 받아들여 1년에 한 번씩 발동하는 차원 전이 마법진을 설치합니다.

그리고 지구를 대표들은 그때마다 한 명씩 라시아 대륙으로 건너와서 마나를 보충한 지구의 생명석을 찾아갑니다.

＊지구의 생명석:말 그대로 지구의 생명입니다. 고대에 운석의 충돌에 의해 지구의 정령계가 파괴되면서 이 생명석도 상처를 입고 깨어졌습니다.

그로 인해 지구 내의 마나는 점점 희박해져 가고 있는 상황이고, 깨어진 생명석의 조각들도 점점 죽어갑니다. 신선들은 그것을 깨닫고 마나가 풍부한 라시아 세계에 생명석을 이동시켜 마나를 흡수하게 했습니다.

이놈들은 일종의 의지 생명체라서 스스로 움직입니다. 그것도 장거리 공간 이동으로! 자신이 마나를 얻기 가장 좋은 곳으로 가 버리기 때문에 일일이 탐색해서 찾아내야 합니다.

이 작업이 끝나고 차원 전이 마법진이 폐쇄되는 계기가 된 것이 바로 흑마법사 가락스의 음모에 의한 라시아 대륙의 위기입니다.

그는 종말의 마검을 발견하고, 그것의 힘을 다루는 방법을 연구하다가 이계의 힘인 지구의 생명석 또한 발견하게 됩니다. 그로부터 가락스는 지구의 생명석을 모으는 것이죠.

결국 무한검선의 활약으로 가락스는 죽고, 종말의 마검은 사라져 버립니다.

그러나 그때 드래곤 로드는 지구의 생명석이 잘못 사용되면 아주 위험할 수 있다는 것을 깨닫고는 지구와의 계약을 파기하고 차원 게이트를 닫아버리게 됩니다.

　무한검선 선일검은 자신의 부인과 함께 라시아 대륙에 남고, 그 장녀인 선지은은 홀로 지구로 돌아가게 됩니다.

　이후로는 지구와의 연결 통로가 사라져서 다시 차원 게이트가 열릴 때까지 1만 년의 세월 동안 라시아 대륙과 지구의 역사는 서로 독립되게 흘러갑니다.

　＊지구의 시간과 라시아의 시간의 흐름이 다릅니다. 지구 1시간당 라시아 4시간입니다. 즉, 라시아에서 1만 년이면 지구는 2천 5백 년입니다.

　물질계의 변화.

　1. 지구의 무림 시조가 만들어낸 마나의 활용법인 무공이 라시아 대륙에 전파됩니다.

　마법도 신성력도 거의 사라진 지구에서 희박해진 마나를 이용하기 위해 개발된 무공! 그것이 라시아 세계에 알려지자 그동안 바닥에서 기어다니던 검사와 기사들이 환호성을 지릅니다.

　마법은 가라! 신성력도 두렵지 않다! 검으로 모든 것을 극복하는 시대가 됩니다. 하지만 역시 이것도 공짜는 아니기 때문에 경지에 다다르려면 청춘을 바쳐서 수련을 해야 합니다.

그래도 검이 좋은 점은 마법이나 신성력처럼 선택받은 자만 얻을 수 있는 게 아니라 누구나 수련을 할 수 있다는 겁니다. 그런 이유로 시대의 주류가 됩니다.

한편, 선일검을 비롯한 과거 라시아 대륙에 남아 있던 지구인들은 시간의 흐름이 다른 라시아 세계에서는 보통 사람의 4배에 해당하는 수명을 가지게 됩니다.

이들은 세상의 혼란을 피하기 위해 드래곤 로드의 레어 아래쪽의 금역에 모여 살게 되는데, 역사는 그들을 숲족이라 부르고 무공의 전수자로 인정합니다.

2. 투마왕 아론이 마왕의 몸을 버리고 인간으로 변해 물질계로 내려옵니다.

그와 함께 내려온 마신기 진마검의 조각들이 세상에 퍼져 500년간 검령이라는 존재로 떠돌게 되는데, 이로 인해 신성 시대는 종말을 고하고 검과 무공의 시대가 열립니다.

그렇다고 해서 지금까지 학대받던 마법사들의 대우가 특별히 좋아진 것은 아니기에 그들은 여전히 불만이 많습니다.

그사이 아론은 인간의 몸을 만들기 위해 조용히 잡니다. 자신으로 인해 물질계가 뒤집힌 줄은 꿈에도 모른 채.

3. 투마왕 아론이 깨달음을 얻어 마신이 되고, 그의 아내이자 검령이었던 리히나가 기연에 기연을 거듭해서 결국 천신이 되고 맙니다.

아론은 세상에 투신으로 알려지게 되고, 그 자신은 아무 생각 없이 그레이트 파워—창조와 시간 조정, 영체의 복수 분리—를 얻기 위해 기나긴 수련에 들어갑니다.

3—1)드래곤 오브는 스스로 신성을 얻어 용신 이오가 됩니다. 이로써 라시아 세계에 존재하는 절대 신성은 천신, 마신, 정령신, 용신, 이렇게 4명인 셈입니다. 단, 그 이외에 숨겨진 절대 신성이 2명 존재합니다.

3—2)천신 리히나는 마신의 대리인이 됩니다. 천신이 마신 일까지 전담하는 격이니 완전한 독재입니다. 정령신도 용신도 그녀에겐 뭐라고 말하지 못합니다. 그런데 리히나는 원래 인간이라서 아직 약간 어리버리합니다. 문제는 상당히 심각합니다.

4. 마신의 사도인 상급바드 실버우드 가문이 탄생합니다.

그 와중에 천신 리히나의 말실수로 전무후무하게 사도의 힘이 가문으로 이어지게 됩니다.

아이러니하게도 마신의 사도의 역할은 세상을 평화롭게

만드는 것이었는데, 그로 인해 1천 년에 걸쳐 인간을 위협하는 세상의 위험은 점점 사라지고 인간들의 세력은 더욱 강해집니다.

문제는 세상의 위험이 사라지면 상급바드의 밥줄 또한 끊긴다는 점! 결국 상급바드의 본래 역할은 거의 사라져 버립니다.

그 결과, 먹고살기 힘들어진 상급바드는 하나하나 사라져 그 맥이 끊기게 됩니다.

5. 또다시 인간의 타락, 역사는 반복됩니다.

특히 신성제국 할트의 타락은 급속히 진전되고, 천신의 사도인 성녀는 이미 정략결혼의 도구로밖에 생각되지 않게 됩니다.

이에 천신의 분노를 받아 세상이 뒤집히고 3대 제국이 모두 멸망합니다. 이후 수백 년간 대륙은 소규모 왕국들이 난립하는 전국시대가 됩니다.

*이놈의 세계관은 천신이 세상을 말아먹고 마신이 복구하는 일이 자주 발생합니다. 둘이 부부라는 것이 너무나도 이해되는 현상입니다.

6. 대륙의 유일 제국 탄생.

전국시대의 라시아 대륙에 한 명의 남자가 탄생합니다. 그는 세상을 구원하기 위해 천신이 내려 보낸 자라고 말하여 지는 자, 인간의 한계를 벗어난 강자로 흑사자라고 불립니다.

흑사자는 소문과도 같이 대륙을 통일하여 제국을 세우게 되는데, 이것이 바로 고대 라칸드라 제국 이후 최초의 대륙 유일 제국인 가이안 제국입니다.

7. 상급 마법의 탄생으로 인한 짧은 마법의 전성시대.

대마녀 티모라가 정리한 상급 마법 중 인간만의 마법인 빛의 마법은 백만 명 중 한 명의 인간만 얻을 가능성이 있는 아주 어려운 마법입니다.

가이안 제국이 건립된 후 약 500년이 되었을 무렵, 마법사들은 성장하여 제국의 가장 강력한 세력 중 하나가 됩니다.

그중 현자의 탑의 수장은 세계의 모든 마법사의 장으로 인정받습니다. 단지 흑마법을 연구하는 자들은 현자의 탑에 종속되지 않고 대부분 숨어서 합니다.

그러던 중, 흑마법사들의 수장 격인 영혼의 탑의 주인이 마침내 정당한 의식으로 마왕을 소환하는 데 성공하여 마법계의 세력도를 일변하게 되는데, 이에 맞서는 빛의 마법사는 비장의 마법을 시전, 섀도우 가디언을 소환합니다. 그로 인해 어둠 속의 마법 대전이 발발하게 됩니다.

*이 부분이 바로 지금 본 책의 내용인 샤이닝 위저드입니다. 무한검선 이후 약 6천 년이 지난 시점입니다. 쓰다 보면 세계의 역사라는 게 참 길다는 것을 느끼게 됩니다.

8. 가이안 제국 후기에 나타난 악덕 상인 연합의 수장은 보통 인간과는 비교도 안 되게 오래 살면서 수백 년 동안 세상에 해악을 끼치게 됩니다.

삐익(자체 경고음)! 생각해 보니 요기는 아직 밝히면 안 되는군요. 하하하. 미래의 일은 미래에 일어납니다.

9. 드래곤들이 물질계에 개입하는가?

마법계에 파란이 일어납니다(역시 상세 설명은 생략합니다). 아무튼 가이안 제국이 멸망합니다.

10. 가이안 제국이 멸망한 뒤, 세상은 또다시 혼란에 빠집니다. 결과는 마검 출현!

암울한 시기, 타락의 시기입니다. 드디어 쿠이스파라는 힘을 얻고 종말의 마검의 주인이 세상에 나타납니다!

사실은 이걸 쓰고 싶습니다! 이거 재미있는데, 화끈하게 뽀개는 내용이고, 획기적인 엽기적 구상도 몇 개(씩이나)! 들어가 있거든요. 그래도 다른 거 다 써서 갈 데까지 간 후에 매듭짓는 데 쓸 계획입니다. 언제 다 쓸지 모르겠지만요. 마음만 급합니다.

◆라시아 3기 : 우주로! 시대.

이 부분은 일단 소설로는 안 쓸 생각입니다. 경계선은 지구와 라시아가 다시 연결되는 사건입니다.

종말의 마검에 의해 라시아 쪽 세상이 조금 불쌍해집니다. 지구가 도움을 받았으니 이제 빚을 갚아야 합니다.

지구는 현시대에서 2천5백 년 이후인데, 그럼으로 인해서 이 세계관은 SF퓨전입니다.

일단 라시아 대륙의 세계관 중 역사적 사건 부분은 이렇습니다.

지금은 라시아 2기의 중요 사건 중 시장 상황을 봐가면서 먹힐 만한 것들을 하나씩 소설로 쓰는 중인데, 지금까지 라시아 관련 소설은 시대적 순서대로 투마왕, 바드킹, 흑사자, 샤이닝 위저드까지 이렇게 네 작품입니다.

하지만 시대적으로 수백 년에서 천 년씩 떨어져 일어난 사건이기 때문에 다른 작품을 읽지 않아도 전혀 상관이 없습니다.

초등학생이 반드시 읽어야 할 좋은 책 49권

각 학년별로 초등학생이 반드시 읽어야할 좋은 책을
선정하여 통합논술의 기본이 되는 '올바른 독서법'을
일깨워 줍니다.

교과서와 함께하는
초등학교 통합논술

초등1학년 | 값 12,000원 / 초등2학년 | 값 9,500원 / 초등3학년 | 값 11,000원 / 초등4학년 | 값 9,500원 / 초등5학년 | 값 9,500원 / 초등6학년 | 값 11,000원

♣ 혼자 할 수 있어요.

엄마가 책 읽는 방법을 가르쳐 주어도 좋아요.
독서지도하는 선생님이 가르쳐 주어도 좋답니다.
"초등 교과서와 함께하는 **통합논술 시리즈**"는
아이 스스로 독서할 수 있도록 꾸며진 책이에요.
엄마와 선생님은 요령만 가르쳐 주시면 된답니다.

♣ 교과서의 중요한 내용이 총정리되어 있어요.

각 학년별로 중요한 교과 내용이 함께 수록되어 있어요.
초등학생은 교과서 내용을 충실하게 공부해야 합니다.
아울러 그와 병행한 독서가 대단히 중요하지요.
"초등 교과서와 함께하는 **통합논술 시리즈**"는
두가지 방법 모두 알려준답니다.

♣ 이 책은 훌륭하신 선생님들이 함께 쓰신 책이랍니다.

동화작가 선생님들이 쓰셨어요. 소설가 선생님도 쓰셨답니다.
국어 논술독서지도 선생님들도 함께 쓰셨지요.
"초등 교과서와 함께하는 **통합논술 시리즈**"는
엄마의 마음으로 모든 선생님들이 함께 꾸민 책이랍니다.

잘나가고 싶은 사람은 읽어라!

그에게 한눈에 반했다! 그것은 분위기 탓?
애인과 나란히 걸어갈 때 당신은 좌, 우 어느 쪽에 서는가?
이성은 왜 서로 끌리는 걸까? 그 심층 심리를 해명한다!

30초의 심리학

■ **30초의 심리학**
아사노 하치로우 지음 / 계일 옮김 | 값 8,500원

처음 본 사람인데 와 닿는 느낌이
너무나도 강렬한 사람이 있다.
흔히 하는 말로 '필이 꽂힌 사람',
그래서 잊혀지지 않는 사람,
한눈에 반했다고 하는 것이 바로 그것이다.
이런 인간의 감정을 논하는 데
남녀의 구분이 있을 수 없다.
사랑하는 그, 혹은 그녀를
생각하는 것만으로도 가슴이 두근거린다.
이상할 것 없다. 당연히 그럴 수 있는 것이다.
그렇기에 인간을 감정의 동물이라 하지 않는가.
그러나 그렇게 좋아하는 그 사람이
어느 날 갑자기 싫어지는 경우는 왜일까?

Psychology